오늘도 사막으로 간다

오늘도 사막으로 간다

오늘도 사막으로 간다

초판 1쇄 발행 2012년 6월 18일
초판 2쇄 발행 2013년 8월 26일

지은이 김현경
펴낸이 김희연
펴낸곳 에이엠스토리(amStory)

책임편집 김승윤
편집 조화정
홍보·마케팅 (주)에이엠피알(amPR)
디자인 김진디자인
인쇄 금강인쇄(주)

출판등록 2010년 2월 15일 제307-2010-4호
주소 (100-042) 서울시 중구 남산동 2가 22 명지빌딩 신관 701호
전화 (02) 779-6319
팩스 (02) 779-6317
이메일 amstory11@naver.com
홈페이지 www.amstory.co.kr

ISBN 978-89-965725-3-4

오늘도 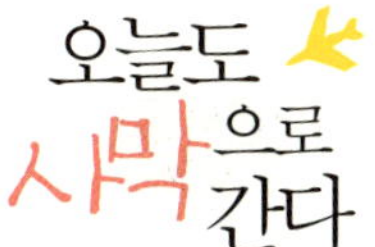 사막으로 간다

김현경 찍고 쓰다

처음 저의 사진들과 글을 엮어보자는 제안을 받았을 때는 어떤
이야기를 어떻게 풀어나가야 할지 막막하기만 했습니다. 헌데 천천히
지난 시간들을 돌이켜보며 한 장, 한 장 써내려가다 보니 글은 이미
차고 넘쳐, 후반 편집 작업에서는 그 중 어떤 글을 뽑아야 할지
고민이 될 정도였습니다. 그만큼 들려주고 싶은 이야기와 보여주고
싶은 세상이 많았나 봅니다.

아라비안나이트의 '천일야화'처럼, 매일 새로운 사람을 만나고
새로운 이야기를 만들어갈 수 있게 해주는 제 직업과, 낯선 땅을 두
발로 디디며 미지의 세계를 끊임없이 탐험할 수 있게 해주는 소중한
기회들에 늘 감사하고 있습니다.

내가 남에게 받았던 것처럼, 그 작은 에너지가 내게 큰 힘이 되었던
것처럼, 제 부족한 글들이 이 책을 펴고 있는 당신에게 '나도 할 수
있다'라는 긍정적인 자극과 열정을 준다면 더 이상 바랄게 없습니다.
늦은 나이에도 불구하고, 어려운 환경에도 불구하고… 수많은

'불구함'들을 이겨내고 오늘도 벅찬 꿈을 가슴에 품은 채 도전하고
있는 이 땅의 아름다운 청춘들에게 이 책을 바칩니다.
마지막으로, 하루하루 축복을 더하시는 하나님 아버지께 영광
돌리며, 무한한 사랑을 쏟아주시는 어머니, 아버지, 오빠, 새언니
그리고 막 세상에 태어난 기율, 고맙고 사랑합니다. 소리 없는(?)
응원을 보내준 한국의 친구들, 언제나 그 자리에 있어 든든한 나의
도하 가족들, 고마워요.
무엇보다도 저의 가능성을 보고 멋진 제안을 해주시고 물심양면
도움을 아끼지 않으신 김희연 대표님 정말 감사합니다. 또 멀리
중동에 사는 저와 함께 작업하느라 고생 많으셨던 승윤 씨, amStory
식구들에게도 저의 깊고 깊은 감사의 마음을 전합니다.
봄날의 따스함과 여행지의 설렘이 그대들과 늘 함께이길 바라며…

2012년 4월의 어느 봄날 싱가포르에서,

김현경 올림.

Contents

Part 06 비행소녀의 지극히 사소한 팁

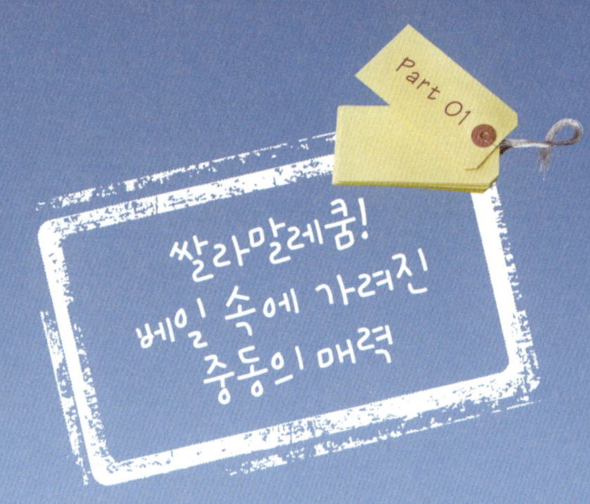

☆

사막의 모래를 닮은 건물과 여기저기 들리는 억센 억양의 아라비.
그리고 눈앞을 왔다 갔다 하는 흰 옷의 사람들과 검은 옷의 사람들.
비행기에서 내려 낯선 땅에 발을 디뎠을 뿐인데 과거 어느 먼 시절로 순간이동을 한 것처럼 그 어느 나라보다 이국적이고 낯선 풍경이 있는 곳, 그런 곳이 바로 중동이다.
다른 세계에 온 듯 문득 문득 나를 소스라치게 하는 문화 충격, 시간이 지나도 쉽게 익숙해질 수 없었던 그들의 낯선 눈빛, 겉모습, 손짓, 말투.
알겠는가 싶으면 또 다른 새로운 모습을 발견하게 되고, 자연스러워 졌는가 싶으면 또 다시 낯선 모습을 보여주는 그들.
세상 어디 이토록 이질감이 느껴지는 곳이 또 있을까.
굳게 닫혀있었던 그들이 세상에 손을 내밀었던 것처럼, 나 또한 조금씩 마음을 여는 법을 알게 해준, 또 그렇게 마음을 연 자에게만 매력을 보여주는 그런 나라다. 이곳 '중동'은.

쌀라말레쿰!
베일 속에 가려진 중동의 매력

"쌀라말레쿰!(لسلام عليكم :안녕하세요)"

검은 천의 아바야(abaya:이슬람권의 여성들이 주로 입는 검은 망토 모양의 의상)를
뒤집어 쓴 여인에게 조심스레 인사를 건네면 그들도 흘끗 나를 보며
조용히 대답한다.

"왈라쿰쌀람..(و عليكم السلام :안녕하세요;대답하는 인사)"

자세히 들여다보면 베일 안으로 그들이 엷게 미소를 짓고 있는 걸
볼 수 있다. 그들의 낯선 모습에 가끔은 말을 걸기조차 꺼려지지만,
사실 그들은 하얀 옷과 검은 옷을 뒤집어썼을 뿐 우리와 같은
사람들이 분명했다. 이를테면 드라마 한 편에 웃고 울고, 친구들과
모여 수다 떠는 시간이 가장 재미있고, 자신의 나라에 사는 우리 같은
이방인들이 똑같이 신기하고 궁금한.

중동의 항공사에 합격하고 승무원이 되기 위해 처음
카타르(Qatar:중동아시아 카타르반도에 위치한 국가) 땅에 발을 디뎠던 날이
기억난다. 4월이었음에도 불구하고 쨍한 햇살에 후텁지근했던 날씨.
사방을 둘러봐도 온통 비슷한 모양을 한 누런색의 건물들. 그건 마치
사막의 모래색을 닮아있었다. 길거리를 활보하는 콧수염을 단 갈색

사막에 뜨는 별처럼
맑고 거짓없는
마음의 거울을 가진
사람들이다

피부의 외국인들과 내 눈에 가장 신기했던 아랍의 전통복을 입은
사람들. 영화 속에 나오는 천사와 악마처럼 반은 하얀색 옷을, 반은
검은색 옷을 입고 있었다. TV 다큐멘터리에서나 보던 전통 옷차림이
신기해서 눈을 떼지 못하고 쳐다보고 있자니 그 쪽도 노란 피부에
키 작은 동양 여자애가 신기했는지 눈을 피하지 않고 같이 쳐다본다.
서로가 서로를 신기해하는 광경이라니.

도하(Doha:카타르의 수도)에서의 첫 날, 쇼핑몰에서 이것저것 살림살이를
구경하고 있는데 나이가 지긋한 흰 전통복 차림의 아저씨가 함께
사진을 찍자며 다가왔다. 보수적인 그들은 관광객들의 카메라에
찍히는 것을 꽤나 싫어한다고 들었는데, 이 아저씨는
"와할른왓싸할른!(أهلا و سهلا :환영합니다)" 라고 하며 콧수염 아래로
하얀 이를 한껏 보이며 환한 웃음으로 먼저 사진을 찍자고 했다.
나중에 카타르에 더 오래 살면서 알게 된 사실이지만 이런 일은 극히
드문 경우였다. 자신의 사진을 몰래 찍기라도 하면 불같이 화를 내고,
길가에 서서 카메라를 찰칵 찰칵 대면 고개를 휙 돌리고 걸어가기도
한다. 외국인에 대해 지나치게 배타적이지는 않지만, 여느 관광지처럼
이방인들을 두 팔 벌려 환영하고 친구처럼 생각하지는 않는 것 같다.
종교적인데서 나오는 특유의 보수적인 감성이 뿌리 깊게 자리 잡은
이유이다.

몇 년간 이곳에서 살면서 또 비행을 하면서 느낀 점은 아랍 사람들은
성격이 화끈하다는 것이다. 언제나 자신감이 넘치고 목소리도 큰
편이며 하고 싶은 말은 다 해야 직성이 풀리는 것 같다. 그래서
그런지 작은 일에도 '버럭' 화를 잘 내고 또 풀 때도 화끈하게

풀어버린다.

한번은 몸집이 거대한 아랍인 남자 손님이 비행기에 탑승한 적이
있었다. 각 취항지마다 이용하는 비행기의 종류가 다른데 그 날은
제일 작은 비행기를 이용해서 가까운 아부다비(Abu Dhabi)에 가는
길이었다. 비행기가 작으니 당연히 통로도 좁을 수밖에. 그 아랍인
손님은 비행기 복도를 지나는데 자기 몸이 자꾸 낀다며 화를 내기
시작했다. 비행기 복도를 그 손님을 위해서 쭉 늘릴 수도 없고,
당장에 양쪽 의자를 다 떼어버릴 수도 없고, 어떡한담?
"똑바로 걷지 말고 이렇게 옆으로 걸어보세요" 라고 하자,
화를 내던 손님은 두말없이 내가 시키는 대로 옆으로 조심조심
걸어 자기 자리를 찾아갔다. 자리에 앉은 그 손님은 핸드폰을 꺼내
큰 소리로 통화를 하기 시작했다. 한 손을 허공에서 세차게 흔드는
특유의 아라빅(arabic) 제스처를 취해가며.
"손님, 이륙을 위해서 핸드폰 전원을 꺼주시겠습니까?" 라고 하자,
급한데 핸드폰도 못 쓰게 한다며 또 화를 냈다. 그런데 그렇게
투덜대면서도 바로 핸드폰의 전원을 끄고 가방에 넣는다.
이륙 후 샌드위치 서비스를 시작하는데, 그 손님의 배가 너무 나와
좌석 앞의 테이블이 완전히 내려지지 않고 배에 걸쳐지고 말았다.
그러자 어떻게 먹으라는 것이냐며 또 두 손을 허공에 휘적휘적하면서
큰소리로 불평을 했다.
"손님 죄송합니다. 의자를 뒤로 젖혀드릴 테니 조금 뒤로 앉으시면
테이블이 그나마 조금 펴질 겁니다" 라고 하며,
의자를 빼드리고 이것저것 챙겨주자 아무 말 없이 내가 하는 걸
가만히 쳐다보더니 뱃살에 걸려 15도 기울어진 테이블을 손으로
잡고 조용히 샌드위치를 먹었다. 작은 것 하나에도 잠시를 못

참고 불같이 화를 냈다가도 사과를 하거나 조금만 신경을 써주면
금세 또 화가 풀려서 언제 그랬냐는 듯 웃는다. 정말 급한 성질을
가졌다 싶다가도 뒤끝 없이 화를 바로 풀어버리는 모습이 작은 것에
토라졌다가 달래주면 금방 풀어지는 아이의 모습 같아 귀엽기도
하다.
체격에 비해 작은 비행기 좌석과 좁은 복도가 내내 불만이었음에도
내릴 때에는 허허허 웃으며 "슈크란~ 마쌀라마~(شكرا مع السلامة
:고마워요, 안녕)" 먼저 반갑게 인사한다. 그런 분에게 나도 웃지 않을
수가 없다. 웃으며 나도 대답한다. "슈크란~ 마쌀라마~"
많이 싸운 형제자매가 나중에 더 우애가 깊고, 투닥거리며 싸운
친구와 나중에는 더 친해지듯이 이 손님과 나는 그 사이 정이 든 것
같았다.

아랍인들에게서 나는 늘 이런 느낌을 받는다. 사나워 보여도 악의가
없고 정이 많은 사람들. 그게 바로 아랍인들의 매력인 것 같다. 흰색,
검은색 천을 머리끝까지 뒤집어쓰고 때론 온 얼굴을 다 가리고
있어 눈조차 보이지 않지만, 그 가려진 베일 안으로는 아이 같은
웃음을 짓고 있는 사람들. 세찬 모래 바람을 막아내느라 조금 거칠어
보일지는 모르지만, 그 너머에는 사막에 뜨는 별처럼 맑고 거짓 없는
마음의 거울을 가진 사람들이다.

카타르가 대체 어디야?

"카타르에 살고 있어요" 라고 말 할 때 마다 '카타르가 어디더라. 들어본 것 같기는 한데…' 라는 표정을 짓는 사람들을 많이 본다. 모른다고 선뜻 말하기에는 어디선가 들어본 나라인 것 같아서일까? 아랍에미리트(Arab Emirates)의 '두바이(Dubai)'는 다들 알지만 그 옆에 위치한 카타르의 '도하'는 그리 많이 알려지지 않았나보다. 그나마 2006년 아시안 올림픽, 2011년 아시안 컵에 이어 2022년 월드컵 개최 예정지로 선정되면서 도하의 인지도가 많이 높아지고 있는 추세다.

아라비아 반도에 혹처럼 툭 하고 작게 튀어나와 있는 카타르는 아래쪽으로 거대한 땅 사우디아바리아가 육지로 연결되어 있고, 오른쪽으로는 아랍에미리트가, 더 멀리 주변국으로는 오만, 바레인, 레바논, 예멘 등의 나라가 있다. 18세기에는 바레인의 토후국인 할리파가의 영토였으나 이후 영국의 보호령 아래에 있게 되었고, 1971년 9월 3일 영국으로부터 독립을 하면서 Sheikh Ahmed bin Al-Thani 국왕의 즉위를 시작으로 현대의 역사가 시작되었다. 그 해 아랍 연맹과 유엔(UN)에 가입하고 개방적이고 서양에 우호적인 정책을 펼치며 아랍권 가운데 가장 빠른

경제성장을 보이고 있는 나라가 되었다.

깊은 역사가 있는 유적을 만날 수 있고, 중동의 다양한 음식을 경험할
수 있는 요식업이 발달해 있으며 세계의 유명한 호텔을 비롯한
숙박시설도 잘 갖춰져 있다. 현재 새로운 도하 국제공항이 건설 중에
있어 곧 국제공항의 새 패러다임을 제시할 미래지향적 공항이 재탄생
될 예정이다.

카타르 전체인구는 약 75만 명 정도, 그중에 진짜 카타르 자국민은
15만 명에 불과하다고 한다. 그럼 나머지 60만 명은 다 누구란
말이지? 나 같은 외국인 노동자이지 않을까 싶다. 근처 다른
아랍국에서 건너와 사는 아랍인들뿐만 아니라 돈을 벌기위해
바다 건너온 인디안, 파키스탄, 필리피노까지 그 수가 엄청나다.
카타리(Qatari:카타르의 주민)와 손잡고 큰 비즈니스를 하는
외국인에서부터 식당 주방에서 양파를 까는 사람에 이르기까지
수많은 인종의 사람들이 수많은 계층에서 일하고 있으니, 그야말로

중요 업무를 제외한 카타르의 시장은 남의 손에서 돌아가고 있다고
해도 과언이 아닐 것이다. 내가 몸 담고 있는 카타르 항공만 해도
CEO는 카타리지만 그 이하 수 만 명의 직원은 전 세계에서 모여든
120여 인종으로 이루어져 있다고 하니 그야말로 인터내셔널한
나라의 인터내셔널한 항공사가 아닐 수 없다.

이러니저러니 해도 사람들이 가장 관심을 갖는 카타르의 매력
포인트는 바로 원유와 천연가스. 우리나라 경기도와 비슷한 규모의
작은 땅덩어리지만 천연가스 보유량은 세계 최대에 육박한다고 하니

그야말로 속이 꽉 찬 나라다.

'사막'이라는 단어를 떠올리면 뜨거운 태양 아래에 낙타만이 유일한
교통수단일 것 같고 마실 물이나 제대로 있을까 싶지만, 이 땅은 무슨
복인지 우리나라처럼 삼면이 바다로 둘러 쌓여있어 해산물마저도
손쉽게 구할 수 있는 자연의 보고이다. 땅에 어마어마한 자원이
숨겨져 있다는 사실을 몰랐던 그 옛날, 이 땅에 살던 사람들은
바다에서 진주 조개잡이를 해 먹고 살았다고 한다. 배에서 그물을
던져 소박하게 살아가다 땅 속의 거대한 천연가스를 발견하고는 어느
날 갑자기 뿅 하고 온 국민이 재벌이 되었다.

카타르에서 태어나는 것은 처음부터 모든 것을 가지고 태어나는
것이라고 누군가 그랬다. 그렇다면 나에게 "카타르에서 태어나
저렇게 평생 아바야를 입고 살아볼래?" 라고 한다면, 나는? 당신은
어떤 선택을 하겠는가? 재벌이 되는 것은 기분 좋은 상상이지만
난 사양하겠다. 대한민국은 자원이 많은 나라는 아니지만 그들이
가지지 못한 아름다운 사계절과 살기 좋은 기후가 있지 않은가? 땀을
흘려 농사를 지을 수 있는 비옥한 땅이 있고 사방 어디를 둘러봐도
눈부시게 푸르른 산과 나무가 있다. 종교의 자유가 있고 무엇이든
마음만 먹으면 꿈을 펼치고 도전할 수 있는 기회가 있다. 나는 50도
태양보다 낙엽이 지고 눈이 내리는 사계절을 택하겠다.
그렇다. 신은 진정 공평하시다. 그들에게 풀 한 포기 저절로 나지
않는 척박한 땅을 주셨지만 그 아래에 커다란 보물도 함께 주셨으니.

도하에 살면서 사람들에게 가장 많이 듣는 질문들이 있다면
"위험하지 않아?", "너도 아랍어 하니?", "낙타 타고 다니니?" 와 같은

것들이다.

카타르가 위험하지 않냐고? 카타르의 치안은 매우 안정적인 편이다. 거리나 공원에서 수시로 경찰을 만날 수 있고, 보수적인 관례 덕에 술의 판매가 제한돼있다 보니 술에 취해 흥청망청하는 사람을 거의 찾아볼 수 없다. 유럽 관광지에서 흔히 볼 수 있는 소매치기나 도둑을 이 곳에 살면서는 한 번도 보지 못했다. 법률도 엄격한데다 벌금도 비싸고 강력한 치안정책 덕택에 범죄율이 낮은 편이니, 살기에도 또 여행하기에도 좋은 곳이다.

아랍어를 배워야만 이 곳에 살 수 있냐고 묻는다면 절대적으로 '노(No)' 이다. 전체인구의 80%가 외국인이고 또 세계 각국에서 모인 여러 인종의 사람들과 함께 살다 보니 자연스럽게 영어가 주언어로 쓰이고 있다. 물론 20%의 자국민들과 많은 수의 주변 아랍국가 사람들은 자기네들끼리 아랍어를 쓴다. 이를 꼭 배울 필요는 없지만 간단한 인사말이나 고맙다는 말 정도는 알아두면 좋다.

마지막으로, 낙타를 타고 다니냐고? 우주를 왔다 갔다 하는 21세기에 이 무슨 망언이란 말인가. 마치 한국을 잘 모르는 사람들이 조선시대의 사진만 보고 "너희 한국 사람들은 가마를 타고 다니니?" 라고 묻는 것과 똑같은 소리다. 물론 질문한 사람도 농담 반으로 한 질문이겠지만, 굳이 이에 대답을 하자면 사막에 가면 낙타를 만날 수 있고 또 탈 수도 있다. 물론 돈 내고.

기름 값이 상상을 초월할 정도로 싸기 때문에 차를 가지고 다니는 건 어려운 일이 아니다. 워낙 작은 도시여서 지하철이나 기차는 아직 없지만 택시가 많아 그리 불편하지 않고 월드컵이 열리는 국제도시답게 고속철도 또한 곧 생길 거라 하니 낙타 없이도 바깥 외출은 충분할 것 같다.

하루 다섯 번의 기도소리

중동에 온 첫날 밤, 침대에 누워 뒤척거리니, 어제만 해도 내 방에
누워 있었는데 하루 만에 이역만리 타국 땅에 와서 이렇게 잠을
청하고 있다니… 인천 공항에서 작별 인사를 나눈 어머니의 모습도
떠오르고 앞으로 이 곳에서의 내 삶을 그려보다 보니 어느새 새벽이
깊었다. 벌써부터 한국이 그립기도 하고 펼쳐질 미래가 설레기도
하는 복잡한 생각들이 머릿속을 채우는데, 그 단상을 한 방에
깨버리는 요상한 소리가 들려왔다.

"아아으으으~~~~으아하으흐~~~~$!*%#^$%#@~~~"

'깜짝이야, 이 고요한 새벽에 이게 뭔 소리람?'
한참이나 계속 되는 그 알 수 없는 소리에 잠은 더 달아나 버렸다.
알고 보니 그것은 무슬림들에게 기도 시간을 알리는 소리였다.
아랍어로 기도문을 읽는 것 같았지만 당최 무슨 소린지 알아들을 수
없었다. 도하 곳곳에 있는 모스크(Mosque:무슬림들의 예배당)에서는 하루
다섯 번 기도 시간을 알린다. 하필이면 그 중 하나가 우리 건물 바로
옆에 있어서 그렇게 큰 소리가 들렸던 것이다. 밤낮 할 것 없이.

이슬람교도들은 하루에 다섯 번 알라신께 기도를 한다. 동이 터오는
새벽에, 정오에, 한낮에, 해가 질 때, 그리고 밤에. 다섯 번 중 한
번은 꼭 모스크에 직접 가서 기도를 하고, 그 어디서 무엇을 하고
있을지라도 기도 시간이 되면 하던 일을 멈추고 신께 기도를 한다.
만약 비행기를 타고 여행 중이라면?
땅 속을 뚫고 갈지라도, 하늘을 날아갈지라도 예외란 없는
그들의 뚝심 있는 신앙심에 박수를 쳐주고 싶다. 기도 시간이
되면 비행기 복도나 갤리(galley:기내 주방) 근처에 담요를 펴놓고
메카(Mecca:사우디아라비아에 있는 이슬람교 최고의 성지)를 향해 기도를 하는데,
메카의 방향이 어딘지 늘 물어오기 때문에 우리도 어느 정도 정보를
알고 있는 게 좋다. 가끔은 좁은 갤리에 와서 기도를 하겠다고 떼를
쓰면 참 당황스럽다. 라마단 기간에는 서너 명이 비행기 문 앞에 모여
단체 기도를 할 때도 있다. 하아, 이거 참.

처음에는 아무 데서나 무릎을 꿇고 절을 하며, 중얼중얼 주문 같은
걸 외우기도 하는 그들의 모습이 낯설고 신기해서 몰래 훔쳐보곤
했었다. 이상한 나라의 앨리스처럼 전혀 딴 세상에 와있는 듯한
느낌으로.
비행하러 가는 버스 안에서도 문득, 쇼핑을 하다가도 문득, 밥을
먹다가도 문득, 잠을 청하다가도 문득 모스크에서 나는 요상한 소리
때문에 깜짝 놀라고 적응이 그리도 안 되더니, 지금은 자연스레 귀에
익었는지 하루 다섯 번 그런 소리가 나는 지도 모르고 산다.
사람의 적응력이란 어찌나 빠른지, 중동 사람 다 되었는가보다.

라마단 카림(Ramadan Kareem)

"한 달 내내 아무 것도 먹지 않는다고? 그럼 어떻게 살아?"

중동에 살면서 가장 신선하게 다가온 문화충격은 바로
'라마단(Ramadan)'이었다.
라마단이란, 이슬람력으로 9월 한 달간(매년 날짜가 바뀐다)
무슬림들이 고행을 실천하고 금기를 지키며 어려운 이웃에게 베품을
실천하는 기간이다. 해가 떠있는 시간부터 해가 지는 시간까지
아무것도 먹지 않고 물도 입에 대지 않는데, 이 '금식'은 가난한
자들의 배고픔을 이해하고자함이다. 금식 이외에도 음주, 흡연은
물론 자신을 즐겁게 할 수 있는 모든 것을 절제한다.

아침부터 저녁까지 종일 굶으면 얼마나 배가 고플까. 금식(fasting)이
끝나고 음식을 먹을 수 있게 되는 것을 'Break the fasting'이라고
하는데, 배가 고프다고 아무거나 허겁지겁 집어 먹지 않는다.
비어있었던 속을 달래가며 천천히 부드러운 음식을 섭취하는데, 보통
물이나 '라반(Laban:아라빅 스타일의 요구르트)' 그리고 말린 대추를 먹는다.
이렇게 금식 후 처음 먹는 음식은 '이프타(Iftar)'라고 하는데 무슬림

손님들을 위해서 비행기에도 이프타 박스(Iftar Box)가 실린다. 그 작은 박스 안에는 물, 라반, 말린 대추, 아라빅 스타일의 여러 과자들이 들어있고, 저녁 7시쯤 금식을 끝낸 손님들에게 나눠준다.

특별한 한 달이 그들에게는 자신을 되돌아보고 더 나은 무슬림이 되어가는 성스러운 기간이지만, 우리 같은 이방인들에게는 조금 부담스러운 기간이 아닐 수 없다. 낮에는 모든 상점이 문을 닫기 때문에 생필품이나 음식도 해가 질 때까지 기다렸다가 사야 한다. 고픈 배를 움켜잡고 느지막이 일어났는데 냉장고가 텅 비었다면?

배달을 시킬 피자집이나 동네 슈퍼마켓도 모두 문을 닫았다면?
어쩌겠는가. 같이 금식하는 수밖에.
해가 지고 나서의 진풍경은 바로 대형 마트에서 볼 수 있다. 낮 동안
활동하지 않았던 사람들이 쏟아져 나와 생필품과 음식을 사려는
사람들로 장사진을 이룬다. 주차장은 만원이 되고 계산대의 줄도
끝이 없다.
또 한 가지 나를 슬프게 하는 것이 있으니, 비행이 끝난 후 홀가분한
마음으로 목을 축일 수 있었던 호텔 바(bar)에서의 맥주 한 잔도
라마단 기간에는 금지라는 것이다. 클럽(club)이나 펍(pub) 할 것 없이
술을 팔 수 있는 곳은 라마단 기간 동안 문을 굳게 걸어 잠근다.
한마디로 이 기간 동안 도하에서 술은 한 방울도 찾을 수 없는 셈.
그들과 함께 우리도 고행을 해야 하는 것이다.

비행 동기인 동생이 인도에 여행을 갔다가 낙타를 타고 동네를
둘러봤다고 한다. 그때가 마침 라마단 기간이었는데 낙타를 끌던
일꾼도 금식을 하는 중이었다고 한다. 그런데 그 몰골이 차마 눈
뜨고는 못 볼 정도여서 일을 시켜야하나 말아야하나 고민을 했다고
한다. 몸집이 작았던 그 남자는 날도 더운데 밥은커녕 물 한 모금도
마시지 못해 입술이 하얗게 말라 비틀어져서는 곧 쓰러질 것처럼
힘없이 터덜터덜 낙타를 끌더란다. 그 모습이 불쌍해 동생이 내려 그
남자를 낙타에 태우고 자신이 낙타를 직접 끌고 싶은 심정이었다고.
금식은 하는 사람도, 그걸 지켜보는 사람도 힘들다.
동료 승무원들 중에는 이집트, 모로코, 레바논, 시리아, 요르단,
이란 등에서 온 사람들이 있는데 거의 다 무슬림이다. 그들도 예외
없이 금식을 하는데, 오전부터 비행이 있는 날은 배가 고픈 채로

6~7시간씩 일을 해야 한다. 배를 든든하게 채우고 에너지가 넘쳐도 가끔은 힘에 부치는 일인데 물도 못 마셔가며 일을 하려니 얼마나 힘이 들까 상상이 간다.

추측건대 아마 제일 괴로운 때는 바로 이 순간이 아닐까. 바로 손님 식사 서비스가 끝나면 시작되는 승무원 식사 시간. 다들 자리를 잡고 앉아 맛있게 식사를 할 때, 무슬림 동료들은 뱃속에서 음식을 내놓으라고 요동을 칠지라도 꾹 참으면서 음식을 그저 바라봐야만 한다는 것. 나는 금식을 해본 적이 없어서 그 고통은 잘 모르지만 상상은 해볼 수 있다. 어쩌다 한두 끼만 굶어도 온몸에 힘이 없고 짜증이 밀려오지 않는가. 그래서 우리는 금식을 하는 동료를 생각해 너무 대놓고 음식을 먹지 않는다. 우리가 해줄 수 있는 아주 작은 배려랄까. 그런데 아주 가끔은 그런 우리의 작은 배려를 악용(?)하는 친구들도 있다. 종일 굶어서 힘이 없다면서 어깨를 축 늘어뜨리고 슬픈 얼굴로 앉아 있으면 괜히 안쓰러운 마음이 들어 그 친구가 해야 할 일을 대신 해주기도 하기 때문에.

라마단 기간에는 비행기가 도하에 도착하기 직전 특별 안내방송을 들을 수 있다. "지금은 라마단 기간입니다. 해가 떠있는 동안에는 야외에서 음식물을 섭취하시거나 흡연을 하시면 안 됩니다" 그들의 종교와 성스러운 문화를 존중하는 의미에서 무슬림이 아니어도 낮에는 야외에서 음식을 먹으면 안 된다. 어려운 일이 아닌 것 같지만, 길에서 무심코 음료수를 꺼내 마시다가 따가운 눈총을 받아보면 알게 된다. 그리 쉬운 일만은 아니라는 걸.

세계는 점점 좁아지고 중동이 먼 나라라는 생각은 옛날 얘기다.

여행, 사업 혹은 다른 여행지를 가기위한 중간 지점으로 중동을 찾는
사람들이 늘어나고 있다. 무슬림 국가의 규칙은 모르면 황당하고
화가 나지만, 그들의 문화와 종교를 조금만 알아도 이해하기가
쉬워진다. 라마단 기간에는 더욱 단정한 옷차림으로 밖을 나서고,
지나친 애정 행각을 삼가며, 금식을 하는 지친 사람들을 무작정
사진에 담지 않는 것. 음식을 씹으며 길을 걷지 않고, 금식 하는
사람에게 음식을 권하지 않는 것. 이쯤이야, 내가 생활하고 있는
나라에 대한 작은 매너이지 않을까. 우리는 무슬림의 율법은 잘
모르지만, 동방예의지국에서 온 예의바른 사람들이니까.

오늘밤은,
이 밤이 뜨거워요

"앗! 뜨뜨뜨거워어어어~~!!!!!"
이 소리는 일본 후쿠오카 온천에 발을 담그다 놀라는 소리가
아닙니다.
태국 방콕에서 톰얌쿵을 한 번에 들이키다 내는 소리도 아닙니다.
카타르 도하, 태양이 작열하는 오후 2시, 어느 승무원 숙소의
목욕탕에서 한 여승무원이 머리를 감으려 물을 트는 순간 뜨거운
물에 놀라 내는 소리입니다.

한여름 기준 바깥 온도가 40~50도를 육박하는 카타르 도하의 온도.
이 온도에서 살아간다는 게 상상이 되는지… 상상하기 어렵다면,
찜질방에 가서 50도를 가리키는 참나무방의 문을 열 때 훅 하고
얼굴에 닿는 열기, 5분도 채 지나지 않아 땀이 주르륵 흐르고 호흡할
때마다 느껴지는 더운 숨막힘을 상상하면 되겠다. 이 얘기를 한국에
있는 친구에게 했더니 친구 왈 "너 찜질방 좋아하니까 찜질한다
생각하며 즐기면 되겠네~"
나도 모르게 친구 등짝을 때릴 뻔 했다. 찜질방엔 그늘이라도 있지,
이 곳에서는 건물 밖으로 한 발 내딛으면 그야말로 '쨍'한 열기가

목덜미와 이마 그리고 정수리를 아프게 할 정도다. 야외 생활이
많지 않아 다행이지만 어쩌다 밖을 걸어야할 일이 생기면 미친 듯이
내리쬐는 태양빛을 고스란히 맞아야 하고, 그 빛은 어찌나 밝은지
선글라스를 껴도 눈이 부시다. 그 뜨거움이 싫어 스카프로 온 얼굴을
뒤집어쓰고 싶다는 생각이 든 순간, 아하, 아랍여인들이 왜 긴 천으로
온 얼굴과 몸을 휘감고 다니는지 알 것 같았다. 물론 종교적인 이유로
얼굴과 머리카락이 보이면 안 되는 것이지만 과연 날씨와 아무
관계가 없을까? 아바야든 디쉬대쉬든 사막 생활을 하기엔 제격인
최고의 복장임에는 의심할 여지가 없다. 그들은 현명했다.
카타르 생활 수 년째, 나도 이제 밖을 나설 때는 반드시 스카프를
두르고 눈만 내놓는다. 중동에 살아서가 아니라 단지 햇빛을 피하려고.

끓는 듯한 열기는 대지 위에 지글지글 아지랑이를 만들고 뉘엿뉘엿
해가 넘어가고 어둠이 찾아와도 좀처럼 쉽게 가라앉지 않는다. 밤에
방 침대에 누워 벽에 손을 대보면 벽이 뜨끈뜨끈하다. 종일 태양
아래에서 달궈졌던 건물 전체에 아직도 그 뜨거운 열이 남아 있는
것이다. 여름밤 실외 온도는 35도 내외. 이 곳의 여름 밤이 한국의
여름 낮 날씨와 비슷하다. 그렇다. 카타르는 밤에도 뜨겁다.

우리들만의 공공연한 규칙이 있다. 여름시즌에는 오전
10시~오후 5시까지 샤워, 빨래 금지. 태양이 가장
뜨거운 그 때는 물탱크가 건물 밖에 있는 탓에
물의 온도가 상상을 초월하기 때문이다.
그 물로 샤워를 하고나면 머리털이 다
빠질 것 같고 얼굴의 모공은 활짝

열릴 것만 같아 무섭다. 고무장갑을 꼈는데도 물이 너무 뜨거워서
설거지를 중간에 그만둔 적도 있다. 빨래? 이런 줄 모르고 낮에 몇
번 세탁기를 돌렸다가 아끼던 옷이 55 사이즈에서 유아용 사이즈로
줄어들고, 마음먹고 산 롱치마가 미니스커트가 되는 놀라운 경험도
한 바 있다. 뭐, 끓는 물에 삶는 것과 비슷하니 살균효과는 기대할 수
있으려나.

샤워하기 가장 좋은 시간은 한밤중. 특히 새벽 2~4시가 가장 좋다.
일부러 낮 시간을 버티고 버텨 이 시간에 세탁기를 돌리고 샤워를

하는 건 나뿐만이 아닐 것이다. 물탱크가 건물 안에 있는 집은
모르겠지만. 이외에도 뜨거워서 깜짝 놀라는 일들이 너무 많다.
야외 수영장 물도 잘 체크해보고 뛰어들어야 한다. 수영장의 규모가
작을수록 물이 뜨거울 가능성이 높다. 밖에 장시간 주차돼있었던
차는 어떻고? 난 늘 세 가지가 걱정된다. 차에 처음 탔을 때 숨을 쉴
수가 없으니 질식 걱정, 운전대는 장갑 없이 잡을 수가 없으니 손바닥
화상 걱정, 차가 혹시 터지지는 않을까 하는 폭발 걱정.
걱정도 팔자인가. 한 가지 걱정이 더 있다. 내 방의 화장품들. 비행을
간 사이 집에 아무도 없으니 에어컨을 끄고 가는데, 비행 후 며칠
뒤에 돌아와 로션을 바르면 방금 전자레인지에서 꺼낸 것처럼 따뜻한
느낌이 온 얼굴에 퍼진다. 화장품은 뜨겁게 보관하면 안 된다고
하던데 쉽게 변질될까 걱정이다.
세수를 할 때에는 뜨거운 물로 일단 씻고 마지막은 찬물로 헹군다.
그 찬물은 물론 냉장고에서 꺼낸 것이다. 세수할 차가운 물은
냉장고에서 24시간 항시 대기 중. 먹을 물, 씻을 물 그리고 음식할
물을 각기 다른 병에 담아 따로따로 보관하는 것은 더운 나라에서
살면서 생긴 나만의 요령이다.

나는 소망한다,
내게 금지된 것을

여기 내가 살아가고 있는 곳, 카타르는 이것저것 하면 안 되는 것들이 많은 나라이다. 평생 자유를 누리며 살다가 갑자기 전혀 다른 문화와 종교를 가진 곳에 오니, 하지 말아야 할 것도, 해서는 안 될 것도 너무나 많다. 처음에는 신기하게만 보였던 그 문화가 내 삶이 되고 보니 영 답답하고 불편하기 짝이 없다.

금지의 시작은 바로 이들의 종교에서부터 나온다. 이슬람교도들은 그들의 성경책이라 할 수 있는 코란(Koran)에 나와 있는 율법에 따라 돼지고기와 술을 먹지 않고, 먹을 수 있는 닭고기, 양고기, 쇠고기도 반드시 할랄(halal:이슬람교 계율에 따라 도축)된 것만 먹어야 한다. 여자는 머리카락과 얼굴을 가려야 하며 신체부위의 노출도 삼가야 한다. 물론 이곳에 들어와 사는 수많은 이방인들에게까지 그들의 규율을 모두 따르라고 하진 않지만, 워낙 보수적인 나라이다 보니 최소한의 것들은 지켜주어야 한다.

'하람(Haram)' 투성이인 이 나라에서 하람의 뜻을 모르면 안 된다. 하람은 '하면 안 되는 것', '금지된 것'이라는 뜻으로, 먹으면 안

되는 음식이나 절대 해서는 안 되는 행동 혹은 남녀 구분을 지을
때 많이 쓰는 단어이다. 이슬람교도들은 어릴 때는 자유롭게 옷을
입다가 성인이 되면 전통옷을 입기 시작하고, 성인이 된 여자는 외간
남자에게 얼굴을 보여도 안 되며 심지어 모르는 남자와는 나란히
앉는 것도 금지하고 있다.

한번은 나이가 지긋한 여자 승객이 검은 아바야를 입고 눈, 코, 입을
모두 가린 채 비행기에 탑승했다. 그녀는 자신의 자리 바로 옆에
남자가 앉아있는 것을 보고, 절대 그 자리에는 앉을 수 없으니 당장
자리를 바꿔달라고 했다. 남자 옆에 앉는 것은 '하람'이라고. 여유
좌석이 많으면 쉽게 바꿔드릴 수 있지만 만석일 경우에는 그게
말처럼 쉽지가 않다. 여러 차례 양해를 드렸지만 그녀는 복도에
꼿꼿이 서서 내가 새로운 자리를 만들어줄 때까지 기다렸다. 남자
옆에 앉아서 가느니 차라리 비행기에서 내리겠다고 할 것 같았다.
결국은 어렵게 어떤 남성분과 자리를 바꿔 앉을 수 있게 되었고,
그녀는 평온한 마음으로 자리에 앉아 코란을 읽으며 무사히 목적지에
도착했다.

카타르에서는 길거리에서 손을 잡고 걷는다든지 어깨동무를
하거나 스킨십을 하는 커플을 거의 찾아볼 수 없다. 부부라고 해도
남들 앞에서는 그런 모습을 보이지 않는다. 때와 장소를 가리지
않고 키스를 하고 도를 넘는 애정행각을 펼치는 서양 사람들과는
정반대다. 요즘은 간혹 손을 잡고 길을 걷는 젊은 카타리 커플들을
볼 수 있기는 하지만 그래도 공공장소에서 심한 스킨십은 여전히
'하람'이니 조심해야 한다.

개인적으로 도하에서 가장 적응하기 힘들었던 것은 바로
'복장'이었다. 이렇게 더운데 짧은 옷을 입지 말라니 쉽게 납득은 안
됐지만, 잘못하면 경찰서에 잡혀갈(?) 수도 있다는 선배들의 이야기에
겁을 먹고 옷장을 뒤적였다. 그러나 더운 나라에 살러간다는 생각에
온통 짧은 바지에 민소매 티셔츠만 챙겨온지라 딱히 입을만한 옷이
없었다. 그래서 생각해낸 것이 바로 '레깅스 패션'. 무릎을 비롯해
다리 살이 많이 노출되는 옷은 피해야하기 때문에 짧은 치마나
반바지를 입고 무조건 그 아래에 레깅스를 함께 입어주는 것이다.
어찌됐든 무릎만 안 보이면 되니까. 한번은 식당에 갔는데 종업원이
다가와 어깨가 보이면 안 되니 뭐로든 가려달라고 했다. 그 후로는
얇은 겉옷이나 스카프를 챙겨가지고 다니며 어깨에 두르곤 한다.
그나마 다행인 것은 최근 노출에 조금씩 관대해져 가고 있다는
것이다.

세상이 변해서 많은 것이 개방된다 해도, 영원히 변치 않는 '금지
품목'이 있으니 그건 바로 '돼지고기'. 힌두교인들은 소를 신성시해서
먹지 않는 것이지만, 이슬람교도들은 돼지를 더럽다고 생각해서 먹지

않는다. 더럽고 사악해서 피해야 하는 그런 동물인 것이다. 그들이
얼마나 돼지를 싫어하는지를 보여주는 일화가 있다.
한 한국 여성이 도하에서 결혼을 하고 가정을 꾸려 행복하게 살고
있었다. 아이를 갖고 출산이 임박했을 무렵, 도하의 한 서점에서 곧
태어날 아이를 위해 살 책을 고르고 있었다. 그런데 홑몸도 아닌
그녀는 한 권의 책을 집어 들고 그만 소스라치게 놀라고 말았다.
그것은 바로 아이들이 좋아하는 귀여운 곰돌이 푸우(Pooh) 동화책.
푸우의 친구들 중에는 아기돼지 피글렛도 있고 호랑이 티거, 당나귀
이요르도 있는데, 피글렛 그림에는 검은색으로 칠이 되어있었다고
한다. 돼지라는 이유만으로, 형체를 알아 볼 수도 없게 먹칠을 해놓은
것이다. 그녀는 이 일로 충격을 받아 이 땅에서 내 아이를 키울
수 없다, 아기 돼지도 동화책에서 마음껏 만날 수 있는 세상으로
가야겠다, 해서 미국으로의 이주를 준비했고 지금은 미국에서 아이를
낳고 행복하게 잘 산다고 한다.
그렇다고 이 곳이 아이를 낳으면 행복하게 살 수 없는 곳은 아니지만
그래도 세상 모든 걸 다 보여주고 싶은 엄마의 마음은 또 그게
아니었나보다. 이 이야기를 듣고 집으로 왔는데 문득 내 방 창가에
있는 돼지 장난감 피규어(figure:모형 장난감)가 생각났다. 생각 없이
한국에서 들고 온 건데 이게 바로 금지 품목일 줄이야!
사정이 이렇다보니, 이 곳에 살면서 가장 그리운 음식은 바로
'삼겹살'이 되어버렸다. 한국에 있을 때는 비싼 꽃등심이 최고의
고기인줄 알았는데 이제는 아니다. 돼지고기의 매력을
알아버렸다고나 할까. 어쩌다 먹는 삼겹살이 어쩜 그렇게 맛있는지.
돼지고기 비린내조차 향기로우니까. 간혹 한국에 들어갈 일이
생기면 아침엔 돈가스, 점심엔 돼지고기 양념갈비, 저녁엔 삼겹살로

깔끔하게 마무리 한다. 이런 나를 보고 친구들은 "내가 다 지겹고 신물이 난다"고 하지만 절대 모를 것이다. 돼지고기를 향한 이 마음을… 먹어도 먹어도 채워지지 않는 그 그리움을…

돼지고기와 함께 알코올도 금지 품목인데, 다행인 것은 외국인들을 위해서 허가를 받은 장소에서는 술을 사고 팔 수 있도록 한다는 것. 예를 들면 호텔 안에 있는 펍(pub)이나 바(bar), 클럽(club)같은 곳이다. 그 외에도 알코올 라이센스(alcohol license:술을 살 수 있는 허가증)가 있으면 정해진 곳에서 술을 살 수 있지만 가격이 비싸고 우리 항공사 직원들은 절대 그 라이센스를 가질 수 없다. 그러니 집에서 잠옷차림으로 TV 앞에서 편안하게 맥주 한 잔 마시는 건 꿈도 못 꿀 일이고, 어쩌다 시원한 맥주가 생각나면 반드시 택시를 불러 호텔까지 행차해야하니 여간 귀찮은 일이 아니다.
한국 사람들은 여행 짐을 꾸릴 때 라면, 고추장, 소주를 꼭 챙기는데 혹시라도 중동으로 여행을 오게 된다면 아쉽지만 소주는 가방에서 빼야한다. 중동을 여행하다 술이 당긴다면 맥주와 맛은 똑같지만 알코올은 들어있지 않은 '맥주 맛 음료'로 아쉬움을 달래든지 아니면 호텔의 바(bar)로 향해야 할 것이다. 중동 상점 어느 곳에서도 술은 구할 수 없으니.

지금 내가 살고 있는 곳 중동에는, 이슬람교도 그들만의 성스러운 축제 라마단이 시작되었다. 그나마 있었던 작은 여유도 사라졌다. 한 달 내내 술은 어디에서도 금지니까.
아, 나는 소망한다. 내게 금지된 것을.

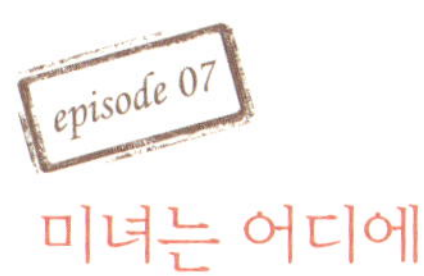

미녀는 어디에

'2011 AFC 아시안컵'이 카타르 도하에서 열렸다. 매일 똑같은
하루가 반복되는 도하의 삶에 지친 우리들에게는 최고의 볼거리이자
축제였다. 쉬는 날 경기가 있으면 옷장을 뒤적여 빨간 옷이란 옷은 다
걸치고 친구들과 경기장에 찾아갔다.

1월 25일, 준결승까지 올라간 우리의 상대는 다름 아닌 일본이었다.
그야말로 피해갈수 없는 숙명 전. 한일전은 절대 놓칠 수 없어 어렵게
표를 구해 '알가라파' 경기장으로 향했다. 역시 한국만큼이나 축구를
좋아하는 나라 일본답게 일본의 응원단들도 단단히 무장을 하고 속속
나타났다. 경기장에 들어서는 입구에서부터 한국인들과 일본인들의
신경전은 대단했다. 찌릿 찌릿 서로를 바라보는 눈빛이 어찌나
싸늘하던지. '너희만큼은 꼭 이기고 말거야!' 하는 표정으로.
경기장 안으로 들어서니 우리를 실망시키지 않는 '붉은악마'가
한국에서 날아와 벌써부터 자리를 잡고 현수막을 달아놓고 북을
치면서 "아-아-" 목청을 가다듬고 있었다. 역시!

한국에 살았다면 보지 못했을 도하의 아시안컵, 그리고 생각보다
가까이에서 멋진 우리 국가대표팀 선수들을 보는 설렘에 나는

아이처럼 신이 났다. 듬직한 차두리 선수와 대표팀의 막내 손흥민
선수, 윤빛가람 선수 그리고 내가 제일 좋아하는 주장 박지성
선수까지. 드넓은 잔디밭을 종횡무진 뛰면서 땀을 흘리는 그들이
어찌나 자랑스럽고 멋있던지.

전·후반전이 모두 끝날 때까지 경기는 1:1 무승부, 그리하여 들어간
연장전에서 우리가 한 골을 먼저 내주어 2:1로 지고 있었다. 그러자
일본 선수들은 별것도 아닌 것에 넘어지고 구르고 하면서 시간을
벌기 시작했다. 시간도 얼마 남지 않았는데 한 일본 선수가 갑자기
넘어져서는 일어나지 않고 고통을 호소했다. 의료진이 들어오고 그를
실어 나르는 데만 1분. 어찌나 애가 타던지. 바짝 긴장한 나와 내
친구는 "저렇게 시간을 끌면 안 되지!" 라며 투덜거리는데 하필이면
그 때 카메라가 우리 둘을 비췄다. 인상을 쓰고 투덜투덜 대는 얼굴이
대문짝만하게 전 세계의 전파를 탄 것이었다.
연장 후반, 남은 시간은 약 30여 초. 모두들 포기 하고 아쉬워하고
있는데 정말 거짓말처럼, 드라마처럼, 황재원 선수의 공이 골대 안으로
빨려 들어가며 2:2 동점이 되었고 전광판의 시계는 0초가 되었다.
이럴 수가! 신문선 아저씨가 옳았다. 축구는 각본 없는 드라마.
우리는 미친 듯이 환호했고 너무 좋아서 펄쩍 펄쩍 뛰었다.
그러나 아쉽게도 승부차기에서 우리는 한 골도 넣지 못해 결승에
진출하지 못하고 말았다. 몇몇 어린 선수들은 상심해 고개를 숙이고
눈물을 훔쳤다. 응원단들도 눈시울이 붉어져 "괜찮아, 괜찮아"를
연호했다. 아쉬움은 있었지만 120분 동안 땀 흘리며 최선을 다한
우리 선수들이 있었기에 전혀 실망스럽지 않았다. 경기만큼은 정말
훌륭했으니까!

그 경기 이후, 나에게는 작은 여파가
밀려왔다. 약 3~4초간 나의 찌푸린
얼굴이 방송된 이후로 가족,
친척, 친구 할 거 없이 수많은
사람들로부터 연락을 받았다.
어머니께서는 "딸, 인상 좀 펴지
그랬어"
한 친구는 "풉, 표정이 가관이야. 너 시집은 다 갔다."
심지어 초등학교 동창도 20년만에 연락을 해왔다. 역시 TV의 힘은
대단했다. 그 날 경기가 40%에 육박하는 시청률이었다고 하니
얼마나 많은 국민들이 나의 벌레 씹은 얼굴을 보았을까?

또 하나는, 응원 중 신문기자에게 찍힌 사진이 포털 사이트
'다음(Daum)'의 메인 화면에 떴다는 것이다. 문제는 사진과 함께
'태극미녀 응원 돋보여 현지에서도 주목'이라는 제목이 달린 것. 그
제목에 나부터도 손발이 오그라들며 부끄러웠다. 기사의 댓글도
화려했다.

● 자, 이제 미녀를 보여주세요.

● 미녀는 어디에?

● 제대로 낚였군.

● 당신이 미녀면 나는 김태희다.

● 얘네 연예인 지망생들 아냐?

● 꺼져.

어이가 없는 댓글도 있고 웃음이 나는 댓글도 있었다. 살다보니
'악플'이라는 것도 경험해보는구나 싶었지만 심각하게 생각하지
않아서인지 속이 많이 상할 정도는 아니었다.
다음날, 비행 브리핑 룸에 있는데 한 한국 분이 다가오더니
"어? 혹시.. 어제.. 다음 메인에 뜨신.. 그 분.. 맞죠?"
"아... 네..."
"사람들이 연예인 지망생 아니냐고 하기에, 제가 모르는 척하고
댓글을 달았어요. 카타르에서 열심히 일하는 승무원이라고요"
"아 그러셨어요? 감사합니다!!!"
한 사람을 살리는 소중한 '선플'이었다.

시간이 지나도 이 일은 여전히 재밌는 기억이다. 훌륭한 일을 해서
뉴스에 얼굴이 나오면 좋겠지만 그러기엔 나는 아직 내공이 부족한
것 같고, 심심할 때마다 인터넷에 '도하 미녀'를 치면 내 사진이
나오는 재미있는 추억 하나가 만들어졌으니 그걸로 만족한다.
그나저나 이제 미녀를 보여주어야 할 텐데. 대체, 미녀는 어디에.

황금빛 사막의 질주

구름도 없는 새파란 하늘 아래 펼쳐진 황금빛 사막을 끝없이 질주
하는 상상을 해본 적이 있는지. 사막 오프로드는 중동 지역을 여행할
때 꼭 해야 하는 것 중 하나이다.

도하 시내에서 외곽으로 한 시간만 차를 타고 나가면, 언제 높은
빌딩이 있었나 싶게 끝도 없는 사막이 펼쳐진다. 이 곳이야 말로
진정한 사막의 나라 카타르가 아니겠는가. 사막 오프로드는 한낮에는
너무 덥기 때문에 열기가 한 풀 꺾인 오후 3시쯤 시작하는 게 좋다.
한참 달리고 나서 오후 7시쯤이면 노을이 지는 것도 볼 수 있다.
사륜 구동차를 렌트해서 직접 운전하거나 아니면 전문 운전기사가
운전해주는 투어를 이용해도 좋다. 만약 직접 운전을 한다면 출발
전에 타이어의 바람을 빼주는 것을 잊지 말아야 한다. 이는 타이어의
접지력을 높여주어 바퀴가 모래에 빠지지 않게 해준다.

모래 언덕의 경사면 위로 비스듬히 차를 몰고 달리다가 반대편
경사면으로 핸들을 꺾으면 롤러코스터처럼 한없이 아래로 떨어지는
짜릿함을 맛볼 수 있다. 함성인지 비명인지 모를 "꺄악" 소리가
절로 나온다. 그렇게 차선도, 신호등도 없는 사막의 울퉁불퉁한

고개들을 이리저리 내달리다보면 하늘을 붕붕 나는 기분이다. 덜컹
덜컹 좌우로 흔들리는 것은 기본이고 심지어 차량 천정에 머리를
쿵쿵 박기도 하는데 좀 아프긴 해도 난생 처음 겪는 재미난 질주에

웃음이 멈추지 않는다. 정신 못 차리도록 하늘을 날고 이리저리 몸을
부딪히다보면 가끔 멀미가 나기도 하는데, 어지럽다고 생각하면
멀미는 더 심해질 뿐 제대로 즐길 수 없다. 그러니 차창 밖 저 먼 곳을

바라보며 차의 흔들림에 몸을 맡기고 소리를 지르면서 떨어지는
아찔함을 즐기면 된다. 그래도 걱정이 된다면, 사전에 귀 아랫부분에
멀미약을 붙이는 것도 도움이 된다. 나이가 지긋하신 어르신들께는
적극 추천.
또 한 가지 팁을 얹자면, 차의 맨 앞 조수석은 뺏길 수 없는
명당자리다. 사막이 눈 앞 전체에 펼쳐지면 와이드 스크린 영화보다
더 실감나고 재미있다. 투어로 참가하게 된다면 앞자리 쟁탈전이
심할 수 있으니 눈치껏 먼저 차지하는 게 요령이다.

사막 한가운데서 잠시 쉬는 시간이 주어지면 차에서 내려 사막을
직접 느껴볼 수 있다. 가장 먼저 해야 할 일은 신발을 벗는 일. 언제
두 발로 중동의 사막 위에 서볼 수 있겠는가. 한낮의 태양열을 받아
따뜻하고 부드러운 모래의 감촉을 한껏 느껴볼 수 있다.
마침 사막의 지평선 너머로 붉은 사막의 노을이 물들고 있다면
모래는 붉은 빛을 반사하며 반짝거릴 것이고 한결 시원해진 바람이
볼을 스치고 지나갈 것이다.

여행사를 통해 투어에 참여하면 천막으로 만들어진 캠프에서 하룻밤
묵을 수도 있는데 양고기 바비큐 뷔페나 전통 담배인 시샤(Shisha)를
체험할 수도 있다. 캠프가 약간 협소하긴 하지만 시간이 허락한다면
하룻밤 사막에서 보내는 것도 나쁘지 않다. 황량한 대지 위 스산한
모래 바람이 온다 해도 하늘 위 수 천개의 쏟아지는 별들이 당신에게
마법 같은 사막의 밤을 선물해줄 테니까.

아라빅 커피

요즘은 나이와 성별에 상관없이 모두 커피를 좋아하고 즐긴다. 특히
이른 아침 아메리카노 한 잔은 속까지 싸해지는 묘한 기분이 들면서
하루를 활기차게 보낼 수 있을 것 같은 알 수 없는 에너지를 준다.
'원조'를 좋아하는 우리들, 커피의 원조는 어디일까? 이탈리아의
에스프레소가 원조라는 사람도 있고, 비엔나 커피가 원조라는
사람도 있다. 하지만 진짜 커피를 음식으로 즐겨 마시기 시작한
사람들은 '아랍인'들이라고 한다. 커피는 15세기 경 에티오피아에서
예멘으로 전파돼 이슬람 성직자들이 밤새 기도를 드리기 전 각성제로
사용했다고 한다. 그렇게 아랍인들이 마시던 커피는 유럽으로
흘러들어가 만드는 방법을 달리해 지금의 에스프레소가 되었고,
마끼아또가 되었다.

그럼 커피의 '원조'격인 아라빅 커피는 어떤 맛일까? 아라빅 커피는
일반 커피와 그 맛과 향에서 확연히 다르다. 나도 처음 마셨을 땐
'윽, 이게 뭐야?' 하면서 남은 커피를 그냥 버렸던 기억이 난다.
그건 바로 일반 커피에 비해 여러 향신료가 들어가 있기 때문이다.
카다몬(Cadamon:생강과의 향신료)과 샤프론, 시나몬이 첨가 되어 있는데,

특히 아라빅 커피의 맛을 결정하는 카다몬 덕에 아라빅 커피는
설탕을 넣지 않아도 달큰하고 알싸하면서 향긋하다. 향이 진한
음식은 처음에는 거부감이 들어도 계속 맛을 느끼다보면 중독이
된다. 아라빅 커피가 내게 그랬다. 처음 맛보았을 때는 '흙 맛'이 나서
꺼림칙했는데 나중에는 그 은근한 흙내음에서 나는 쌉싸름한 맛을
즐기게 된 것이다.

아라빅 커피는 특별한 주전자와 찻잔에 마신다. 아라비안 나이트
동화 속에 등장하는 주둥이가 길게 쭉 뻗은 아름다운 곡선의
주전자의 이름은 '달라', 찻잔은 우리나라의 소주잔과 비슷한 모양과
크기로 '핀젼'이라고 한다.
주전자에 거칠게 간 커피, 카다몬, 설탕을 잔뜩 넣고 팔팔 끓여서
잔에 붓고 가루가 가라앉기를 기다렸다가 마신다. 요즘에는
시중에서도 인스턴트 아라빅 커피를 파는데 그 맛이 꽤 좋다. 만드는
법은, 큰 컵에 카다몬이 들어있는 커피 가루를 넣고 뜨거운 물을
붓는다. 시간이 지나면 무거운 가루들이 가라앉는데 그때 채에
거르며 아라빅 주전자에 옮겨 부으면 된다.

아랍인들은 손님이 오면 아라빅 과자나 커피를 대접하곤 한다. 특히
쌉쓸한 아라빅 커피는 달콤한 맛의 아라빅 대추와 궁합이 잘 맞는다.
오른손에 찻잔을 쥐고 왼손으로 커피를 따라주는 게 예의이다.
찻잔이 소주잔과 비슷하게 생겨서 우리는 가끔 커피를 원샷하고
"캬-" 소리를 내면서 머리 위로 터는 시늉을 하며 장난을 치곤
했는데, 실제로 아랍인들도 커피를 마시고 나서 하는 동작으로 몇
가지 의미를 나타낸다고 한다.

상대방이 팔을 뻗어 찻잔을 앞으로 내밀면 맛이 좋으니 한 잔 더
달라는 의미이고, 검지와 중지를 이용해 찻잔 입구를 가리거나
찻잔을 달랑달랑 흔들면 이제 되었으니 그만 달라는 의미라고 한다.
알아두면 좋은 아라빅 문화 상식.

아라비안 나이트 동화 속에 등장하는
주둥이가 길게 쭉 뻗은
아름다운 곡선의 주전자의 이름은 '달라',
찻잔은 우리나라의
소주잔과 비슷한 모양과 크기로
'핀잔'이라고 한다.

공평한 사랑

미국에서 잠시 학교를 다닐 때, 우리 반에는 사우디아라비아에서
온 '야써'라는 아이가 있었다. 그는 우리 반에서 여자 아이들에게
그야말로 인기가 '꽝'이었다.

툭하면 비스듬히 의자에 앉아 손가락을 까딱 까딱이며 "너 이리와",
"그거 이리 가져와", "내가 왜 해? 네가 해!" 이런 식의 말투로
여자들을 대했기 때문이었다.

어느 날, 브라질에서 온 다른 친구로부터 놀라운 사실 하나를 듣게
되었다.

"이슬람인은 합법적으로 아내를 3~4명까지 둘 수 있대. 신부를
데려올 때 지참금을 지불하는데 그게 여자를 사는 거지 뭐니? 야써,
저 자식도 그래서 우리 같은 여자를 돌처럼 보는 거야"

그 얘기는 내게 큰 충격이었다.

그러나 반대로 야써는 반에서 남자 아이들에게 인기가 '짱'이었다.
세계 각국의 남자들이 그의 주변에 몰려들어 호기심 가득한 눈빛으로
묻는다. 여자 친구가 몇 명이나 있냐고. 그러면 야써는 아무것도
아니라는 듯 어깨를 으쓱하며 대답한다.

"only 3"

온..리..? 겨우 세 명밖에 없다는 말?

남자들은 와—와— 환호하면서 그에게 더 달라붙어 이제는 동경의 눈빛을 보내면서 이것저것 질문을 쏟아낸다.

집안에서 맺어준 여자도 있고 본인이 맘에 들어 사귀는 여자도 있다고 했다. 한 명의 여자 친구는 옆에서 과일을 먹여주고, 또 한 명의 여자 친구는 부채질을 해주고, 마지막 여자 친구는 다리를 주물러 준다나? 이 무슨 개 풀 뜯어먹는 소린지 원.

남자들은 급기야 열광하며 "나도 사우디아라비아 갈래", "이민 갈 테야" 하면서 야써를 무슨 영웅 모시듯 했고, 여자들에게는 더 인기 '꽝'이 되어 아무도 그와 말을 섞고 싶어하지 않았다.

그때는 내가 중동에서 이렇게 살게 될 줄 몰랐지만, 이 곳에서 지내다 보니 일부다처제(一夫多妻制)를 색안경만 끼고 보지는 않게 되었다. 이슬람이라는 종교를 이해하면 그들의 문화 역시 이해하기가 그리 어렵지 않다.

일부다처제는 코란(Koran:이슬람교의 경전)에도 나와 있는 이슬람의 오래된 문화이다. 보수적인 집안은 일반적으로 정략결혼을 선호하는데 대부분 사촌끼리 결혼한다고 한다. 어렸을 때는 같이 뛰어놀았던 사촌이지만 성인이 되고나서는 같은 자리에 앉지도 않고 말도 잘 섞지 않는 것은 다 이런 이유에서이다. 사촌이 마음에 들지 않더라도 가족 간의 유대 강화를 위해 어쩔 수 없이 결혼을 하고, 두 번째 부인은 본인이 마음에 드는 여자를 아내로 맞기도 한다. 요즘 젊은이들은 여러 아내를 두기보다 사랑하는 한 명의 아내만 두기도 하지만 일부다처제는 여전히 존재한다.

아내가 여럿이라, 골치 아픈 일이 많이 생길 것 같지 않은가? 남편을
너무 사랑한 나머지 머리채라도 쥐어뜯고 싸우게 되면 어쩌지?
하지만 이런 생각은 이방인들의 괜한 걱정이었다. 그랬다. 코란에는
이들이 지켜야 할 또 하나의 중요한 규율이 나와 있는데, 몇 명의
아내를 두든지 모두에게 공평하고 똑같은 사랑을 나눠줘야 한다는
것이다. 정말 정말 어려운 일이겠지만 말이다. 우리의 눈에는
낯설지만 그 곳의 아내들은 이러한 가족제도를 당연한 것으로
받아들이고 남편 또한 아내들을 공평하게 대한다.

지난해 비행기에서 있었던 일이다. 손님들의 탑승을 도와드리고
있는데 수염이 덥수룩한 중년의 아랍 남성이 기내에 올랐다. 흰
디쉬대쉬를 입고 머리에 두른 천의 색이 붉은색인 것으로 보아
사우디아라비아 사람인 것 같았다. 그 뒤에는 그와 비슷한 연배의
아랍 여성이 따랐고, 또 그 뒤에는 비교적 조금 젊은 아랍 여성이,
마지막에는 매우 젊은 여성이 따라 걸어 들어왔다. 가족이거나
사촌이겠지 하는 마음으로 별 생각 없이 그들을 자리로 안내하고
돌아오니 옆에 서있던 아라빅 동료가 귓속말로 알려준다. 남편과 세
명의 부인들이라고.
부부였지만 그들은 함께 앉지 않았다. 남편은 앞자리에 홀로 앉았고
세 명의 부인들은 바로 뒷자리에 나란히 자리를 잡았다. 신기한
마음에 서비스하는 내내 그들을 관심 있게 지켜보았는데, 남편은
의외로 다정다감했다. 뒤로 몸을 돌려 세 명의 아내들을 끊임없이
챙기고 돌봐주는 모습이었다.
내가 제일 궁금했던 것은 '세 명의 아내들이 어떻게 지낼까' 였다.
'형님, 동생 하면서 친근하게 지낼까? 아니면 냉랭한 사이일까?'

가만 보니 그들은 딱히 말을 많이 하는 것 같지는 않았다. 그저 가끔 조용히 할 말을 하고 코란을 읽거나 창 밖을 응시할 뿐.

잠시 후, 그 남편이 콜벨을 눌렀다. 달려가 보니 면세품 잡지에 나와 있는 팔찌를 가리키시며 "세 개 줘" 한다.

"손님, 죄송하지만 지금 세 개는 없고요, 한 개만 사실 수 있는데요"

그러자 남편은,

"노노노! 쓰리. 쓰리 플리즈! 아이 원트 쓰리!"

막무가내로 세 개를 요구했다.

남편은 아마도 세 명의 부인들에게 똑같은 팔찌를 공평하게 사주고 싶었나보다. 마음은 기특하지만 없는 걸 어찌하리오.

"손님, 대신 이 목걸이와 이 시계는 어떠세요? 비슷한 가격인데…"

남편은 끝까지 손가락 세 개를 펴 보이며 "쓰리!"를 외쳤고, 오히려 뒤에 있는 아내들이 됐다면서 나를 돌려보냈다. 결국, 착륙 직전 아내들이 직접 면세품 잡지를 보고 맘에 드는 것 하나씩을 구입하기에 이르렀고 향수, 팔찌, 목걸이로 결정되었다. 각각 하나씩 선물을 받아든 아내들은 미소를 지었고 앞자리의 남편도 흐뭇하게 그들을 바라보았다.

또 한 번 비슷한 일이 있었는데, 유럽으로 가는 작은 비행기 안이었다. 두 명의 아랍 여성들이 아기를 안고 탑승해 나란히 벌크 헤드 씻(Bulk Head Seat:칸막이가 있어서 공간이 넓을 뿐 아니라 벽에 '아기 바구니'를 설치할 수 있는 자리)에 앉았고, 아랍인 남편은 바로 뒷자리에 앉아 신문을 보고 있었다. 두 명의 부인은 각자의 아기를 품에 안고 있었는데, 한 아기는 100일이 조금 넘어보였고, 또 다른 아기는 돌이 갓 지나 보였다. 안타깝게도 그들에게 주어진 아기 바구니는 한 개. 단 한

명의 아기만 눕힐 수 있었다.

아기를 빨리 눕히고 어머니들이 좀 더 편하게 쉴 수 있도록, 이륙 직후 승무원이 가장 먼저 해야 하는 일은 아기 바구니를 설치하는 일이다. 아기 바구니를 바쁘게 세팅하고 있는데 한 명의 부인이 내게 말했다.

"제 아기를 눕혀주세요. 너무 어린 아기라 침대가 필요해요"

그러자 바로 옆에 있던 다른 부인이 내게 말했다.

"제 아기를 눕혀주세요. 제 아기는 좀 무거워서 제가 팔이 아파요"

이렇게 당황스러운 순간이 또 있을까. 바구니를 설치하다 말고 나는 두 아내를 번갈아 쳐다보았다. 내가 어찌 한 아기를 선택해 눕힐 수 있으리오. 제발 알아서 결정하고 내게 알려주면 좋으련만 그 둘은 나만 멀뚱멀뚱 바라보고 있었다. 남편의 사랑을 다른 아내와 나누어

갖는 것은 괜찮지만 내 아이가 불공평하게 대우 받는 것은 참을 수
없다는 모성애리라.
어찌 할 바를 몰라 식은땀만 흘리던 나는 결국 뒤에 앉은 남편에게
도움을 요청했다. "아기 바구니는 하나이고 아기는 둘인데 어떻게
할까요?" 라고 묻자, 한참을 고민하던 남편은 역시나 코란에 나온
대로 공평한 결론을 내렸다.
"각각 15분씩 번갈아 눕히도록 하시죠"

남편이 아내들에게 차별대우를 하거나 물질적으로도 공평하게
대하지 않으면, 아내가 법정에 고발할 수 있고 이는 정당한 이혼
사유가 된다고 한다. 그렇게 해서 이혼을 하게 되면 거액의 위자료를
물어주어야 한다. 마음이 어떻게 두 갈래 혹은 세 갈래로 똑같이
갈라져 사람을 공평하게 사랑할 수 있을까 의문이지만, 그래도
이러한 제도들 덕에 여성들이 최소한 보호받고 있다고 생각하니
그나마 다행이었다.

중동에 산다고 하면 대뜸 듣게 되는 이 말.
"아랍의 기름왕자 만나서 결혼해. 그리고 한국에 주유소 차려"
이보세요, 네 번째 부인으로 들어가라고요?
저는 사랑이 부족한 여자여서 한 사람의 사랑을 나눠가질 수
없답니다.

전 세계에 부는 한류열풍

짧은 비행에서 만난 루마니안 부사무장님. 단발머리에 마른 체형인
그녀는 말이 별로 없는 성격이었다. 비행 내내 조용히 입을 다물고
있다가 문득 내게 "한국 드라마가 그렇게 재밌어요?" 라고 물었다.
뜬금없는 질문에 "네, 재밌죠. 근데 왜요?" 라고 답하자 그녀는
설명했다. 고향에 있는 부모님께 전화를 드리려면 저녁 6시 이전에
해야 하는데 그게 여간 귀찮은 게 아니라고. 왜냐하면 6시가 되면
루마니아에 계신 부모님은 TV 앞에 앉아 한국 드라마 보시기에
여념이 없으시고, 혹시 그 때 전화라도 드리면 지금은 바쁘니 나중에
전화를 걸라고 하신단다. 드라마 제목을 묻자, 들었는데 기억이 안
난다고 했다. 내용을 대충 들어보니 사극 드라마인 것 같다. 그녀의
아버지는 원래 드라마를 잘 안 보시는데 이 한국 드라마에는 푹
빠지셔서 드라마 속 주인공이 여주인공에게 부르는 호칭(그녀의 표현에
의하면 My sweety, 혹은 My love 같은)을 어머니를 부르실 때마다 쓰신다고
한다. 루마니아의 한 가정에, 딸을 귀찮게 만들고 부부간의 애정을
돈독하게 만들어주는 이것이 진정 한국 드라마의 힘 아닌가.

사실 한류의 힘은 뉴스에서만 접할 수 있는 이야기가 아니라 나라

밖에 있다 보면 피부에 와 닿는 현실이다. 특히 동남아시아에 부는 한류열풍은 우리가 생각하는 것 그 이상이다.

가끔은 동남아 친구들이 난 듣도 보도 못한 최신 아이돌 그룹의 노래와 멤버 이름을 줄줄이 열거하면 오히려 난 꿀 먹은 벙어리가 되고, 이런 정보에 한참 뒤쳐져 있다는 걸 새삼 느끼게 된다. 나보다 한국 영화를 더 많이 본 것 같은 한 중국인 동료가 비행기에서 서비스를 마치자마자 뭔가를 끄적이고 있었다. 무엇을 하나 들여다보았더니 'ㅏ ㅑ ㅓ ㅕ ㅗ ㅛ ㅜ ㅠ…' 한글 공부를 하고 있는 게 아닌가. "한국인 남자친구라도 생겼니?" 라고 묻자, 그게 아니고 배우 장근석을 정말 좋아하는데 언제가 만나게 되면 직접 대화를 하고 싶어서 한국어 공부를 시작했다고 했다. 문득 내가 아주 어렸을 적 홍콩배우 장국영에 빠져있을 때, 언제가 만나게 될 때를 대비해서 중국말을 배우러 특별활동시간에 중국어 반에 들었었는데, 이게 바로 그런 것인가 하는 생각이 들었다. 열심히 공부하는 그 모습이 기특해서 내가 선생이라도 되어 가르쳐주고 싶었다.

한번은 친구들과 도하의 레스토랑에 갔는데 마침 그곳에서 일하는

직원들이 모두 필리핀 사람들이었다. 들어가 자리를 잡고 앉아
메뉴를 보고 있는데 우리가 한국 사람이라는 걸 단번에 알아본
그들이 갑자기 식당의 음악을 바꾸는 게 아닌가. 다름 아닌
"Nobody nobody but you~ Nobody nobody but you~"
바로 원더걸스의 노래였다. 우리도 기분이 좋아 고맙다며 눈웃음을
보내자 직원들은 손바닥을 짝짝 치는 안무까지 선보여줬다. 우리도
춤을 따라 추었고 식당은 순식간에 손님과 직원이 하나가 되어
한국 노래에 맞춰 춤판을 벌이게 되었다. 한국을 이렇게 사랑해주고
관심을 가져주는 게 신기하고 고맙기까지 했다.

코펜하겐, 뉘하운 항구 근처에서 밥을 먹고 있을 때 옆 테이블에 있던
한 부부가 말을 걸어왔다. 아들이 드라마 '대장금' DVD를 구해줘
봤는데 기회가 되면 꼭 한국에 가서 그 음식들을 다 먹어보고 싶다고
했다. 이영애가 너무 예쁘다는 말도 덧붙이면서.
우리는 별 생각 없이 소파에 기대어 매일같이 보는 흔한 드라마가
이렇게 세계 곳곳에 수출되어 우리의 음식과 문화, 언어를 알리며
국가 홍보를 톡톡히 하고 있는 효자일 줄이야. 덕분에 어딜 가도 "오-
코리안이야? 너무 좋아해!" 라고 해주면 어깨가 절로 으쓱해진다.
아시아의 한류열풍은 매체를 통해 여러 번 들어봤기에 그렇다
치더라도 정말 놀랐던 적은 바로 중동에 불고 있는 한류 때문이었다.
며칠 전 모로코에서 온 남자 부사무장님과 비엔나 비행을 함께 했다.
그는 한국이 좋아서 '비행'이 아닌 '여행'으로 한국을 다녀왔었고
웬만한 음식은 다 먹어봤다고 했다. (돼지고기만 빼고. 그 역시
무슬림이기 때문에) 제일 좋아하는 음식은 매운 낙지볶음과 불고기.
한국이 좋아서 한국 항공사에 입사하고 싶지만 자신이 너무 뚱뚱해서

받아주지 않을 거라는 우스갯소리도 하고 "너희 한국인들은 정말
운이 좋은 거야. 그렇게 맛있고 몸에 좋은 수많은 음식들을 평생 즐길
수 있으니까 말이야" 라고 했다.

그런가? 난 내가 한국인이서 그냥 한국음식을 좋아하는 줄 알았는데
꼭 그런 것만은 아닌가보다. 남들도 인정해주는 우리의 맛. 이제는 한
젓가락도 소중하게 생각하고 먹어야겠다.

또 한번은 룸메이트와 아랍 전통 시장에 놀러가 이것저것 구경을
하는데 검은 아바야를 입은 젊은 아가씨 세 명이 다가와 한국인이냐고
물었다. 그렇다고 하자 한국 드라마를 너무 좋아한다면서 같이
사진을 찍고 싶다고 했다. 낯선 사람들에게 사진 찍히는 것을
몹시 싫어하는 그들이 먼저 다가와 사진을 찍자고 하다니!
"안녕하세요", "고맙습니다" 등 아는 한국말들을 모두 자랑하며
무척이나 반가워했다. 중동에서 한국의 인지도는 다른 곳에 비해
그리 높진 않기에 우리 또한 반가워서 그렇게 한참동안 손을 맞잡고
이야기를 나누었던 기억이 난다.

왜 한류가 좋냐고 물으면 그들은 한결같이 "노래 멜로디가 아름답다",
"드라마 스토리가 아름답다", "모양이 예쁘다", "맛이 좋다", "예(禮)를
강조하는 전통이 좋다" 라고들 말한다. 아랍과 서양의 이방인들이
우리의 드라마와 음악을 이해할까 싶다가도 '진심은 통하는 거다'라는
말이 떠오른다. 우리들의 진실한 모습이 그 깊고 진한 이방인의 눈에
감동의 눈물을 맺히게 하는 것이리라. 나보다 남을 먼저 생각하는
'예(禮)'와 우리 고유의 따뜻한 감성이 그들의 마음을 움직이고 있는
것이 아닐까.

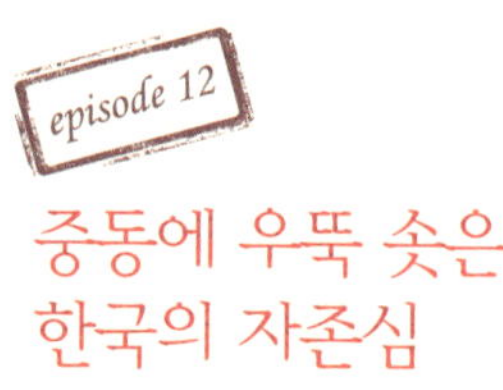

중동에 우뚝 솟은
한국의 자존심

정확한 이유는 모르겠지만 거리를 활보하는 흰 전통복 차림의 카타르
사람들을 유심히 살펴보면 핸드폰을 두 개씩 가지고 있는 경우가
많다. 하나는 사업용, 하나는 개인용인가? 최신기기에 민감한 이 곳
사람들은 튼튼한데다 다양한 기능을 자랑하는 삼성, LG 핸드폰의
팬이기도 하다. 화려한 걸 좋아하는 아랍인들의 특성을 어찌
알았는지 핸드폰이 금으로 번쩍 번쩍하게 장식되었을 뿐만 아니라,
매 기도 시간과 메카의 방향을 알려주고 손쉽게 코란을 읽을 수 있는
기능을 갖춘 LG 핸드폰 광고도 본적이 있다. 매일 손에 코란을 들고
다니는 아랍인들에게는 기발한 상품이 아닐 수 없다.

숨 막히도록 더워서 에어컨 없이는 절대적으로 못 사는 나라. 에어컨
장사만 해도 굶어죽지 않을 것 같은 나라. 바로 이 땅 카타르에서
한국 브랜드의 에어컨이 전체 에어컨 시장의 70%이상을 차지하고
있는 것 같다. 길거리엔 온통 한국 브랜드 마크가 찍혀 있는 에어컨
외풍기가 나와 있다.

도하 시내 한복판에서 삼성 디지털 플라자를 처음 보았을 때는
정말로 놀랐었다. 그 뿐인가. 영화 속에서나 볼 수 있는 이름조차
모를 최고급 스포츠카나 람보르기니, 롤스로이스, 벤틀리 등의

자동차들이 도하 거리를 활보할 때, 그 사이 사이 태양빛을 반사하며
당당하게 달리고 있는 기아, 현대 자동차를 어렵지 않게 볼 수 있다.
한국인들만 찾을 것 같은 한국 식당에는 노란머리, 갈색머리,
곱슬머리의 다양한 인종의 손님들이 찾아와 어설픈 젓가락질로
김치를 집어 먹기도 한다. 도하의 대형 마트에서도 초코파이와
쌈장을 찾아볼 수 있어 '여기 사막에도 한국 제품이 이렇게나 많구나'
하며 반가움에 젖곤 한다.
한국에서는 아직 중동을 잘 모른다. 정확히 어떤 사람들이 사는지,
어떤 말을 쓰는지, 대체 어디에 붙어있는 나라들인지 다른 곳에 비해
관심도가 많이 떨어지는 것이 사실이다. 하지만 중동에서는 이미
한국 브랜드의 입지가 단단하다. 좋은 질에 적당한 가격, 훌륭한
디자인으로 세계 여타 브랜드와 경쟁해 당당히 인정받고 있는
것이다.

한국의 브랜드는 곧 한국의 이미지, 한국의 이미지는 곧 나의 얼굴이
되기도 한다. 우리나라 대기업의 행보가 나와는 전혀 상관없을 것
같지만 어딜 가든 "너 한국에서 왔니? 쌤성 알아, 혼다이 알아" 하며
나를 치켜세워준다. 그럼 난 삼성가 어느 한 명의 사돈의 팔촌의
친구의 인맥도 없으면서 괜히 으쓱해진다.
반대로 나의 얼굴이 한국의 이미지가 된다는 것 또한 잘 알고 있다.
길에서 우연히 만난 어떤 사람에게 내가 첫 한국인이 될 수도 있고,
나의 작은 배려와 친절함에 "원더풀 코리아"를 외칠 수도 있는
것이니까.

우리나라가 중동에서 크게 인정받고 있는 또 다른 분야는 바로
건설. 우리나라 고유의 기술로 카타르의 핵심 공장과 건축물들이
곳곳에 지어지고 있다. 아주 오래 전부터 우리나라 기업들은 중동에
진출해왔고 그들의 피와 땀이 만들어 낸 노력의 결과로, 지금도 중동
국가들의 우리나라 건설 회사들에 대한 신뢰는 굳건하다. 카타르는
앞으로 2022년 월드컵에 맞추어 12개의 경기장을 짓고 관광객을
수용할 수 있는 다양한 형태의 건축물과 호텔을 지을 예정이다. 또
새로운 도하 공항은 물론 국가 철도 시스템까지 구축될 예정이라고
하니, 우리나라의 건축과 엔지니어링 기술 진출이 더욱 활발해질
것이다.
우뚝 솟은 우리나라의 자존심이 카타르의 발전과 더불어 크게
뻗어나가 중동 아니, 세계만방에 그 위상을 떨칠 수 있기를. 인샬라.

☆

카타르에서 살고 있다고 하면 반드시 이어지는 질문이 하나 있다. "중동에서 대체 뭐하세요?"
"승무원입니다" 어떤 사람들은 직업에 대한 부러움과 호기심을 나타내기도 하고, 또 어떤
사람들은 힘들게 왜 그런 척박한 곳까지 가서 '외국인 노동자'로 사냐고 의아해 하기도 한다.
돈만 벌려고 이 곳에 왔다면 버티지 못했을 날들도 분명 있었다. 하지만 내가 사랑했던 모스크
너머로 찬란하게 부서지는 중동의 아침과 새벽 비행길에 맡았던 촉촉한 새벽 공기, 승객을
맞이하기 전 내리는 커피 향, 내 손끝에서 전해지는 정성에 감사하다 말하며 웃어주는 승객들,
끝없이 걸을 수 있는 길과 카메라에 기록 할 수 있는 지구별의 풍경들, 그리고 마음에 담을 수
있는 전 세계인들과의 '소통'이 있기에, 오늘도 나는 행복하다. 누군가 묻는다면 당당하게 다시
한 번 말하리라. 나는 중동의 '한국인 승무원'이라고.

너는 나의 노예

비행을 시작한지 6개월이 조금 지났을 무렵, 장거리 비행을 많이
다녀보지 않은 터라 그 때까지도 비행기 벙크(Bunk:승무원들이 휴식을 취할
수 있는 간이 침대) 안에서 잠을 자본 적이 없었다. 가장 긴 노선이라고
해봤자 휴식 시간이 없는 동남아, 아시아 비행이 전부였으니. 그러던
어느 날 처음으로 벙크에서 휴식을 취할 수 있는 호주 멜버른 비행을
하게 되었다. '드디어 벙크에서 자보는구나!' 신이 나서 잠옷도 챙기고
양말도 챙겼다. 12시간 동안 두 번의 식사 서비스가 진행되고 그
사이에 팀을 두 개로 나눠 번갈아 휴식을 취한다. 빨리 교대 시간이
되어 한 번도 가보지 못했던, 저 미지의 세계인 벙크로 올라가 옷을
갈아입고 편안히 누워 잠을 자고 싶은 마음이 굴뚝같았다. 말로만
듣던 벙크, 그 곳에서 자는 것은 승무원이 되면서부터 꼭 해보고
싶었던 일이었다.

드디어 교대시간, 핸드백과 갈아입을 옷을 잽싸게 챙겨 벙크로
올라갔다. 한 사람이 겨우 지나갈 만큼 폭이 좁은 계단을 낑낑대며
올라가면 여덟 개의 침대가 좌우로 나란히 배치돼있다. 제일 아늑해
보이는 가장 끝 벙크를 골라 커튼을 치고 옷을 갈아입었다. 편하게

68

자기 위해 단단하게 묶어둔 쪽머리도 풀고 자리에 누웠다. 헌데
이리 뒤척 저리 뒤척, 아무리 노력해도 도대체 잠에 빠져들 수가
없었다. 새로 집을 이사한 첫 날 괜스레 흥분되는 마음에 잠이 오지
않는 기분이 바로 이런 것일까. 처음으로 벙크에서 자는 나는 사뭇
설렜고 주어진 3시간이 째깍째깍 잘도 흘러갔다. 좁은 벙크에서 온
몸을 비틀며 괴로워하다가 일어나야 할 시간 40여 분 전에 잠이
들고 말았다. 그런데 아뿔싸, 알람도 없이 뒤늦게 잠에 빠져든 나는
여섯 명의 나머지 동료들이 다 나가버린 것도 모르고 쿨쿨 단잠에
빠져있었다.

그 때 아래층 이코노미 객실은 발칵 뒤집어졌다. 두 번째 식사 서비스
준비가 거의 마무리되고 물수건 서비스를 시작해야하는데 그제서야
내가 없는 것을 안 것이다. 이코노미 클래스를 담당하고 있는 인디안
부사무장님은 화장실까지 뒤져봤지만 나의 행방을 알 수 없어,
혹시나 하는 마음에 벙크로 올라갔고 저 끝 구석에 젖혀지지 않은
커튼 하나를 발견했다. 부사무장님은 얼굴 부분이 있어야 할 커튼
오른쪽을 홱 열어 젖혔다. 그런데 그 곳엔 얼굴 대신 나의 두 발이
곧게 뻗어져 있었다. 부사무장님은 기가 찼다. 벙크에서는 머리를
반드시 비행기의 조종석이 있는 방향으로 두고 자야한다. 위급 상황
시, 그 쪽 천정에서 산소 마스크가 떨어지기 때문에 바로 얼굴에 쓸
수 있도록 하기 위해서이다. 그런데 벙크에서 자는 게 처음인 나는 별
생각 없이 남들이 발을 대고 잤던 부분에 얼굴을 대고 거꾸로 자고
있었던 것이다.
"웨이크업!!!!!!!" 부사무장님이 소리쳤다.
"어맛! 깜짝이야"

Bunk

한창 깊은 꿈 속을 헤매던 나는 깜짝 놀라 나도 모르게 한국말을
외치고 말았다. 정신을 차려보니 여기는 비행기 벙크. 나는 일어나야
할 시간에 늦어버렸던 것이다. "아임 쏘리"를 연발하며 빛의 속도로
옷을 갈아입고 머리 매무새를 고치며 객실로 내려가 보니, 나를
대신해 다른 동료가 물수건 서비스를 진행하고 있었다.
어떻게 남들이 일어나는 소리도 못 듣고 그렇게 잤을까. 비행기에서
가장 막내였던 나는 동료들과 선배님들께 부끄럽고 미안해 고개를
들지 못할 지경이었다. 당황한 기색을 감추며 카트를 끌고 객실에
나가 겨우 식사 서비스를 마쳤다. 미안하다는 나의 말에 괜찮다며
어깨를 두들겨준 동료들이 진정 고마웠다.

12시간의 긴 비행이 끝나고 드디어 목적지인 호주 멜버른에 도착.
아까 그 일 때문에 나는 부사무장님의 눈치를 계속 살펴야 했다.
별 말이 없었던 부사무장님은 공항의 입국심사를 마친 후 나를
조용히 불렀다. 어떤 말을 들을지 두 근 반 세 근 반하며 서있는데
부사무장님은 내게 무슨 기밀이나 되는 것처럼 귓속말로 이렇게
말했다. "두 번째 서비스에 지장을 준 것은 없지만 어찌됐든 벙크에서
늦잠을 잔 것은 너의 실수이다. 하지만 나는 네가 비행을 시작한지
얼마 안 된 주니어인 것을 감안하여 그 실수를 묻어두려 한다.
그러니 앞으로는 조심해라" 라고. 갑자기 내 눈에 그 부사무장님이
천사처럼 보였다. "네! 부사무장님, 앞으로 그런 실수는 절대로 하지
않겠습니다!"

다음날, 그 부사무장님을 비롯한 우리 승무원 몇 명은 그레이트
오션(Great ocean)으로 관광을 가기로 했다. 아침에 버스 정류장에서

만난 부사무장님은 내게 활짝 웃으며,

"좋은 아침? 킴? 어제는 잘 잤니? 하긴 벙크에서 너무 푹 자서 피곤하지 않았을 수도 있겠다. 그치? 그나저나 일찍 나오느라 아무 것도 못 먹었네, 배가 좀 고픈데…"

"아, 제 가방에 샌드위치가 있는데 드시겠어요?"

"그건 네 아침 아니야? 하긴 내가 너의 실수도 눈감아주고 사무장님께 보고도 안 했는데, 이 정도 샌드위치쯤이야 내가 먹어도 되겠지?"

그 순간, 나의 멜버른 2박3일 여정에는 어두운 그림자가 드리워질 것이라는 걸 직감적으로 알 수 있었다.

종일 무겁게 들고 다니던 물병도 그녀의 목이 마르다는 말에 선뜻 내드렸고, 그녀의 스테이크가 질기고 맛이 없다는 말에 나의 맛있는 그릴드 새우 볶음밥과 바꾸어 먹기도 했다. 그뿐이랴, 내 DSLR 카메라를 마음에 들어 하는 부사무장님을 위해 '일일 사진사'가 되기도 했다.

그레이트 오션이 펼쳐진 장관 앞에서 나는,

"아 좀 더 활짝 웃으시고요. 다리가 길어보이게 한 쪽 다리를 앞으로 내미세요. 아 좋아요 좋아. 아휴~ 몸매가 정말 예뻐요. 너무 잘 나왔다!" 난 쉬지 않고 입을 놀리며 칭찬을 해드렸고 기분이 좋아진 부사무장님은 한 번 더, 한 번 더, 하며 포즈 잡기를 멈추지 않았다. 도하로 돌아가는 비행기 안에서도 그녀가 졸리다고 하면 커피를 타다 드렸고 재미없는 농담을 해도 손뼉을 치며 웃어드렸다. 얄미운 부사무장님은 이제 대놓고 "킴! 이거 옮겨, 킴! 저거 가져와" 했다.

아, 그렇게 피곤했던 비행은 다시 없을 것 같다. 누굴 탓하랴. 벙크에서 늦잠 잔 내 잘못이지.

지금 돌이켜보면 조금 더 의연하게 행동할 걸 싶기도 하다. 그 때의
나는 아무것도 모르는 겁 많은 막내였다. 나의 실수가 사무장님을
통해 회사에 보고되는 게 싫었고, 문제가 많은 직원으로 찍히거나
인사고과에 오점으로 남아 승진이 늦어지는 일 등이 일어나지
않았으면 했다. 그래서 부사무장님의 자잘한 심부름도 마다하지
않고 열심히 했고 원하는 대로 모든 걸 맞춰드린 것이다. 그때는
부사무장님이 너무 미웠지만 지금 생각해보면 그리 나쁜 분은
아니었던 것 같다. 그저 실수를 저지르고 어떻게 해야 할지 몰라 하는
주니어가 귀여워 장난 삼아 일부러 그랬는지도 모르겠다. 그녀는
아마 그 상황을 무척이나 즐겼으리라.

세월이 많이 흘렀지만 지금도 벙크로 올라가다 보면 그 일이 문득
생각난다. 그 일 이후 바뀐 점이 있다면 이제 알람시계를 꼭 가지고
다닌다는 것과 제일 끝 벙크에서는 절대 자지 않는다는 것.

얼마 전 런던 호텔에서 우연히 그 부사무장님을 만났다. 그 때 이후
처음 만나는 거였다. 그녀의 얼굴을 절대 잊었을 리 없는 나는 반갑게
먼저 인사를 했다. 나를 알아보는 건지, 못 알아보는 건지 알 수가
없는 그녀의 표정. 간단한 인사를 마치고 돌아서려는데 내 뒤통수에
대고 그녀가 외쳤다.
"키임~! 너 요즘도 벙크에서 늦잠 자니?"
이럴 수가. 아직도 기억하고 있다니. 제발, 그 일은 잊어주길…

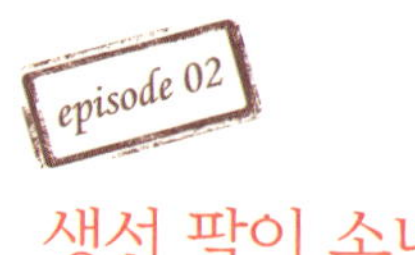

생선 팔이 소녀

식사 서비스 시간, 나를 제일 두렵게 하는 것은 바로 메뉴의
불균형이다. 예를 들어 내 카트에 소고기가 26개 실리고 닭고기가
10개 실렸다면 닭고기가 절대적으로 부족하다. 골고루 찾으면
좋으련만 가끔은 첫 줄의 손님부터 닭고기만 찾아, 식사 서비스를
반도 끝내지 못했는데 닭고기가 없는 경우가 있다. 그럼 난 닭고기를
찾으러 이 카트에서 저 카트로 옮겨 다니며 확인을 해야 하고, 끝끝내
없는 경우에는 손님에게 사과를 해야 한다. 평소에는 닭고기, 소고기
가리지 않고 다 잘 먹으면서 비행기에서는 왜 갑자기 어린아이가
되어 편식을 하는지.
"손님, 정말 죄송합니다만 닭고기가 다 떨어졌습니다. 소고기는
어떠신지요?" 라고 하면,
골난 아이 같은 표정으로 "나 닭고기밖에 못 먹어요. 다른 고기는
입에도 못 댑니다. 당장 닭고기 가져와요" 라고 하는 손님이 예상
외로 많다.
닭고기 찾으러 삼 만 리. 이 갤리, 저 갤리를 뛰어다니며 온 비행기
안을 다 뒤져보아도 없는 건 없는 거다. 36,000피트 상공에서 닭을
잡아다가 모가지를 비틀 수도 없고 어쩌란 말인지.

"손님, 닭고기가 없는데 정말 식사 안 하시겠습니까?" 라고 물으면
민망함에 화를 버럭 내며 그럼 일단 아무거나 가져와보라고 한다.
주위에서 다들 맛있는 냄새를 풍기며 식사를 하는데 배가 안
고프겠는가. 그러면 소고기든 생선이든 아—주 맛있게 싹싹 비운다.
'잘 드실 거면서 왜 저에게 힘든 시간을 주시나요?'
'있는데 일부러 안 드리는 거 아니니 제발 저희 좀 이해해주세요' 라고
간절히 말하고 싶다.

이런 이유로, 서비스를 하면서 한 쪽 메뉴가 눈에 띄게 부족해지면
슬슬 불안해진다. 생각 없이 손님들이 원하는 대로 메뉴를 마구
꺼내드렸다가 마지막 몇몇 손님들께는 머리 숙여 사죄해야 하는
상황이 벌어질지도 모르니 말이다.
생선이 많이 실리고 닭고기가 적게 실린 날, 내 맘을 모르는 손님들은
하필이면 많고 많은 생선은 놔두고 닭고기만 찾는다.
그럴 때면 나는 본격적인 작업에 들어간다.
'생선 팔이'. 손님을 설득해 메뉴를 판다는 의미이다.
"어떤 게 더 맛있어요?" 라고 묻는 손님에게는 부족한 닭고기보다
생선을 추천해드리고, 두 가지 중에서 심각하게 고민하는 손님에게는
"제가 둘 다 먹어봤는데 닭고기도 맛있긴 하지만 오늘 생선 요리는
소스가 정말 맛있는 것 같아요. 생선...드릴까요?" 라고 한다. 손님이
알겠다고 하면 마음 속으로 '예스! 여기 생선하나 추가요!'를 외친다.
부부나 커플이 함께 앉아서 "닭고기 두 개 주세요" 라고 하면 부족한
닭고기가 순식간에 두 개나 나가버리기 때문에, 이럴 때는 "오늘
생선도 참 맛있는데, 닭고기 하나, 생선 하나 드릴까요? 같이 나눠
드시면서 두 가지 다 맛보세요" 라고 하면 대부분 오케이를 한다.

이런 노력에도 불구하고 생선만 남고 닭고기가 다 떨어져가는, 눈
앞이 캄캄한 상황이 닥치면 극단의 조치에 들어간다.
"오늘 메뉴는 닭고기에 감자, 야채가 있고요, 생선에 쌀밥 준비 되어
있습니다. 어떤 걸로 하시겠습니까?" 라고 했던 메뉴 설명을 아주
살짝 변경한다.
"오늘 메뉴는요, 닭고기— 있고요, 생선에 하얀 쌀밥 그리고 특제
데리야끼 소스 준비되어 있습니다. 어떤 걸로 하시겠습니까?"
카트에 닭고기는 없고 생선만 있을 때, 손님이 "음……." 하고
고민하면 나는 애가 타들어간다. "…그냥, 생선 주세요" 라고 하면 또
다시 속으로 '오예!' 하면서 기뻐한다.
다른 뜻은 없다. 그저 어느 손님 하나 얼굴 붉히지 않고 모두가
행복하게 식사를 마쳤으면 하는 바람뿐.
뭐니 뭐니 해도 가장 좋은 손님은 "아무거나 주세요" 라고 말하는
분들이다.
그런 손님들, 사랑합니다!

나도 안다. 손님으로 비행기를 탔을 때 내가 원하는 메뉴가 없으면
얼마나 실망스러운지. 평소에는 먹지도 않던 게 맛있게 느껴지고,
달랑 과자 한 봉지 주는 건데 나만 빼놓고 지나가면 왠지 서운하다.
비행기란 그런 공간인가 보다. 하얀 구름 위를 날아가는 모습에
남녀노소 모두 동심으로 돌아간 듯 좋아하는 것처럼 승무원의 작은
행동, 말투에도 기쁘고 서운한 것. 그러니 더 열심히 뛰어야겠다.
생선을 팔든 닭고기를 팔든 손님이 원한다면 기꺼이!

비행기 안의
누드신 (nude scene)

프랑스나 스페인에 가면, 유명한 누드 비치가 있다고 한다. 남의 시선 따위 신경 쓰지 않고 홀떡 벗어젖히고 해변에 누워 바다를, 바람을, 태양을 있는 그대로 흡수하는 느낌은 어떨까, 자연과 하나가 되는 느낌일까? 태초의 인간인 아담과 이브처럼? 아마 나 같은 사람은 민망해서 얼굴이 붉어지겠지 싶다.

민망함에 얼굴이 붉어지는 상황은 비단 누드비치에서 뿐만이 아니다. 사우디아라비아의 제다(Jaddah) 비행을 하고 온다면 말이다.

'쇼핑의 메카다', '신기술의 메카다' 이런 말들을 많이 하는데, 이 '메카(Mecca)'라는 뜻은 사실 이슬람교도들의 신성한 성지를 뜻한다. 사우디아라비아의 홍해 근처에는 제다라는 지역이 있는데 그 곳에 바로 메카가 있다.
전 세계 15억 무슬림들은 하루 다섯 번 이 메카를 향해 기도를 하고, 일생에 한 번은 꼭 신성한 땅 '메카'에 직접 가서 기도를 드려야 한다. 메카의 중심에는 카바(AL-KAABA) 신전이 있고 그 곳을 중심으로 시계 반대 방향으로 일곱 번을 도는 의식을 치른다. 메카 순례를 마친 사람들은 '하지(Haji)'라고 불리며 무슬림으로서 인정을 받는다고 한다.

제다 비행의 승객 90%이상은 메카에 성지순례를 하러 가는 무슬림들이라고 보면 된다. 이 곳에 갈 때에는 속세의 옷은 입을 수 없고, 무늬도 없고 색도 없고 바느질조차 되어 있지 않은 순례복을 입어야 한다. 바느질이 안 된 순례복이라. 거창할 건 없다. 그냥 천이니까. 사실 천보다는 타월에 가깝다. 다른 옷은 다 벗고 크고 흰 타월을 온 몸에 둘둘 말고 비행기에 탑승한다. 여자들은 여느 때처럼 '히잡(Hijab:무슬림 여성들이 외출 시 착용하는, 얼굴만 내놓는 두건 모양의 의류)'을 두르고, 남자들은 이 순례복을 입는다. 고정할 수 있는 단추나 옷핀도 없으니 움직이다 보면 천이 몸에서 질질 흘러내릴 수밖에. 그러면 어깨도 드러나고, 가슴도 드러난다. 불타는 신앙심으로 코란 읽기에만 집중하다보니 흘러내리는 천을 제대로 여밀 시간이 없나보다. 급기야 불룩 나온 배도 드러나고, 두툼한 옆구리도 드러난다.

제다 첫 비행, 여길 보아도 상반신 누드, 저길 보아도 상반신 누드, 어머머, 어머머, 하면서 눈길을 어디다 두어야 할지 몰라 민망해했던 기억이 난다. 탄탄한 초콜릿 복근을 가진 청년들이라면 뭐, 감사히 일 하겠지만, 평균 연령 50~60대에 팔, 다리, 가슴에 수북이 난 꼬불꼬불한 털을 보고 있으려니… 아, 쳐다볼 수도 없고 그렇다고 자꾸 말을 거는데 안 쳐다볼 수도 없고, 그야말로 대략난감.

또 하나의 대략난감은 화장실의 홍수에서 비롯된다.
무슬림들은 '알라(Allah)'신께 기도를 하기 전에 몸을 깨끗이 하는데

손, 팔, 입속, 얼굴, 머리, 목, 발을 순서대로 닦고 이것을 우두(wudu)라
한다. 무슬림 최고의 성지 메카에 가는데 그 어느 때보다 깨끗이
씻어하는 것은 말 하나마나. 때문에 제다에 도착하기 얼마 전부터
사람들은 화장실 앞에 줄을 서기 시작한다. 화장실을 늘 청결하게
유지하는 것도 우리 승무원의 몫이거늘, 한 사람만 들어갔다 나와도
사방에 물이 튀어 있고 여기저기로 물이 넘쳐흘러 바닥은 이미
홍수가 되어있다. 아무리 치워도 다음 사람이 들어갔다 나오면 다시
마찬가지. 그래서 우리는 제다 비행을 '누드 비행', '홍수 비행'이라고
말하기도 한다.

비행기 창 밖으로 제다 육지가 보이기 시작하면 무슬림들은 갑자기
주문을 외우기 시작한다. 아랍어로 된 기도문인데 얼핏 들으면
노래 같기도 하다. 음률과 구절을 맞춰 한 사람이 부르기 시작하면
옆에 있는 사람이, 그 뒤에 사람이 따라 부르고 결국은 객실 전체에
기도문이 퍼진다. 그 어디보다 뜨거운 부흥회의 한 장면 같기도 하다.
너무나도 홀리(holy)한 비행이랄까.

얼마 전에도 제다 비행을 마치고 왔다. 비행한 지 얼마 안된 막내
승무원은 300명 가까이 되는 승객들이 하나같이 흰 천을 두르고 앉아
혹은 반나체로 앉아 기도문을 외우는 모습을 보고 "오 마이 갓!"을
연신 외치며 어쩔 줄 몰라 했다.
'나도 저런 시절이 있었지. 좀만 더 해봐. 어느새 주문을 따라하게
될지도 몰라'

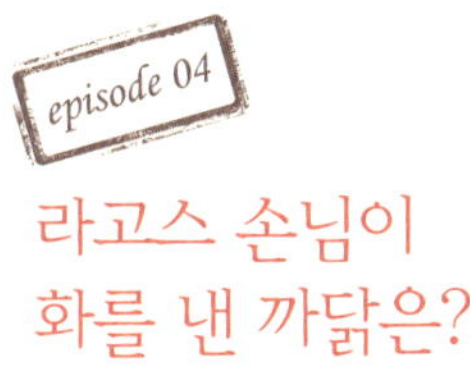

라고스 손님이
화를 낸 까닭은?

라고스(Lagos:나이지리아에 있는 항만도시) 비행은 악명이 높다. 코를 찌르는 냄새가 객실에 진동하기도 하고, 덩치가 산만한 흑인 아저씨들은 조용히 말해도 되는 일도 버럭버럭 소리를 지르며 말한다. 처음에는 너무 놀랐지만 나중에 알게 되었다. 악의 없이, 그냥, 원래, 말투가 그렇다는 것을.

얼마 전 같이 비행했던 동료와 이야기를 나누다가 정말 웃긴 에피소드를 들었다. 어느 날 동료가 라고스 비행을 하게 되었는데, 그날따라 그녀는 컨디션이 난조였는지 왠지 모르게 자꾸만 실수를 거듭했다고 한다.

기내 가장 뒷좌석에 한 흑인 손님이 앉아있었는데, 190cm는 족히 되어 보이는 거구에 입을 꾹 다문 채 무표정한 얼굴로 자리에 앉아있었다고 한다. 그녀가 필요한 것을 꺼내기 위해 그의 머리 위에 있는 선반을 열었는데 그만 가방 하나가 그 손님 머리 위로 떨어진 것이었다. 놀란 그녀가, "어머, 죄송합니다" 라고 사과를 했다.

헌데 손님은 떨어진 가방에 세게 맞아 꽤 아팠을 텐데도 표정하나 바뀌지 않고 머리를 툭툭 털고서 괜찮다며 손을 들어 보였다.

그뿐 아니라 음료 서비스를 하러 카트를 끌고 객실로 나가려는데
복도로 조금 나와 있던 그 손님의 다리를 육중한 카트로 또 치고
말았다. 또 한 번 깜짝 놀란 그녀는,
"어머머, 정말 죄송합니다. 괜찮으세요?"
역시나 그 손님은 다리를 툭툭 털고선 괜찮다며 손을 들어 보였다.
그날은, 그 손님의 수난시대였을까? 그녀의 수난시대였을까?
이번에는 음료수를 따라드리는데 실수를 하지 말아야겠다는 중압감
때문이었는지 그녀는 또 그 손님의 바지에 음료수를 흘리고 말았다.
죽고 싶은 심정이었던 그녀는 거의 울부짖듯이,
"어머머머머, 이거 죄송해서 어떡해요. 제가 오늘따라 왜 이러죠?
괜찮으세요?" 라고 하며 휴지로 음료수를 닦아드리려 하자, 손님은
도와드리려는 손길을 마다하며 역시나 말없이 젖은 바지를 툭툭 털며
손을 들어 보였다.

절대 화를 내지 않는 이 손님은 과연, 천사인걸까?

본격적인 식사 서비스 시간, 그녀는 이번엔 별다른 실수 없이 식사
트레이를 건네 드리고 빵도 하나 올려드렸다. 그러고 지나가려는데
그 손님이 갑자기 인상을 구기며 버럭 화를 냈다. 손까지 허공에
휘둘러가며 뭐라 뭐라 소리를 지르는 게 아닌가. 아니 지금까지 화
한 번 안 내던 저 천사 손님이 대체 뭐에 화가 났을까 놀라 가보니,
손님은 화가 나 미칠 것 같은 얼굴로 이렇게 외치고 있었다.
"브레드!!! 브레드!!!! 브~레~드~~!!"
빵 하나 더 달라며.
아… 귀여운(?) 이 손님…

이번에는 내가 겪은 황당한 일이다.

내 구역에 나이지리아에서 온 덩치 큰 흑인 남자 손님이 있었는데,

인사를 하거나 말을 건네도 대답은커녕 눈도 마주치지 않았다.

식사를 마치고 음료 서비스를 하는데 손님이 눈을 감고 있기에 자는

줄 알고 조용히 지나가려는데 갑자기 내게 "지금 나 무시 하냐? 나는

왜 커피 안 줘?" 라고 소리쳤다.

자는 줄 알고 그랬다고 설명을 드려도, 그는 자기를 무시한다며

소리를 지르는 바람에 주변 승객들의 시선이 전부 나에게로

모아졌다. 얼굴이 빨개진 나는 얼른 커피를 드리고 갤리로 들어왔다.

내 구역(R3—오른쪽 중간 객실) 손님이 불같이 화를 낸다고 하자, 옆에서

들고 있던 스페인 동료 한 명이 자기 구역(L3-왼쪽 중간 객실)과 바꾸자고
했다.

그리고 서비스의 마지막 절차인 파이널 클리어런스(Final clearance)를
하러 객실로 나갔다. 순조롭게 모든 서비스를 마친 후 갤리를
정리하고 있는데 나와 구역을 선뜻 바꿔주었던 동료가 내게
다가왔다.

"킴, 기분 나쁘게 듣지 마. 내가 그 손님께 뭐가 문제냐고 물었는데
동양인이 자기한테 서비스하는 게 싫대. 인종차별주의자야. 그러니까
너무 신경 쓰지 마. 응?"

머리를 세게 한 대 얻어맞은 것 같았다. '뭐라고? 동양인이라서
싫다고? 나한테 냄새라도 나는 거야 뭐야? 냄새는 아저씨가 더
나거든요?'

오똑한 코를 지닌 금발의 그녀가 마지막으로 덧붙이는 말에 나는
결국 넉다운 되고 말았다.

"참, 그 손님 내가 커피를 드렸더니 두 손으로 받더라?"

참을 인(忍)자를 가슴에 백 번쯤 새긴 날이었다. 살면서 본인도
많은 인종차별을 겪고 살았으리라. 받은 상처와 눈물을 누군가를
포용하는데 사용하지 못하고 다시 남을 할퀴어버린 것이다. 세상을
보는 좁은 시선과 오해로 스스로를 편견 안에 가두고 사는 그를
안쓰럽게 생각하며 잊어버리기로 했다. 씁쓸하지만 어쩌랴. 쉽게
잊어버리지 않으면 할 수 없는 일이 바로 이 일인 것을.

최고로 신나고
최고로 힘든 인천 비행

인천 비행을 받는 것은 하늘의 별따기다. 500명 가까이 되는 한국인 승무원들과 한류 열풍으로 한국에 가고파하는 수많은 외국인 승무원들이 앞 다퉈 인천 비행을 신청하기 때문에, 인천 비행은 한 달에 한 번 받을까 말까하고, 두 번 이상 받으면 '천운의 승무원'이라 불린다.

한국으로 가는 비행기 안, 문제가 생기면 한국말을 할 줄 아는 한국인 승무원을 제일 먼저 부른다. 때문에 정신없이 뛰어다니며 통역을 하고 크고 작은 문제들을 해결하느라 동에 번쩍, 서에 번쩍하는 건 인천 비행에선 기본이다. 또 손님들도 말이 안 통하는 해외에서 고생하다가 한국 사람을 만나니 그 얼마나 반가울까, 그 심정도 이해 하지만 어떤 때는 붙잡고 놓아주질 않는다. 이제야 말이 통하니 속이 다 시원하다며 8박9일 여행 이야기를 줄줄 풀어놓는 분들도 있고, 외국인 승무원에게 차마 말하지 못했던 이런저런 요구들을 한꺼번에 하는 분들도 있다. 덕분에 우리는 비행기에서 사무장님보다 더 바쁜 사람이 된다.

엉덩이를 툭! 치는 한국 아주머니들. 나야 뭐 어머니 같고 할머니
같아 괜찮지만 외국인 승무원들은 기절한다. 한번은 갈색 머리의
외국인 승무원이 식사를 나눠드렸는데 인형 같고 예뻐 보였는지
그녀의 엉덩이를 툭툭 치며 "아이고 이 예쁜 처자는 어디서 왔댜~~~"
했다. "꺄아아아악~~~!" 당황한 그녀는 갤리로 들어와 성희롱을
당했다며 흥분했다. 한국 승무원들은 그녀를 달래며 그런 게 아니고
네가 딸 같아서, 예뻐서 그런 거라고 설명해주었다. 비명소리에
당황한 그 아주머니가 마침 갤리로 왔다.
넉살 좋은 아주머니는 천진하게 웃으며

"아이고~ 놀랐구나~ 쏘리야~ 쏘리~ 호호호~ 예뻐서 그런 건데
머얼~~호호호~" 하며 또 엉덩이를 툭툭 쳤다. 아주머니의 과도한
스킨십은 버릇이었다.

바쁜 건 기내에서뿐만이 아니다. 한국에 도착하면 우리는 빛의
속도로 움직인다. 비행 후 피로를 풀 여유 따위는 없다. 30시간 안에
너무나 많은 것을 해야 하기 때문에.
가족 얼굴도 봐야하고, 친구도 만나야 하고, 사고 싶은 한국 물건도
사야하고, 그동안 먹고 싶었던 음식도 먹어야 한다.
주어진 시간은 단 하루. 아침은 김치볶음밥, 점심은 냉면에 만두,
저녁은 변함없이 삼겹살. 아직 짜장면, 양념치킨, 김밥, 족발을 못
먹었는데 하루가 이렇게 끝나다니. 왜 하루는 세 끼일까, 다섯 끼가
아니고.
정신없는 서울에서의 1박2일이 끝나면 떨어지지 않는 발걸음을 겨우
떼 다시 도하로 돌아간다. 한국을 떠나는 비행기 안, 좀 더 한국에
머물고 싶은 한국 승무원들의 아쉬운 표정과 이제 막 여행을 떠나는
승객들의 기대에 부푼 표정이 어찌나 대조되는지…

돌아오는 비행은 더 길고 피곤하게 느껴진다. 인천에서 도하로
돌아오는 비행 시간은 여름에는 9시간, 겨울에는 11시간이 훨씬
넘는다.
첫 번째 서비스와 두 번째 서비스 사이, 승객들은 모두 잠이 들고
객실과 갤리가 고요해지면 가장 고통스러운 시간이 온다. 바로,
"졸음과의 싸움". 눈만 껌뻑껌뻑, 천하장사도 들어올리기 어렵다는
눈꺼풀을 들어 올리려 노력하다가, 어떤 때에는 과하게 눈을

부릅뜨고 놀란 표정도 화난 표정도 아닌 무시무시한 얼굴로 앉아
있기도 한다. 한 걸음, 한 걸음 내딛는 발걸음이 땅 아래로 푹푹
꺼지기도 하고, 남의 말소리가 귓가에 그저 웅웅거리고, 내가 지금
무슨 말을 내뱉고 있는지 본인도 모르게 되는 상태. 이런 상태를
우리는 '좀비 상태'라고 부른다. 제발 우리를 불러주세요. 콜벨을
눌러주세요. 승객들에게 애원하고 싶다.

세상에서 가장 신나지만 가장 힘든 인천 비행.
더 힘들어도 괜찮아요. 내려만 주소서, 인천 비행.

벙크에서
생긴 일

미국으로 가는 보잉 777 비행기 안, 내가 쉴 차례가 되어 유니폼을
편한 옷으로 갈아입고 벙크로 올라갔다. 피곤했던지 금방 잠이
들었다. 얼마쯤 지났을까 비행기가 조금씩 흔들리기 시작했다.
위아래로 그리고 좌우로, 흔들리는 폭이 점점 심해지더니 안전벨트
표시등이 켜졌다. 우르르쾅쾅 여기저기서 물건들이 쏟아지는 소리가
들리고 승객들이 요동하는 소리도 들렸다. 그러다 갑자기 안내방송이
흘러나왔다. 비행기의 결함으로 바다 위에 디칭(ditching:위급상황
시 바다 위에 착륙하는 짓)할 예정이니 준비하라고… '오 마이 갓! 이게
무슨 날벼락인가!' 나는 벌떡 일어나 트레이닝복 차림으로 벙크
밖으로 뛰쳐나갔다. 비행기는 이미 비틀거리며 바다 수면 위에
거의 다다랐다. '나는 이대로 죽는 것인가? 아니야 정신만 똑바로
차리면 된다', '승객들을 구해야 해. 우리 모두 살 수 있어. 배운
대로만 하면 되는 거야. 배운 대로만…' 쾅콰쾅 하는 굉음과 함께
비행기는 바다 위에 착륙했고, 우리는 교육받은 대로 문 밖을 살피고
수면의 안전도를 확인한 후 비행기 문을 열었다. 예상대로 슬라이드
라프트(slide raft:바다 위 비상 착륙 시 펼쳐지는 보트)가 펼쳐졌고 승객들을
차례대로 태웠다. 그리고 나는 보트 선두에 서서 사람들을 지휘하며

열심히 노를 저어갔다. 영차 영차. '보트가 너무 무겁다', '나는 살아야
한다. 헌데 노 젓는 일이 보통이 아니다. 나는 살 수 있다' 영차. 영차.
영차…

식은땀이 흥건한 채로 화들짝 눈이 떠졌다. '헉헉… 이게 뭐지? 휴,
꿈이로구나' 천만다행이었다. 벙크 안의 침대는 한 사람이 겨우
들어가 허리만 펴고 앉을 수 있는 작은 공간이다. 때론 그 안에 누워
코 앞에 있는 천정을 바라보고 있노라면, 내가 무덤 속에 들어와
있는 건가 싶을 정도로 갑갑하다. 그래서 그런지 나는 벙크에서 잘
때 악몽을 자주 꾼다. 디칭하는 꿈, 기체가 뒤집어지는 꿈, 갑자기
비행기가 한없이 추락하는 꿈… 일어나서도 안 되고 상상하기도 싫은
일들이지만 벙크 안에서 나는 때때로 그런 꿈을 꾸다가 땀을 뻘뻘
흘리며 깨곤 한다. '요즘 무리를 했더니 기가 부족해졌나봐, 몸보신을
해야겠다' 하며 웃어넘기지만 한편으로는 등골이 오싹할 정도로
무섭기도 하다.

나는 벙크에서 자는 걸 그리 좋아하지 않는다. 첫째는 갑갑해서
악몽을 자주 꾸거나 잠을 설치는 경우가 많기 때문이다. 일을 하고
벙크에 올라가면 머리도 무겁고 온 몸이 피곤해 금방 잠에 빠질 것
같지만, 쉽게 잠들지 못하는 경우가 허다하다. '뉴욕에 도착하면 뭘
할까?'에서부터 '수트케이스에 신발은 잊지 않고 잘 챙겨 넣었나',
'달러는 미리 환전해놓을걸', '아까 서비스 시작 전에 3A 손님이
두통 때문에 약을 먹었는데 괜찮은지 확인하고 올라올 걸' 등 오만
가지 생각들이 꼬리에 꼬리를 물기 시작하면 피 같은 휴식 시간이
순식간에 끝나버리기도 한다. 따뜻한 우유나 캐모마일티를 마셔도

쉽게 잠이 오지 않을 때, 한두 시간 정도 뒤척이다가 오늘 자기는 다 틀렸다 싶을 때, 잠을 아예 포기하고 노트를 꺼내 일기를 쓰거나 도착지에서 하고 싶은 일들이나 쇼핑 리스트를 작성하기도 한다. 근무시간 중 얻은 꿀 같은 휴식시간, 잠시나마 나만의 시간을 가질 수 있다는 건 참으로 아늑한 느낌을 준다.

벙크에서 자는 게 고역인 두 번째 이유는 그 공간이 유난히 건조하기 때문이다. 자고 일어나면 피부가 쩍쩍 갈라지는 것 같고 콧속까지 뻐근히 아파올 때가 있다. 목과 피부의 건강을 위해 승무원들은 여러 가지 방법으로 벙크 안의 습도를 맞추곤 한다. 물수건에 따뜻한 물을 흠뻑 적셔 얼굴 근처 여기저기에 널어놓기도 하는데 휴식이 끝난 후 물수건을 만져보면 바싹 말라있다. 그만큼 벙크가 건조하다는 얘기.

특별할 건 없지만, 벙크 안 나만의 피부관리법을 말하면, 일단 자기 전에 화장은 꼭 지운다. 두꺼운 화장을 고스란히 얼굴에 얹고 자는 것은 피부에게 미안한 일. 휴대용으로 나오는 클렌징 티슈로 이마와 볼, 코, 턱을 중심으로 화장을 지우는데 이때, 눈 부분은 지우지 않는다. 나중에 화장을 할 때 눈화장까지 다시 하려면 시간이 많이 걸리기 때문에.
꼭 승무원이 아니더라도 혹시 여행을 앞두고 있다면 한번 따라해볼만 하다. 공항에서 인증 샷도 찍어야 하고 애인과 작별인사라도 하려면 적어도 가벼운 비비크림이라도 발라야 하는 게 예의다. 하지만 비행기에는 눈에 보이지 않는 미세먼지들이 많아 피부에 무리가 간다. 벙크에서 잠을 자든 여행 중에 기내에서 잠을 자든, 피부가 숨을 쉴 수 있도록 화장기 없는 피부 상태를 유지하는 것을 원칙으로 한다. 내 피부는 소중하니까!

자, 이제 화장을 깨끗하게 지웠다면 로션과 수분크림을 듬뿍
바르고 잠을 청한다. 벙크 안 내 머리맡에는 늘 즉석으로 만든
일회용 가습기가 놓여있다. 피부 최대의 적, 건조함에서 벗어나려는
승무원들의 눈물 나는 노력은 계속 되고 있다.

한번은 이런 일이 있었다. 워싱턴 DC에서 도하로 돌아오는 비행기
안, 벙크에서 편한 트레이닝복으로 갈아입고 화장까지 지우고
누웠지만 쉽게 잠이 오지 않았다. 목도 마르고 화장실에도 갈 겸
일어나 이코노미 클래스 뒷부분에 서서 스트레칭을 하고 있었다.
그때 저 멀리 나처럼 팔을 위아래로 흔들며 스트레칭을 하고 있는
손님이 보였다. 앗. 내 구역에 있던 승객이었다. 내 구역에 있는
손님들은 거의 기억하는 편이긴 하지만, 이륙 후 저녁 서비스를 하는
동안 내게 친절하게 웃어준 매너 좋은 분이었기에 더욱 잘 기억하고
있었다. 반가운 마음에 내가 먼저 씨익- 하고 웃어보였다. 그 손님도
나를 보더니 미소를 지으며 다가왔다. '미스터 윌리엄씨 잠이 안
오시나봐요?' 라고 말을 하려던 찰나, 그 손님이 내게 먼저 말했다.
"안녕하세요? 정말 긴 비행이죠? 어디까지 가세요? 저는 도하에서
환승해서 벨기에로 갑니다"
이런 맙소사! 그 손님은 내가 좀 전까지 자신에게 저녁 서비스를
한 승무원인 걸 모르고 있었다. 저녁 서비스 내내, 심지어 와인을
고르면서도 나와 한참을 얘기했는데 나를 몰라보다니… 순간, 지금
내가 유니폼 차림이 아니고 더 이상 곱디 고운 화장으로 얼굴에
분장(?)을 하지 않았다는 것을 깨달았다.
'손님… 제가 약 세 시간 전에 손님께 저녁 서비스를 한 그

승무원입니다만, 제가 화장을 지워서 못 알아보셨나봅니다. 화장 전, 후의 얼굴이 그리도 다른가요?' 라고 말하기엔 나는 진심으로 무안했다. 나는 그저 어색한 미소를 지으면서 "아…예…뭐…그…저…"만 반복하면서 황급히 그 자리를 뜰 수밖에 없었다.

화장 안 한 얼굴이 예뻐야 진짜 미인이라는 소리가 있다. 그렇다면 나의 민낯은…? 화장 한 얼굴보다 맨 얼굴이 더 예뻤던 어린 시절이 내게도 있었다. 젊음 그 자체가 아름다움이었으니까. '20대는 영원하지 않아…' 피부 관리에 좀 더 신경을 써야겠다는 결심을 가슴 깊이 새기며, 다시 벙크로 돌아가 손에 미스트를 꼬옥 쥐고 잠을 청했다. 고요한 벙크에서 취이익~ 취이익~ 끊임없이 얼굴에 수분을 채워가며.

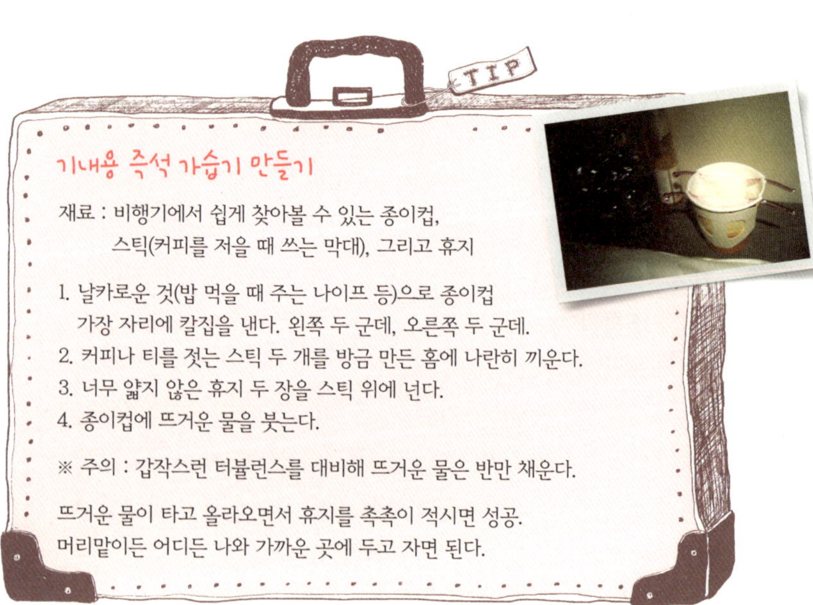

기내용 즉석 가습기 만들기

재료 : 비행기에서 쉽게 찾아볼 수 있는 종이컵, 스틱(커피를 저을 때 쓰는 막대), 그리고 휴지

1. 날카로운 것(밥 먹을 때 주는 나이프 등)으로 종이컵 가장 자리에 칼집을 낸다. 왼쪽 두 군데, 오른쪽 두 군데.
2. 커피나 티를 젓는 스틱 두 개를 방금 만든 홈에 나란히 끼운다.
3. 너무 얇지 않은 휴지 두 장을 스틱 위에 넌다.
4. 종이컵에 뜨거운 물을 붓는다.

※ 주의 : 갑작스런 터뷸런스를 대비해 뜨거운 물은 반만 채운다.

뜨거운 물이 타고 올라오면서 휴지를 촉촉이 적시면 성공. 머리맡이든 어디든 나와 가까운 곳에 두고 자면 된다.

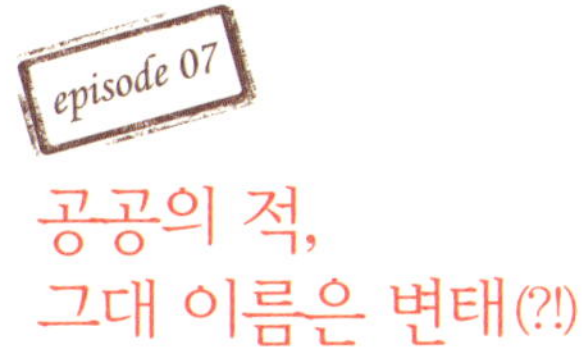

공공의 적,
그대 이름은 변태(?!)

에어프랑스 비행기 1등석을 타고 뉴욕과 파리 구간을 자주 다니는
한 승객이 그동안 여성승무원들에게 숱한 성희롱 행각을 벌여온
것이 밝혀졌다고 한다. 회사는 앞으로 그 손님이 탑승하면 무조건
남자승무원이 응대하라는 지침을 내렸다고 한다.
이 뉴스를 접하고 왠지 속이 시원했다. 비행을 하다보면 나도 이런
승객을 가뭄에 콩 나듯 만나기 때문이다.

2년 전쯤, 어느 비행에서 있었던 일이다.
기내의 안전보안검사를 마치고 헤드셋과 담요, 아메니티킷(amenity
kit;양말, 칫솔, 귀마개 등이 들어있는 여행 편의품 주머니)을 좌석마다 세팅한 후,
객실과 갤리를 다시 한 번 정리하며 탑승 준비를 마쳤다. 승객들이
한두 명씩 탑승하기 시작했고 멀리서 머리가 살짝 벗겨진 외국인
손님이 다가왔다. "Hello. Welcome aboard. How are you
today?" 라고 인사하자, "I am very good. Thank you!" 라고
하며 환한 웃음을 보여준다. 자리에 앉은 그 손님은 가방에서
주섬주섬 아이패드를 꺼내더니 이어폰을 꽂고 뭔가를 열심히 보고
있었다. 나는 복도를 왔다 갔다 하다 보니, 승객들이 뭘 하고 있는지

보고 싶지 않아도 보게 되는데, 그 손님이 집중하고 있었던 그것은
바로 야한 동영상!
기내에서 야한 잡지책을 보는 사람은 몇 번 보았지만, 이렇게 대놓고
동영상을 보는 사람은 처음이었다.
소리는 안 들리지만 분명하게 보이는 저… 저… 아, 정말 민망하기
그지없었다. 혹시라도 주위에 아이들이 지나다가 보면 어떡하려고.
그렇다고 '저… 손님?! 야동은 집에서…' 라고 말할 수도 없고.
그러다 우연찮게 그와 눈이 마주쳤는데 씨익- 하고 웃으며 눈도
안 피하고 날 계속 쳐다보는 게 아닌가. '아악! 저 사람 왜 날 저런
눈빛으로 보는 거야?'
아까는 인자해 보이던 그의 미소가 이제는 능글능글하다 못해
징그러웠다.
그 후 약 7시간 동안 그 손님께 서비스를 할 때마다 왠지 꺼림칙한
마음이 들었다.
제발 사적인 취미는, 사적인 공간에서!

비행기 안의 복도는 좁기 때문에 누군가와 마주치면 서로 몸이
부딪히지 않게 최대한 몸을 피해주는 게 예의다. 헌데 어떤
남자 승객들은 이를 이용해서 고의적으로 신체를 접촉하려고
한다. 사람들로 붐비는 화장실 앞을 비집고 지날 때도 실수인척
몸을 부딪히는 분들이 있다. 예전에는 '일단 피하고 보자'라는
생각이었는데, 요즘에는 그런 승객을 만나면 큰 소리로 말한다.
"손님?! 비.켜.주시겠습니까?!"
그러면 대부분 아무 일 없었다는 듯이 능청스럽게 "오케, 오케"
하면서 자리를 피한다.

한번은, 술 취한 러시아 커플이 끓어오르는 감정을 자제하지 못하고 기내에서 온갖 애정행각을 벌이다가 결국 화장실로 함께 들어가 버렸다고 한다. 때와 장소를 가리지 못하는 변태(?) 커플 때문에 주위 승객들이 불평, 불만을 쏟아냈다. 참다못한 남자 승무원이 화장실 문을 두들겼다. '무슨 일이야?'하는 순진한 얼굴을 내민 그들에게 말했다.

"이곳은 공공장소입니다. 두 분의 도를 넘어선 행동이 다른 승객들에게 피해를 주고 있습니다. 게다가 우리 항공사는 무슬림 항공사입니다. 이런 행위는 삼가 주시기 바랍니다"

그 결과는? 러시아 커플은 영어를 한마디도 못해 전혀 알아듣지 못했다고 한다.
풍기문란도 죄라면 죄지. 그러니 술도, 애정행각도 언제나 적당히.

승객들 중에는 전화번호를 주면서 작업(?) 거는 듯한 말을 하거나, 이상한 질문을 해서 사람을 당황하게 한다거나, 야한 잡지를 보란 듯이 책상에 펴놓는 특이한 사람들이 있다.
그래도 비행기 안에 바바리맨은 없어서 정말로 다행이다. 만나기만 해봐라. 교육 받은 대로 수갑(restraint device)을 채워 버릴 테다.

스튜어디스,
사랑이 두 배로 필요한 여자들

가끔은 브리핑 룸에서 들려오는 인디안 악센트 영어가, 비행기에서
들리는 아라빅 악센트 영어가 귓가에 쟁쟁거리며 나를 귀찮게 할
때가 있다. 가끔은 아무 생각 없이 편하게 한국말로 수다 떨고 싶은
그런 때가 있다. 힘든 시간들은 늘 겹쳐오기 마련. 그런 날에는 꼭
무슨 일이 터지고 만다.

화물칸에 화물이 제대로 전달되지 않아 생긴 문제로 "너희가
이러고도 파이브 스타 항공사냐?" 라고 윽박 지르거나, 좌석의자에
있는 파워가 갑자기 손실되어 TV화면이 꺼지고 의자가 자동으로
움직이는 기능이 멈췄을 때, 자리가 불편하다며 책임지라고 내게
손가락질을 하는 손님에게 '그게 제 잘못인가요?' 라고 되묻고
싶지만, 어쩌랴 이 모든 걸 감내하는 것 또한 나의 직업인 것을.
무조건 고개 숙여 사과하는 수밖에.
만취한 손님께 술을 더 이상 드리지 않자 "이런 못 배워먹은! 내가
누군 줄 알아? 너희 CEO에게 말해서 당신 그만 두게 할 거야!" 라며
소리치는 손님. 객실에 있던 십여 명의 손님들 눈길이 일제히 내게로
꽂힌다. '술에 취했으니 이해하자'며 심호흡을 해봐도 기분이 좀처럼

98

다시 밝아지지 않는다.

내 구역의 손님 11명을 상대하는 것보다 단 한 명의 손님을 상대하는
것이 훨씬 힘에 부치는 그런 날이 있다. 한 번은, 12시간 내내
잠도 안 자고 난동을 부리는 손님에게 PDR(Passenger Disturbance
Report:소란,난동을 피우는 승객에게 주는 경고장. 1,2,3단계가 있음) 3단계 경고를
준 적이 있다. 캡틴은 착륙 후 경찰을 불렀고 나는 증인으로 경찰에
제출할 진술서를 쓰기도 했다. 쓰나미같았던 하루가 지나고 집으로
돌아오니 그제야 긴장이 풀린다. 비행이 끝났다는 후련함보다는
아쉬움이 가슴에 진하게 남는다. 왜 이런 일들은 나에게만 일어날까,
왜 좀 더 의연하게 대처하지 못했을까 하는 생각에 마음이 무겁기만
하다.
고된 노동을 끝내고 허리와 손목이 시큰거려도, 발이 퉁퉁 부어
욱신거려도 그런 건 다 참을 수 있다. 견딜 수 없는 것은 때때로 이런
지친 마음을 나눌 이가 없다는 것이다.

비행이 끝나면 제일 먼저 핸드폰을 켠다. 도하 폰과 한국 폰을
차례로.
내가 하늘을 비행했던 12시간 동안 땅 위에서는 무슨 일이 있었을까?
다음 달 스케줄은 나왔을까?
월급은 들어왔을까?
집에서 별다른 연락은 없었나?
한국에 있는 친구들은 내 생각을 했을까?

어쩐지 핸드폰은 조용하기만 하다. 하루 동안 날 찾는 이가 아무도

없었던 것이다.

남자친구라도 있으면 좀 낫지 않을까 싶어 친구들에게 "소개팅 좀 주선해봐" 라고 장난스레 말해보지만, 한국에서 7,000Km나 떨어진 카타르에 사는 여자를 누가 선뜻 만나려고 할까.

애인이 있는 동료들을 마냥 부러워한 적도 있었으나 또 그 스토리를 가만 들어보면 눈물 없인 듣지 못할 지경이다. 보고 싶을 때 볼 수 없고 목소리를 듣고 싶을 때 들을 수 없는 승무원과의 '장거리 연애'. 그 관계를 유지하기 위해서는 생각 이상의 노력과 인내가 필요하다. 사랑하는 사람이지만 힘들어도 힘들다는 말을 못 하고, 즐거워도 즐겁다는 말을 하지 못한다. 내 꿈을 이루기 위해 이 먼 곳에 날아온 나를 아무 이유 없이 믿고 기다려주는 사람 아니던가. '힘들어 죽을 것만 같아' 라든가, '여기서 당신 없이도 너무 행복해' 라고 하면, 어찌됐든 남자친구의 마음은 아플 테니까.

자주 볼 수 없고 함께 공유할 수 있는 것들이 줄어든다는 것 또한 늘 관계를 위태롭게 한다. 그리하여 '믿음'이라는 것은 장거리 연애 앞에서 '사랑'보다 중요하다.

동기 한 명이 갤리 일을 하다가 오븐에 팔을 크게 데였다. 데였는데도 계속 일을 해 물집이 터지고 살갗이 벗겨져버렸다. 상처 난 팔뚝을 가만히 들여다보면서 많이 속상했다고 한다. 피부가 유난히 하얗고 약한 그녀의 팔과 손등에는 이미 수없이 많은 흉터들이 있었다. 그녀의 몸에 생긴 수많은 흉터들을 본다면 아마 사람들은 '대체 무슨 일을 하는 여자일까?' 의아해하지 않을까. 그녀는 다음 비행을 가지 못했다. 상처 난 팔로 손님들 앞에서 일할 수 없었기 때문이다. 비행이 왜 취소되었냐고 가족들이 묻자, 부모님이 누구보다 걱정하실

거라는 걸 잘 아는 그녀는 "응. 그 비행 힘든 거라 그냥 안 갔어.
잘했지? 하하하" 하고 털털하게 웃었다. 그 웃음이 왠지 짠하다.

몸과 마음의 상처를 숨기고, 그럴수록 더욱 당당하게 살아가는
승무원들. 세상 사람들은 그녀들을 멋대로의 기준으로 아무렇게나
판단하고 이런저런 말들로 수군대겠지만 적어도 나는 안다. 언제나
자신감에 차보이고 도도해 보이는 그녀들은, 사실 누구보다 여리고
깊은 속내를 가지고 있다는 것을.

국내에서 일하는 한 승무원의 이야기를 들었다. 비행을 떠나

타국에서 며칠 지내면 가족과 남자친구가 그리워 빨리 집에 돌아가고
싶어진다고. 그 얘기를 들으니, 한숨이 푹 나왔다. 나는 돌아가는
집마저 한국이 아닌 타국에 있는데.
지금이 다시는 오지 않을 소중한 시간이라는 것을 알고 있지만, 아주
가끔은 폭풍처럼 밀려오는 고국의 그리움은 견뎌낼 재간이 없다.

지상에서 누릴 수 있는 모든 것이 사라지는 저 하늘 위에서, 누구의
여자도, 누구의 딸도 아닌 승무원인 '나'로서 오로지 승객을 위해서
일하고 내려온다. 그러면 이제 나에게도 마른 꽃에 물을 주듯
"그동안 고생 많았다" 라고 하며 머리를 쓰다듬어줄 가족이,
"하늘에서 힘들었지?" 라고 하며 안아줄 사랑하는 사람이,
"네 맘 다 알아" 라고 말해줄 친구가 필요하다.

삼만 피트 상공, 세상과 단절되어 있었던 시간만큼, 땅 위에 내려오면
보고 싶었던 당신들로부터 두 배, 세 배 더 사랑받고 싶다.

좋은 손님, 나쁜 손님, 이상한 손님

지구는 둥그니까 자꾸 하늘을 날다보니 온 세상 사람들을 다 만난다.
다른 언어, 다른 피부색, 다른 성격 그렇게 다른 사람들을 수없이
대하다보면 별별 손님을 다 만나게 된다. 승무원들을 울게 하고 웃게
한 손님들과의 에피소드!

기내는 늘 적정 온도를 유지하지만 창가 쪽은 온도가 조금 더 낮은
편이다. 기내 창가에 앉아 있던 한 할머니께서 다급하게 날 부르며 하는
말씀이
"너무 추워, 어디서 이렇게 찬바람이 들어와. 창문 좀 닫아줘"
'할머니, 바람은 창문으로 들어오는 게 아니에요' 라고 어찌 말하리오.
손님이 민망해하지 않도록 "아 네, 그러세요?" 하며 창문의 햇빛가리개를
닫아드리고 담요를 드렸다. 그러자 "아유, 창문을 닫으니 좀 낫네.
고마워" 라고 하며 방긋방긋 웃었다. 어찌나 귀여우시던지.

무언가 심기가 불편한지 탑승 때부터 기내가 덥다, 좌석이 좁다며,
불평하던 손님이 있었다. 자리에 앉자마자 손님이 말했다.

"탑승하는 데 왜 이렇게 오래 걸려? 밖에서 얼마나 기다린 줄 알아?
내가 비행기를 정말 많이 타봤는데 이런 경우는 처음이야! 내가 웬만한
항공사는 다 이용해본 사람이라고 내가." 창밖을 가리키며
"저 밖에 보이는 루프탄자 있지? 저것도 타봤고, 에어프랑스 저것도
타봤고, 저-기 보이는 저 페덱스도 타봤다고! 우습게보지 말란 말이야"
.....저 손님, 페덱스는 화물 항공기인데요.

　터뷸런스(turbulence:난기류)로 안전벨트 착용 표시등이 켜지면 승무원들은
기내를 돌아다니며 안전점검을 한다. 한 손님이 도어 근처 바닥에 누워
자고 있기에, 여기서 자면 안 되고 일어나 좌석에 앉아 안전벨트를
착용하라고 말했다. 못 들은 척 하는 것인지, 자는 척 하는 것인지 반응이
없다. 같은 말을 반복하며 흔들어 깨웠다. 그러자 성질을 버럭 내며 "Ok!
I get up, you shut up!" 이라고 말하는 게 아닌가.
본인의 안전을 위해 한 말인데 입 닥치라고? 손님은 자리에 앉으면서도
계속 욕을 했다.
망설일 것도 없이 사무장님께 바로 보고했다. 사무장님은 아랍계의
여성으로 화려한 눈 화장과 말투, 제스처 덕에 매우 강한 포스가
느껴지는 분이다. 보고를 받은 사무장님은 바로 그 손님에게 갔다. 벌건
유니폼의 수줍은 동양여자가 아닌, 회색 유니폼을 입은 거친 포스의
여자가 와서 당당한 말투로 이유를 묻자 당황한 손님은 거짓말을 하기
시작했다.
"이 승무원이 버릇없이 굴었어요. 다 애 잘못이에요"
사무장님은 긴 말 필요 없이 딱 잘라 말했다.
"우리가 당신에게 'shut up'이란 단어를 쓸 수 있나요?"

"… 안 되지요"
"그럼 당신도 우리에게 그 단어를 쓸 수 없습니다"
결국 그 손님은 사과를 하고 비행기에서 내렸다.

만취한 손님
콜롬보에 가는 길이었다. 위스키를 서너 잔 마신 젊은 청년은 금방
취해버렸고, 비행기가 착륙한 후에도 일어나지 못했다. "손님! 손님!"
어깨를 흔들어 깨우자 겨우 눈을 떴다. 대뜸 여기가 어디냐고 묻는다.
"콜롬보에 도착했습니다. 집에 가셔야죠"
비행 후 마무리 작업을 마치고 비행기에서 내려 공항 세관을 통과하는데,
저 멀리 아까 그 만취한 손님이 보였다. 알고 보니 그는 몸이 불편한
아버지를 모시고 탄 것이었다. 아버지를 태운 휠체어를 밀고 있었는데
이리로 갔다, 저리로 갔다 비틀거렸다. 휠체어가 여기저기로 쿵쿵
부딪히자 도저히 안 되겠다 싶었는지, 아버지는 휠체어에서 일어나 몸을
가누지 못하는 아들을 휠체어에 태우고 밀기 시작했다. 맙소사.
다음날 술이 깬 불효자는 울었으려나.

친구 Mars가 겪은 이야기다.
비즈니스 클래스에 한 손님이 탔는데 그 자리에 TV모니터가 제대로
작동하지 않았다. 마침 비행기도 만석이어서 자리를 바꿔드릴 수도
없었다. 식사 서비스가 시작되고 내내 불편한 표정을 하고 있었던 그
손님이 말했다.
"아이 원 숩! (난 숩을 원해!)"

그녀가 손님 테이블로 따끈한 숩(soup)을 갖다드리자

"이거 좀 치워줘" 했다.

그리고 잠시 후 다시 손님은

"아이 원 숩!"

착한 그녀는 다시 숩을 가져다 드렸다. 그러자 손님은 또 버럭 화를

내면서

"숩 필요 없다고! 치워!"

불쌍한 그녀는 군말 없이 숩을 치워드렸다. 몇 번을 반복하자 그녀는

이상한 생각이 들었다. 손님이 원하는 게 대체 뭘까. 왜 자꾸 달랬다,

치우랬다 하는 걸까.

그녀가 다시 객실로 나가자 얼굴까지 새빨개진 손님이 더 이상 참을 수

없다는 표정으로

"아이 원 숩!!!!!!"

참을 수 없었던 그녀도,

"숩 몇 번이나 갖다드렸는데 치우라고 하셨잖아요. 손님, 대체 뭘

원하세요?"

"아이 원 수우우웁~!!!!! 유어 수퍼바이저!"

…… 그랬다. 그가 원했던 것은 따끈한 한 그릇의 숩(soup)이 아니라,

비행기의 수퍼바이저(superviser)였던 것이다. 그 손님은 그날 제대로

작동하지 않았던 TV모니터에 대해서 불만을 토로하고 싶었던 거다.

'수퍼바이저'를 '숩'이라고 줄여 부르는 걸 누가 알았냐고요.

한 일본인 할머님께서 나를 부르더니 물었다. 이름이 무어냐고.

"현경 킴입니다" 라고 답하자, 할머니는 "현경…현경…" 하며 내

이름을 외우는 것 같았다. 갤리로 돌아와 일을 하면서도 '내 이름을 왜 물으셨을까? 혹시 뭔가 잘못된 건 아닐까? 컴플레인 레터(complain letter:불편사항 접수증)에 내 이름을 쓰시려는 것일까?' 온갖 걱정을 하고 있었다.

긴 오사카 비행을 끝내고 손님들이 내리던 중, 할머니가 내게 다가오더니 쭈글쭈글 주름이 가득한 손으로 종이학을 건넸다. 내가 아까 깔아드렸던 테이블 종이로 만든 종이학. 그 날개에는 내 이름이 쓰여있었다.

'횬곤, 아리가또'라고.

그리스에서 도하로 향하던 비행기였다.

그 비행기에서 동양인은 나뿐이었는데, 서비스를 할 때마다 나를 유심히 보던 할아버지 한 분이 있었다. 어디서 왔냐고 묻기에 '한국사람'이라고 답하자, 갑자기 내 손을 턱 붙잡더니 눈시울을 붉히며 말없이 어깨를

툭툭 쳤다. "한국사람이구나, 한국사람!" 이라고 하면서. 영문을 몰라 당황해하며 이유를 물었다.

할아버지 몇 분과 가족들은 도하를 거쳐 한국으로 가는 길이라고 했다. 알고 보니 그 분은 한국 전쟁 당시 파견된 참전용사였고, 6·25전쟁 60주년 행사에 한국정부의 초청을 받아 외국인 용사로 참석하러 가는 길이었다. 그러고 보니 가슴에 훈장처럼 보이는 뱃지도 달고 있었다. 전쟁의 잔혹한 참상을, 그리고 총알이 빗발치던 전장에서 보냈던 그 분의 젊은 날을 내가 어찌 헤아릴 수 있을까. 꼭 쥔 할아버지의 손에서 따뜻한 온기가 느껴졌다. 서비스를 할 때마다 연신 내게 고맙다고 말했지만 난 오히려 그 할아버지께 감사했다.

비행기 착륙 직전 다시 찾아가 인사를 드렸다.

"할아버지, 60년 만에 찾아가시는 한국에서 부디 좋은 시간 보내시길 바랍니다. 그리고 우리나라를 위해 싸워주셔서 고맙습니다"

꽃보다 아름다운 당신을 위하여

카타르 땅에 처음 발을 디딘 병아리 시절, 승무원이 되었다는
기쁨에 머리를 예쁘게 말아 올리는 법과 아랍에서 유행하는 눈꼬리
긴 아이라인을 그리는 법도 배워보고, 손톱과 입술의 색을 맞추는
이른바 '깔 맞춤' 화장도 배워보았지만 이런 것들은 그저 워밍업에
불과할 뿐, 우리들이 제대로 공부해야 할 부분은 따로 있었다.
기본적인 비행의 이해, 객실 서비스, 비상용품, 비상탈출, 인공호흡 및
응급처치 등을 배우고 실습하는 '승무원 입사교육'이 우릴 기다리고
있었다. 국어사전만큼 두툼한 책이 두 권, 그 안에 있는 수많은
정보들을 쿡 찌르면 자동으로 튀어나올 정도로 외우고 또 외웠다.
난생 처음 보고 듣는 생소한 내용을, 그것도 영어로 공부해야하니
머리에 지진이 날 것만 같았다. 그때 우리 모두 입을 모아 했던 말,
"학창시절에 이렇게만 공부했어도 하버드 갔겠다"

그중에서도 가장 심층적으로 배웠던 것이 바로 '비상탈출'.
비행 중 비상상황이 생기면 재빨리 문을 열고 슬라이드(slide
raft:비상탈출용 미끄럼대)를 편 후, 승객들을 1초라도 빨리 탈출시켜야
한다. 비상상황은 땅 위에서 생길 수도 있고 하늘을 날다가도 생길

수 있다. 어떤 비행기 기종을 타고 있는지, 탈출할 수 있는 문은
몇 개인지, 어떤 일이 벌어졌는지를 신속하고 정확하게 파악해서
비상탈출을 시작하는 것이 제일 중요하다.

생명이 위급한 상황이라고 판단되면 승무원 누구라도 탈출을 시작할
수 있는데, 이때 탈출 신호음을 울리든지 아니면 우렁찬 목소리로
이렇게 외치면 된다.

"Evacuate! Evacuate! Evacuate!"

살면서 흔히 접할 수 없는, 접해서도 안 될 상황이기에 막상 실전에
서는 앞이 캄캄해질 수 있다. 때문에 우리가 해야 하는 일은 연습 또
연습.

큰 문에서 작은 문에 이르기까지 목이 터져라 "Evacuate!"를
외치고, 문을 열어젖히고, 슬라이드를 수동으로 펴고, 손님을 한
명씩, 한 명씩 내보내고, 모두 빠져나간 것을 확인한 후 비상용 구명
상자(survival kit)를 챙겨 들고 제일 마지막으로 탈출하는 연습을
반복했다.

그때나 지금이나 드는 생각은 이 연습을 실행할 상황이 영원히
생기지 않기를 바란다는 점.

사실 생각해보면, 교육 내용 중 실생활에서 더 많이 쓰이는 지식은
바로 '응급처치'이다. 가벼운 두통, 소화불량, 알레르기, 멀미에서부터
천식, 당뇨, 간질, 실신, 심장마비 심지어 출산에 이르기까지 몇 만
피트 상공에서 벌어질 수 있는 각종 응급상황을 정확히 판단하고
대처하는 능력을 배운다. 비행기 안에서 우리의 재빠른 응급처치는
자칫 잃을 수 있는 생명을 살릴 수 있다.

끝이 없는 공부에 지칠 때도 있지만, 막중한 임무를 맡았기에 조금도
게을리 할 수 없다.
오늘도 비행 출발시간 5시간 전에 일어나 비행을 준비한다. 매일
하는 똑같은 비행인데도 언제나 새로운 마음이 든다. 내 자신과
승객의 안전한 비행을 위해 오늘도 비행에 들어서기 전 비행기
기종, 탈출구와 장비의 위치를 확인하고 비상탈출, 화재, 응급처치
행동강령을 다시 한 번 훑어본다. 그리고 비행기에 올라 한 분, 한 분
손님을 웃는 얼굴로 맞이한다.

그런 마음으로 누구보다 열심히 뛰어다니고 있는데 등 뒤로 이런
소리가 들리면, 그렇게 슬퍼질 수가 없다.

"중동 항공사 승무원 얼굴은 별로네"
"저 몸매로 어떻게 승무원이 됐지?"
"명품만 밝히는 된장녀"
"밥 날라주는 하늘의 시녀"

덜 눈부시고 덜 화려하면 어떤지. 어차피 연예인이 될 것도 아닌
것을.
나의 신속한 인공호흡 조치로 당신의 생명을 살린 후에도 그렇게
말할 수 있을까?

사람은 꽃보다 아름답다고 하지 않았는가.
우리는 그 꽃보다 아름다운 승객의 안전과 생명을 지키는 일을 하는
사람들이란 것을 잊지 않았으면 좋겠다.

사람은
　　꽃보다 아름답다고
하지 않았는가.

비행 후 잃은 것과 얻은 것

어떤 일을 하든 그 안에서 자연스럽게 얻어지는 것이 있고 잃게 되는
것이 있다.
한국을 떠나 먼 타지에서 승무원이란 직업으로 살면서 나는 그 동안
무엇을 잃었고 무엇을 얻었을까.

잃은 것

☆ 피부의 탄력

비행이 끝나고 유니폼 모자를 벗으면 이마 위에 모자 자국이 선명하게
남는다. 예전에 10분이면 없어졌던 자국이 요즘은 서너 시간이 지나도
사라지질 않는다. 콜라겐이 필요하다.

☆ 머리숱

르네휘테르, 폴미첼, 히노키… 이게 다 무슨 말인고? 승무원들끼리 주고받는
은밀한 단어들. 이것은 바로 탈모에 좋은 샴푸이름들이다. 탈모, 영원한
숙제.

☆ 시간 감각

오늘이 내일인지, 내일이 오늘인지 잊고 산다. 이 시간대, 저 시간대를 옮겨
살다보니.

☆ 유행 감각

한국을 오랫동안 떠나있다보면 한국에서 최근 무엇이 유행하는지 모를 때가
많다.

☆ 기억력

항공성 치매라는 믿거나 말거나 한 단어가 있다. 승무원들끼리는 공공연하게
인정하고 있는. 기압차를 견디며 수 백 번씩 이륙과 착륙을 반복하고,
지상보다 산소가 부족한 하늘 위에서 살다보니 기억력이 점차 쇠퇴한다는
것. 물 마시다가 핸드폰을 냉장고에 넣어 놓았던 게 대체 몇 번이던가.

☆ 한국에서의 추억

한국으로 다시 돌아간다면 더 많이, 더 자주 가족, 친구들과 함께해야겠다.
못 다한 시간만큼.

☆ 식탐

전 세계의 맛집을 다니면서 느끼는 건 식욕과 위의 크기!

☆ 주름과 기미, 잡티

사막의 모래 바람과 강렬한 태양 덕에 생긴 깊은 주름과 잡티. 아무리 가려도
50도 태양은 피하기가 어렵다. 가수 비의 노래가 어찌나 마음에 와 닿는지.
태양이 싫어… 태양이 싫어…

☆ 어깨 통증

갤리 일을 하다보면 무거운 것도 번쩍번쩍 머리 위로 들어 올려야 하기
때문에 늘 어깨가 아프다.

☆ 만성 피로

긴 비행을 마치고나면 12시간을 자도 모자를 정도로 피곤하다. 최장
38시간을 깨어 있다가 17시간을 잔 적이 있다. 한 번 신체리듬이 깨지면
피곤한 곰 몇 마리가 몸에 붙어서 안 떨어진다.

☆ 향수병

특히 한국 음식에 대한 갈구.

☆ 인종에 대한 편견

정말 그러면 안 되지만, 나도 모르게 자연스럽게 생기는 인종에 대한 편견은
외국에서 승무원 일을 하는 사람이라면 200% 이해하리라 믿는다. '이 나라

사람은 이렇고, 저 나라 사람은 저렇다 ' 라는 우리만의 편견 때론 억측.

☆ 사진

전 세계를 쏘다니며 찍은, 수 만 장의 사진들. 100GB의 하드 디스크가
넘치려고 한다. 나의 기억이고 추억인 소중한 자료.

☆ 부모님께 해외 여행을 시켜드릴 수 있는 기회

내 소원 중 하나였다. 이뤘다. 행복하다.

☆ 이 곳에서 만난 소중한 인연들

한국에서 만나 함께 일하는 인연과 사뭇 다른 느낌이다.
타지에서 만나 더 끈끈하게 쌓이는 정이랄까.

그리고,

다시 없을 하늘 위에서의

내 젊은 날.

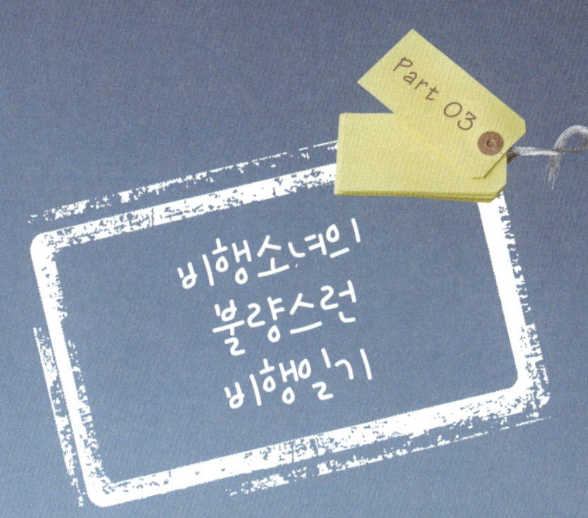

바람 따라 구름 따라 외로운 방랑을 하며 살고 싶었던 시절이 있었다. 한 줄 시를 읊으며 삶을 노래하는, 길 위의 고독한 나그네처럼. 사실 그런 나그네들은 현실적으로 직업이 없거나, 능력이 없거나, 친구가 없거나, 한량이거나, 그 몇 가지 중 하나이기 쉽다. 열심히 일하면서 이 젊음을 멋지게 방랑할 수는 없을까? 그리하여 시작된 나의 중동 5성급 항공사 승무원 생활. 바람 따라 구름 따라 외로운 방랑은 아니지만, 바람 위에서 구름 위에서 행복하고 즐거운 방랑 중이다.

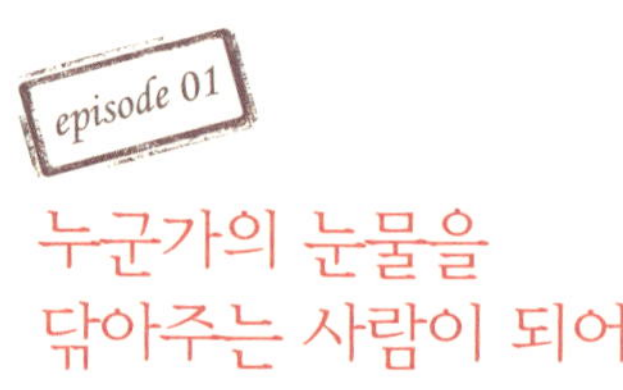

누군가의 눈물을
닦아주는 사람이 되어

승무원이 되기 전 내 나이 28세가 되던 해, 다니던 직장을 그만두고
미국행을 결심했었다. 친구들과 가족들 모두 다시 한번 생각해보라고
했지만 끝끝내 의견을 굽히지 않고 비행기에 몸을 실었다. 과년한
딸이 공부에 욕심을 못 버리고 떠난다는데 잡을 수도, 보낼 수도 없는
부모님의 심정이 어땠을까. 차마 가지 말라는 말은 못 하고 그저
안쓰러운 표정만 지었다. 떠나기 전 날 한숨도 못 잔 어머니와 친오빠
그리고 친구 몇 명이 공항에 나와주었다.
막상 짐을 꾸려 공항에 도착은 했지만 떨리고 긴장되는 건
사실이었다. 내가 과연 정말 잘하는 짓일까. 지금이라도 다시
집으로 돌아갈까. 다 없었던 일로 해버릴까. 영어도 잘 못하는데
친척도, 친구도 없는 곳에 가서 나는 잘 살아갈 수 있을까. 비행기를
타본 적도 별로 없었고 가족들과 떨어져 어딘가로 멀리 가는 것도
처음이었다. 하지만 내가 원해서 시작했던 일을 이제 와서 무를 수는
없었다. 가슴이 뛰었지만 애써 태연한 모습으로 가족들과 인사를
했다. 어머니는 벌써부터 눈물짓고 있었다. 나에겐 새로운 출발인데
나까지 눈물바람으로 헤어지고 싶지 않아 눈물을 꾹꾹 참았다.
미국 국적기에 올라 자리에 앉았다. '어머니는 잘 가고 있을까.

혹시 아직까지 울고 계신 건 아닐까. 나 때문에 매일 밤 잠 못 드는
건 아닐까. 친구들은 잘 돌아갔을까' 기분이 착잡해서 견딜 수가
없었다. 기분 전환을 하려고 가방에 있는 아이팟을 꺼내 음악을 듣기
시작했다. 마침 흘러나오던 노래는 마골피의 '비행소녀'. 그 노래를
듣다가 그만 나는 참아오던 눈물을 터뜨리고 말았다.

– 마골피, 비행소녀 中 –

가사를 듣다가 나의 감정은 주체할 수 없는 지경이 되어 손바닥에
얼굴을 묻고 소리 없이 흐느껴 울기 시작했다. 참 바보 같았다. 누가
가라고 등 떠민 것도 아니고 서너 살의 어린 아이도 아닌데 뭐가
그렇게 겁나고 두려운 것인지. 서럽고 미안하고 막막하고 두려운
마음들이 한데 섞여 그저 하염없이 울었다.
그런데 그때, 누군가 불쑥 휴지를 내 얼굴 앞에 내밀었다. 지나가던
나이 지긋한 남자 승무원이 우는 나를 보았는지, 휴지를 가져와
조용히 내밀고는 말없이 사라졌다. 키가 크고 노란 머리에 두꺼운

마침 흘러나오던 노래는 마골피의 '비행소녀'.
그 노래를 듣다가 그만 나는
참아오던 눈물을 터뜨리고 말았다.

팔에도 곱슬곱슬한 노란 털이 있는 아저씨였다. 나는 휴지를 손에
들고 고맙다는 말도 못 한 채 멍하니 앉아있었다.

그 후 나는 가끔 그때의 일을 떠올린다. 바보같이 울었던 일이
창피하기도 하지만 내게 휴지를 건네주었던 그 마음 따뜻한 승무원
아저씨를 잊을 수가 없다. 승무원이 되기로 결심했을 때 나는 꼭 그런
사람이 돼야지 마음 먹었다. 누군가의 눈물까지도 닦아줄 수 있는
사람.

5년의 세월이 흐른 지금, 거짓말처럼 나는 그 아저씨와 같은 일을
하고 있다. 가끔은 눈 앞에 쌓인 산더미 같은 일 때문에 초심을 잃고
짜증을 내기도 하지만, 마음 속 한구석에는 늘 잊혀 지지 않는 그

노란 머리의 승무원 아저씨가 있다.

그러던 어느 날, 짧은 '턴 어라운드' 비행을 하게 되었다.
바레인에서 도하로 오는 구간, 아바야를 입은 한 여인과 그의
어머니처럼 보이는 사람이 함께 비행기에 올랐다. 탈 때부터
그녀는 울고 있었다. 온몸과 머리에 검은 천을 두른 그녀는 여느
아랍여인처럼 화장을 짙게 한, 예쁜 이목구비를 가진 여자였다. 다른
손님들 탑승을 도와드리면서 힐끗 보았는데, 그녀는 자리에 앉아서도

하염없이 울고 있었고 옆자리의 어머니도 지쳤는지 달래줄 기색이 없어 보였다. 아름다운 저 여인은 왜 울고 있을까. 사랑하는 사람과 헤어졌을까. 아니면 피치 못할 사정으로 사랑하지 않는 사람과 결혼을 해야 하나. 그것도 아니면 소중한 누군가가 아프다는 연락을 받고 급히 가는 길은 아닐까. 이런 저런 생각을 하고 있다가 문득 몇 년 전 나의 미국행 비행이 떠올랐다.

조용히 갤리에 가서 휴지를 가져다가 이유도 묻지 않고, 괜찮냐는 말도 하지 않고, 테이블에 조용히 놓고 돌아왔다. 몇 년 전 그 분이 내게 그랬던 것처럼.

이륙 준비를 위해 기내를 정리하고 있는데 그 아랍 여인과 눈이 마주쳤다. 내가 준 휴지로 눈가를 닦으며 내게 고개를 끄덕여보였다. 아마 '고맙다'는 뜻이거나 '나 이제 괜찮아요'라는 뜻이겠지.

40여 분 간의 짧은 비행이 끝난 후, 그 여인이 내리고 사라질 때까지 말 한마디 건네 보지 못했지만, 나는 가슴 한구석 어딘가가 짠해오는 것을 느꼈다. 그리고 그녀가 괜찮기를 바랐다.

새삼 누군가에게 받은 사랑과 정을 다른 누군가에게 나누어 줄 수 있는 내 직업에 감사했다. 앞으로도 그럴 수 있기를 바라본다. 누군가의 눈물을 닦아주고 마음의 상처를 보듬어 줄 수 있는 사람이 될 수 있기를.

첫 레이오버 '카트만두'의 기억
*레이오버(lay over:비행 후 그 지역에서 일정기간 체류하는 것)

늦은 나이에 외항사의 승무원이 되어 카타르라는 사막 땅에서 두
달간의 힘든 교육을 마친 후 받아든 유니폼과 교육 수료증!
그 어느 때보다 뿌듯하고 기뻤다. 이제 곧 시작할 비행에 대한 환상과
기대감은 하늘을 찌를 듯 했고 또 한편으로는 잘 해낼 수 있을까 하는
두려움도 앞섰다. 그러는 사이 받게 된 나의 첫 비행 스케줄. 실습
비행을 마치고 드디어 가게 된 나의 첫 정식 비행은 'KTM', 다름
아닌 네팔의 '카트만두'였다.
사실 나의 첫 비행은 한 번도 밟아보지 못한 유럽 땅이길 바랐다.
내심 실망하기도 했고 파리가 첫 비행인 동료를 부러워하기도 했다.
그리고 무엇보다 카트만두에서의 체류시간이 너무 짧았다. 정보도
없고 시간도 없으니 그냥 호텔에서 하룻밤 푹 자고 돌아와야겠다는
생각으로 짐도 챙기지 않았다. 게다가 아무런 지식이 없었던 나는
짧은 비행에는 큰 수트케이스(suitcase:트렁크형 여행가방)를 가지고 가지
않는다는 동료의 말을 듣고 '맞아, 나만 큰 가방을 들고 가면 다들
웃을지도 몰라' 라는 생각에 작은 가방에 기본 화장품과 잠옷만 챙겨
첫 비행을 시작했다.

생애 첫 브리핑. 커다란 방에 모든 승무원들이 모여 자기 소개를
하고 간단한 비행정보를 나눈 뒤, 안전과 관련된 질문을 받는다.
당시 나는 교육 받은 지 얼마 안 된 주니어였기에 머릿속에 있는
지식이 누구보다 따끈따끈했는데도 얼마나 긴장이 되던지. 내 차례가
다가오면 가슴이 콩닥 콩닥 뛰었다. 브리핑의 긴장은 사실 몇 년이
지난 지금도 마찬가지다.
덜덜덜 떨었던 공포의 첫 브리핑을 겨우 마치고 비행기로 가는 버스
안, 사무장님이 물었다.
"자, 모두들 수트케이스 가져왔지? 모두 11개? 맞지?"
이게 무슨 소리인가? 싶어 소심하게 손을 들고 "저는 큰 가방을 안
가져 왔는데요" 라고 하자, 옆에 있던 선배들이 왜 안 가져 왔냐고
되물었다.
나는 개미만한 목소리로
"이런 짧은 비행에는 가져가는 게 아니래서…"
그러자 선배들은 누가 그런 말을 했냐며 웃었다. 가져오고 싶으면
가져오고 싫으면 안 가져 와도 되는데, 일반적으로 다들 가지고
다닌다고 했다. 그리고 보니 작은 가방에 잠옷만 챙겨온 사람은
나뿐이었다. 다들 커다란 가방에 옷, 신발, 먹을 것, 노트북 등을
챙겨왔고, 심지어 혹시 모른다며 파티 의상까지 챙겨온 사람도 있었다.

네팔로 향하는 비행기 안, 남아프리카 공화국에서 온 한 남자
선배가 오늘 첫 비행을 하는 나를 위해서 파티를 열어야겠다며
사람들을 모으고 있었다. 자기가 좋은 바(bar)를 알고 있으니 호텔에
도착하자마자 시내에 나가서 저녁을 먹고 술을 한 잔 하자고.
'어어, 이러면 안 되는데…!' 당황한 나는 조심스럽게 그 선배에게

다가가 말했다.

"아... 저기요... 저를 위해서 파티를 해주시는 건 너무 고마운데요,
있잖아요, 제가 옷이 없어서 말이에요. 딱 파자마만 가져왔거든요.
저는 못 나갈 것 같아요"

그러자 그 선배는,

"에이 그런 게 어딨어. 네가 주인공이니까 꼭 와야 해! 파자마 입고
와도 돼"

"아... 아니 그 그게... 좀..."

포기를 모르는 그 선배는 끈질기게 나를 설득했고, 정 그러면 자신도
파자마를 입을 테니 같이 잠옷차림으로 가자고 했다. 거의 모든

사람들이 '예스'를 하는 상황이 되자 나는 더 이상 거부할 수 없었다.
카트만두에 도착하니 오후가 되었다. 내가 챙겨온 파자마는 꽃무늬
레이스가 달린 잠옷은 아니었지만, 외출용이 아닌 잘 때만 입는
추리닝이었다. 오늘따라 왠지 무릎도 더 나온 것 같고 추레해 보이는
게 정말 부끄러웠다. 초라해 보이지 않기 위해 나름 화장과 머리에
신경을 쓰고 약속 장소인 호텔 로비로 나갔다. 내가 정말 잘하는
짓인지 다시 한 번 생각하면서.
남아공 선배는 약속과는 다르게 와이셔츠에 바지를 번듯하게
차려입고 로비에서 날 기다리고 있었다. '이런 배신자'
선배는 나를 보자마자 와하하 웃음을 터뜨렸다.
"정말 파자마네? 귀여운데 뭘, 괜찮아 괜찮아. 이런 것은 기념으로
남겨야 해!" 라고 하며 함께 사진을 찍자고 했다. 창피하게.
그 선배와 나, 부사무장님과 부기장님 그리고 여러 동료들이 함께
택시를 타고 시내로 나가 유명하다는 이태리 식당에서 저녁을 먹고,
바(bar)들이 즐비한 뒷골목으로 갔다.

네팔, 카트만두에 이런 골목이 있다니. 홍대의 허름한 뒷골목 같기도
했고, 예술가들이 사는 뉴욕의 브룩클린 어느 거리 같기도 했다.
낡았지만 나름대로 정리된 골목마다 식당과 펍(pub) 그리고 음악이
흘러나오는 재즈바가 있었다. 2층으로 올라가자 무대에는 라이브
밴드가 공연을 준비하느라 부산하게 움직이고 있었다. 야외의
테이블에서 따뜻한 네팔의 밤바람을 느끼며 모히또(Mojito:럼, 레몬즙
등으로 만든 칵테일)를 홀짝거리고, 두 귀로는 이국적인 재즈를 즐기고
있으니 전혀 생각지 못했던 카트만두의 매력을 발견한 느낌이었다.
이렇게 멋질 줄이야! 이미 첫 비행으로 유럽이 아닌 이곳에 온 것에

대한 실망은 없었다. 그저 감사하고 행복할 뿐.

카타르에 도착하자마자 시작된 고된 훈련과 교육, 매일 매일 넘칠
듯이 주어졌던 숙제, 두꺼운 책, 시험, 빽빽한 스케줄, 모자랐던
잠, 가족에 대한 그리움, 갑작스럽게 받아들여만 했던 아랍국가의
보수적인 문화, 그 모든 것에 짓눌리고 답답했던 마음이 이
밤공기로부터 위로받는 듯 했다.
'아, 나의 첫 비행. 첫 레이오버. 아름답구나'

호텔로 돌아왔지만 그냥 잠들기가 아쉬워 룸서비스로 작은 맥주 한
병과 중국식 군만두를 시켰다. 샤워를 마치고 나오니 따끈한 만두와
차가운 산미구엘 맥주가 와있었다. 그리고 문득 생각난 한국에 있는
친구에게 첫 비행을 나와 호텔방에서 혼자 맥주에 만두를 먹는다고
문자를 보냈더니 금세 답장이 왔다.
'카트만두에서 먹는 만두 맛은 무슨 만두 맛?' 하고.
친구의 허무 개그에 피식 웃고는 바로 답장을 보냈다.
'승무원이 되어 첫 레이오버에서 맛보는 눈물 나게 감격스러운 만두
맛'이라고.

다음날 다시 도하로 돌아가는 비행 내내 나의 별명은 '파자마
걸'이었다. 지금 생각하면 아무것도 몰랐던 그때가 우습기도 하고
그립기도 하다. 해가 갈수록 일이 익숙해지고 가끔은 너무 편해서
그 소중함을 잊어버릴 때가 있다. 그럴 때면 재즈 음악이 흐르던
카트만두의 무르익은 여름밤을 떠올린다. 정말, 정말 행복하다, 라며
감격했던 그 때를.

처음 만난 유럽, 런던

내 인생 첫 비행의 레이오버는 카트만두, 그리고 두 번째 레이오버는
그토록 가고 싶었던 유럽 그 중에서도 런던이었다. 그때까지 한
번도 유럽 땅을 밟아 본적이 없었기에 두 번째 비행의 설렘만큼이나
런던과의 만남도 기다려졌다.

런던 게트윅(LGW)으로 가는 비행기 안, 한국 선배님이 두 명이나
있었다. 비행을 갓 시작한 햇병아리 치고는 나이가 조금(?) 있는 나를
처음에는 불편해 하는 듯하더니 이내 친근하게 다가와 이것저것
챙겨주었다.
기내식 아침 메뉴로 '스트로베리 팬케이크'과 '치킨 소시지가
곁들여진 크레페'가 있었다. 설레는 표정으로 어떤 걸 먹을지
고민하고 있는데 선배님은 "뭘 고민해요, 그냥 둘 다 먹어요" 라고
했다.
쟁반에 메인 요리 두 개를 펼쳐놓고 먹는데, 얼마나 맛있던지
순식간에 싹싹 다 비웠더니 선배님이 하는 말,
"기내식 좋아해요? 그럼 살 금방 찌는데…"
실제로 비행을 시작하고 기내식에 심취한 승무원들은 4kg도 좋고

7kg도 좋을 만큼 살이 금방 불어난다고 했다. 그러니 조심하라고.
'기내식이 그리도 고열량이었던가? 이걸 어쩌지, 난 기내식이 입에
아주 쫙쫙 붙는데?'

서너 시간 후, 런던 착륙을 앞두고 기내 정리를 하는데 갑자기
어지럽더니 식은땀이 나기 시작했다. 고도가 갑자기 내려가서
그런가? 괜찮아지려니 했지만 착륙 후 호텔에 도착할 때까지도
컨디션은 회복되지 않았다. 호텔 방으로 들어오자마자 유니폼을
벗어던지고 침대 속으로 들어갔다. 몸이 영 말을 듣지 않았다. 몇
시간 자고 일어났는데도 마찬가지였다. 선배님들과 쇼핑센터에
가기로 약속한 시간이 다 되어 가는데, 식은땀은 더 나고 온 몸이
아픈 게 몸살이 난 것 같았다. 선배님 방으로 전화를 걸어 도저히 못
나가겠다고 하자 괜찮다고 한다.
"푹 자고 일어나면 괜찮을 거예요"
챙겨온 감기약을 입에 털어 넣고 다시 잠을 청했다. 그렇게 나의
런던에서의 첫 날은 바깥 구경 한번 못 해보고 잠만 자다 끝나게 된
것이다.

다음날 아침, 픽업 시간이 다가오는데 몸 상태는 조금도 나아지지
않았다. 아니 오히려 더 심해진 느낌이었다. 화장을 하려고 책상에
앉았는데 배가 너무 아파 허리를 펼 수 없었다. 온갖 인상을
써가며 화장과 머리를 하고 유니폼을 반쯤 입었을 무렵, 도저히
이 상태로는 비행을 할 수 없다는 생각이 들어 사무장님께 전화를
걸었다. 사무장님은 픽업시간이 다 되어 가는데 이제 전화를 하면
어떡하냐며 야단을 쳤다. 겨우 두 번째 비행, 레이오버에서 아플 땐

어떻게 해야 하는지 전혀 지식이 없었을 때였다. 나를 '데드헤딩(Dead Heading:승무원이 일을 할 수 없는 상황일 때, 일 하지 않고 승객 좌석에 앉아 가는 비행)'으로 비행기에 싣고 가는지 아니면 여기에 내버려두고 가는지도 걱정 됐다.

사무장님과 기장님이 두런두런 이야기를 나누더니 내린 결론은 이랬다.
"의사를 불러줄 테니 치료를 받고 여기에 머무르도록 해. 상태가 나아지면 도하로 돌아올 수 있을 거야"
'뭐라고? 날 여기에 두고 모두들 떠나버린다고? 나 혼자 런던에 남으라고?'
지금 같았으면 아무렇지 않았겠지만 그때는 레이오버도, 호텔도 낯설었기 때문에 겁이 많은 나는 그저 혼자 남겨지는 게 두려웠다.
"제발… 절 데리고 가시면 안 될까요? 집에 가고 싶어요"
잠시 고민하던 사무장님은,
"너의 상태가 더 악화 될 수 있기 때문에 내 비행기에 태울 수 없어.

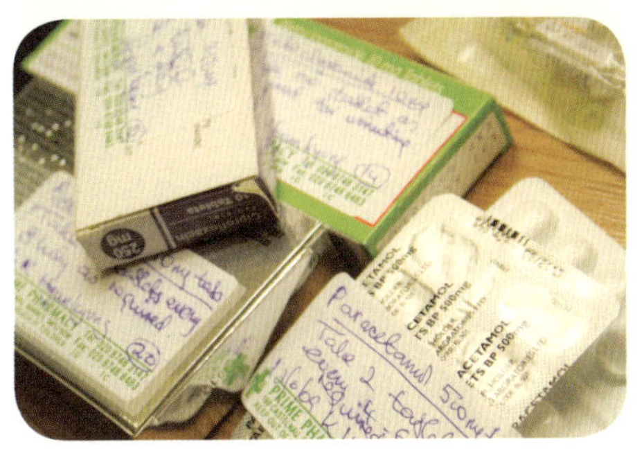

'Emergency Landing(긴급 착륙)'이라도 하게 되면 어쩌려고"
그리하여 함께 런던에 왔던 모든 승무원들은 나만 호텔방에 덩그러니
남겨둔 채 도하로 떠나버렸다. 호텔에서 불러준 영국인 의사가 와서
주사를 한 대 놓아주고, 다 먹지도 못할 만큼의 약을 한아름 안겨주고
갔다. 나의 병명은 '식중독'이라고 했다. 내가 어제 먹은 기내식은 나
말고도 모든 승무원들이 다 먹었는데 왜 나만? 의사는 나의 면역력과
몸 상태가 약해져있어서 그런 거라고 했다. 체력관리가 얼마나
중요한지 깨달았던 순간이었다.

그렇게 런던 호텔에서 3일을 혼자 지냈다. 가끔 회사에서 괜찮냐고
전화가 왔지만, 그마저도 핸드폰 배터리가 다 닳아 곧 못 받게
되었다. 하루만 머무를 생각에 충전기도 가져오지 않았던 것이다.
핸드폰마저 사망하자 세상과 연결된 마지막 고리가 끊어진 것처럼
외로움과 두려움이 엄습해왔다.
'내가 여기서 죽어도 아무도 모를 거야'
'외로워, 무서워, 배고파…'

그 와중에 배는 고팠나보다. 밖에 나갈 힘도 없어 룸서비스를
시켰다. 제일 만만한 닭 가슴살 요리. 양념도 안 된 허연 살코기가
별 데코레이션도 없이 방으로 날아왔다. 으엑. 살면서 그렇게 맛없는
요리는 처음 먹어본 것 같다. 소금, 후추, 케첩을 동원해 먹어보려
했지만 도저히 삼킬 수가 없었다.
'아, 고추장 튜브라도 가지고 다닐걸'
접시를 밀치고 호텔 안 슈퍼마켓으로 갔다. 약을 먹으려면 배를
조금이라도 채워야하니 초콜릿 바를 하나 사서 우걱우걱 먹었다.
그게 훨씬 맛있었다. 진열대를 살펴보다 런던 시내 지도를 발견했다.
'그토록 꿈꾸던 유럽에 왔는데 이게 뭔지' 신세한탄을 하던 참인데
지도를 보니 바깥 구경이 무척이나 하고 싶어졌다. 일단 샀다.
'몸이 나으면 나가자'

끙끙 앓았던 3일이 지나고 런던 체류의 마지막 날, 데드헤딩으로
도하에 돌아가게 됐다는 결정도 났고, 몸도 어느 정도 회복되었다.
이대로 첫 런던 레이오버를 보내버리는 게 무척이나 아쉬워 아침
일찍 런던 시내에 나가기로 마음먹었다.

기차를 타고 금세 도착한 런던 시내, 빨간 2층 버스가 시내를
활보하고 눈이 깊고 머리가 노란 브리티쉬들은 특유의 영국 악센트를
뽐내며 내 옆을 스쳐지나갔다.
웨스트민스터 다리에 서서 웅장한 크기의 빅벤을 마주하고 서있자니
어딘가 모르게 마음이 후련해지는 느낌이었다. 조금 이른 여름
공기를 한껏 들여 마셨다. 새파란 하늘을 배경으로 빙그르르
돌아가는 런던아이(London Eye)를 보니 영화의 한 장면이 떠올랐다.

영화 '이프 온리(If Only)'에서 남자주인공이 사랑하는 여인을 데리고
런던아이 꼭대기까지 올라가며 그녀와의 마지막 하루를 보낸다. 영화
속의 달콤한 런던과 내 눈앞의 런던은 크게 다르지 않았다.

이놈의 길치, 또 길을 잃었다.
타워브리지(Tower Bridge)를 보기위해서 지하철에서 내려 한참을
걸었지만 쉽게 찾을 수가 없었다. 흐드러진 꽃들이 집집마다
걸려있는 골목을 지나, 식당 밖에서 여유로운 차 한 잔을 즐기는
노인의 곁도 지났다. 한가로운 오전 한때의 런던을 구경하는 일은
즐거웠지만 타워브리지를 쉽게 찾을 수 없자 조바심이 밀려왔다.
'다시 돌아갈까?' 포기하려던 순간이었다.
커다란 건물의 모퉁이를 돌자 마법 같은 풍경이 눈에 들어왔다. 광장
그리고 그 너머에 보이는 타워브리지. 엽서에서나 보던 바로 '그것'이
눈 앞에 나타난 것이었다. 몸도, 마음도 약해져있던 나는 외롭고
서러웠던 지난 며칠이 떠올라 눈물이 날것만 같았다.

'이렇게 멋진 걸 보려고 그렇게 힘들었구나..'

배들이 다리 밑을 느리게 지나가고, 타워 꼭대기에도 하얀 구름이
느리게 지나가고 있었다. 그 고마운 풍경은 지친 내게 선물과도
같았다. 혼자 울었던 어두운 호텔방은 어느샌가 잊고, 맑은 바람이
있는 그 곳에 그렇게 한참을 서있었다.
'그래, 오길 잘했어'

아름다운 여름날, 아름다운 런던이었다.

또 다른 세계
Cockpit(조종실)

승무원이 되어 좋은 점, 그리고 승진이 되어 좋은 점 중 하나가 바로
칵핏(Cockpit:조종실) 출입이 가능하다는 것 아닐까. '플라잇 덱(Flight
deck)'이라고도 하는데 우리말로 하면 조종실. 기장과 부기장이
나란히 앉아 비행기의 안전한 이륙, 비행 그리고 착륙을 담당하는
중요한 곳이다.

비행기에서 창문으로 내다보는 하늘은 정말 아름답다. 짙푸른 하늘에
몽글몽글한 솜사탕 구름이 떠다니고 그 위를 유유히 날고 있자면
천사가 된 것 같다. 하지만 비행기 창문으로 보는 풍경보다 훨씬 더
멋진 것이 바로 조종실에서 바라보는 하늘이다. 정면과 왼편, 오른편
모두 커다란 창문이 있어 뻥 뚫린 시야로 시원하게 밖을 내다볼 수
있다. 그야말로 3D 입체 영화관이 따로 없다. 손에 잡힐 듯한 구름이
코 앞에 펼쳐져있고, 반대 방향에서 날아오는 다른 비행기가 점점
다가오다가 머리 위로 쓩 지나가기도 한다.

구름을 뚫고 솟아있는 히말라야의 산봉우리들이,
한 마리의 고독한 표범이 어슬렁거릴 것만 같은 킬리만자로 산맥들이

Cockpit

내 발 밑으로 유유히 흘러갈 때의
기분이란.

프리미엄 클래스 승무원으로 승진이 되면
'R1'이라는 포지션으로 일할 수 있는
자격이 주어지는데, 비즈니스 클래스나
퍼스트 클래스의 갤리일뿐만 아니라
조종실도 담당한다. 기장과 부기장의
식사를 챙기는 것은 기본이고, 그들이
아픈 곳은 없는지, 필요한 것은 없는지,
별 탈 없이 안전하게 비행을 하고 있는지
수시로 문을 열어 체크하는 일이다.
R1 포지션을 맡았던 어느 날, 조종실에
들어갔는데 때마침 석양이 지고 있었다.
하늘과 구름을 온통 붉게 물들인 커다란
해가 내 눈 앞에서 서서히 자취를 감추고
있었다. 석양빛은 한낮의 태양보다
눈부시지 않아서 좋고 한밤의 달빛보다는
진한 향이 있어서 좋다.
그 어디에서 보았던 것보다 아름다운
석양이었다.
"캡틴, 좋겠어요. 이렇게 아름다운 하늘이
당신의 일터잖아요" 라고 말하자,
기장님은 "허허허, 그래 난 참 운이 좋은
사람이야" 라고 하며 웃었다.

붉은 빛이 내 얼굴과 조종실 구석구석을 따뜻하게 비춰주었고 그렇게
한참동안 넋을 잃고 바라보다가 생각했다. 그 하늘을 나눠 가질 수
있으니 나 또한 운이 좋은 사람이라고.

한번은 싱가폴에서 도하로 돌아오는 길이었다. 깜깜한 밤
비행이었는데 기장님이 별이 많이 떴으니 와서 보라고 했다. 들어가
보니 막상 밖은 컴컴했고 아무것도 보이지 않았다.
"캡틴, 내 눈엔 아무것도 안 보이는데요?"
그러자 기장님은 지금 조종실 안이 너무 밝아서 밖이 잘 보이지 않는
거라며 조종실의 불을 꺼주었다. 코를 창가에 바싹 대고 미간에 힘을
주어 집중하며 밖을 바라보았다.
'흐음, 뭐가 보인다는 거지? 아무것도 안 보이는데…'

인내심이 바닥 날 무렵, 차츰 눈에 어둠이 익자 아주 서서히 무언가가
나타났다. 분명 아무것도 없었는데 무언가에 홀린 것처럼 내 눈 앞에
하나둘씩 나타나는 별들. 그것은 마치 마법 같았다. 어느새 크고 작은
별들이 까만 밤하늘을 빼곡하게 매웠다.
"와아—" 그저 감탄밖에 할 수 없었다. 지상에서 고개를 들어
올려다보던 그것과는 너무나 달랐다. 검은색 비단 위에 누군가
흩뿌려놓은 듯 눈부시게 빛나는 보석들. 커다랗고 촘촘한 별들이
바로 내 코 앞 가까이에서 조용히 반짝이고 있었다.
그 순간, 어딘가에 박혀 있던 별 하나가 긴 꼬리를 그리며 떨어졌다.
'앗. 슈팅스타다!'
"캡틴, 방금 별똥별을 보았어요. 저 의미는 누군가의 영혼이 지는
거래요"
그러자 머리가 희끗했던 외국인 기장님은,
"그래? 우리는 그걸 보고 누군가가 눈물을 흘리는 것이라고 하는데"
"아, 나라마다 뜻이 다르군요. 와— 신비로워요"
나는 다시 코를 창에 박고 수많은 별들의 반짝임에 황홀해하며 빨려
들어갈 듯 정신을 놓고 있었다. 그러자 또 한 번, 별 하나가 좀 전보다
더 긴 꼬리를 그으며 사라져갔다.
저것은 누군가의 영혼이려나, 눈물이려나.

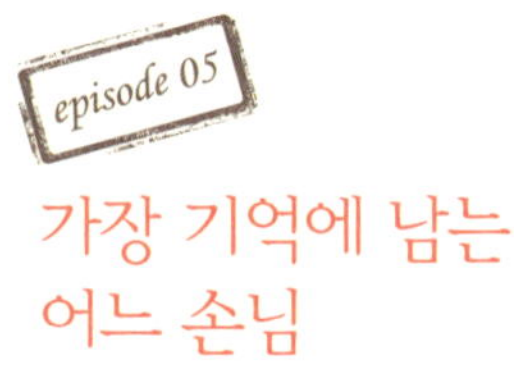

가장 기억에 남는
어느 손님

처음 승무원이 되어 가졌던 마음가짐은 어느샌가 사라지고 심신이
지쳐 손가락 하나도 까딱하기 싫은 때가 있었다. 가기 싫은 어딘가를
끌려가듯 느리적 느리적 화장과 머리를 하고 회사로 향했다. 브리핑
시간에는 오늘 비행이 알차게도 '꽉 찬' 만석이라고 말해주었다.
복도가 하나인 에어버스 320에 몸을 싣고 좁은 갤리에서 음료 서비스
준비에 여념이 없는데, 한 동료가 다가와 객실에 있는 동양 여자가
한국 사람인 것 같다며 한번 가보라고 했다.

바쁜 일을 끝내고 객실로 나갔다. 한 동양인 여자가 남편과 함께 늙은
어머니를 모시고 여행 중이었다. 말을 붙여보니 한국인은 아니었다.
화장기 없는 청초한 얼굴에 웨이브 있는 단발머리를 하고 있었다.
얼굴에 주름도 깊게 패여있었지만 '늙었다'는 느낌보다 참 '고운
아주머니'같은 인상이었다.

어디에서 왔는지, 어디로 왜 가는지 등을 물으며 대화를 나눴다.
국제결혼을 한 것 같았다. 덩치가 컸던 독일인 남편은 시종일관
영화와 신문만 보았고, 옆자리 시어머니는 치매에 걸려 아이처럼
앉아있었다. 동양인 여자 손님은 일 분, 일 초도 시어머니 곁을
떠나지 않고 물을 먹여드리고 머리를 뒤로 넘겨드리다가 아무것도 할

142

것이 없을 때는 가만히 손을 마사지해드렸다.

그들은 어머니가 거동하실 수 있을 때 좋은 추억을 만들기 위해
여행을 가는 중이라고 했다. 여자 손님과 이야기를 나누는 내내
남편은 심드렁한 표정으로 나를 바라볼 뿐 딱히 말은 없었다. 치매에
걸린 할머니가 손을 뻗어 내 얼굴을 만지려고 하자 며느리가 안
된다며 손을 잡아끌어 말렸다.

나는 "괜찮아요. 저도 며느님처럼 동양인이라 예뻐 보이나 봐요" 라고
했고, 할머니는 앙상한 손가락으로 내 얼굴이며 모자를 이리저리
만지며 아이처럼 좋아했다.

이륙 후 식사 서비스가 시작되었지만 그녀는 할머니께 일일이 밥을
떠먹여드리느라 정작 본인은 한 술도 못 뜨고 있었다. 할머니가 손을
허우적거려 샐러드가 허공에 날아가도 그녀는 짜증 한 번 내지 않고,
"와― 플라잉 샐러드네?" 라고 하며 아이를 달래듯 하고 있었다.
약간 수척하지만 꾸밈없는 그 여자 승객의 환한 미소가 계속
마음에 남아, 평소보다 객실에 더 자주 나가 그 분들이 잘 있는지
살펴보았다. 날 볼 때마다 할머니는 두 팔을 뻗어 나를 만지려 했고,
돌아가신 나의 할머니가 생각나 마음이 짠했다. 엉거주춤한 자세로
할머니를 안아드리고 돌아서려는데 여자 승객이 말했다.
"저기요, 고마워요. 잘해주셔서. 제 친어머니는 일찍 돌아가셨어요.
외국으로 시집가서 언어와 문화가 달라 고생하고 힘들어할 때, 우리
어머님께서 제게 친어머니 같은 존재가 되어주셨어요. 그러니까 진짜
엄마나 다름없어요. 정말 감사합니다. 우리 엄마께 잘해주셔서"

눈물이 핑 돌았다. 머리색도, 눈동자색도 다른 외국 할머니를

그 검은 머리의 동양인 여자는 엄마라고 부르며 꼭 안아주고 있었다. 그녀가 낯선 땅에서 얼마나 외로웠을지 또 시어머니에게서 얼마나 큰 위로를 얻었을지, 왠지 모르게 다 헤아릴 수 있을 것 같았다. 이렇게 아름다운 사람을 만나 서비스하게 되어 참으로 기쁘다는 생각이 들었다.

그분들께 뭔가를 해드리고 싶은데 아무리 갤리를 둘러보아도 딱히 드릴만한 게 없었다. 그러다 얼마 전 배운 '휴지로 장미를 만드는 법'을 떠올렸다. 장미꽃을 곱게 접고 초콜릿 쿠키 여러 개를 봉투에 넣어 잘 싸맨 다음 '좋은 여행 하시고, 건강하세요'라고 봉투 위에 썼다. 뭔가 좀 더 잘해드리고 싶었는데, 대단치 않은 거라 드리면서도 손이 부끄러웠다. 그녀는 쿠키를 받아들고 정말 고맙다고 인사를 했다. 그리고는 휴지 장미꽃을 할머니의 옷깃에 꽂아드렸다. 너무 좋아하시는 할머니.

두 사람의 맑은 미소에 나 또한 얼마나 가슴 찡하도록 행복하던지. 세상에는 내가 상상할 수 없는 위대한 사랑이 존재한다는 것을 깨달았다. 그 앞에서는 헌신과 희생조차 아름답다는 것도. 이렇게 고운 마음을 가진 사람을 만나고 나니 내 마음도 한결 깨끗해진 느낌이었다. 그토록 원하던 일이었는데 일이 힘들다고, 지쳤다고 투덜거렸던 것이 얼마나 어리석은 투정이었는지도 깨달았다. 펑펑 울고 난 후 가슴이 시원해지는 것처럼 내 안에 가득했던 불평과 불만들이 말끔히 사라지는 기분이었다.

착륙 후, 할머니를 위한 휠체어가 도착했다. 휠체어에 탈 때도 그리고

멀어져 갈 때까지도 할머니는 나를 보고 아는 체를 하신다. 장미꽃을
흔들면서.
그녀와도 인사를 나눈다. 고마웠다고, 꼭 다시 만났으면 좋겠다며
그녀는 내 어깨를 살짝 감쌌다. 마치 오래전부터 그녀를 알았던 것
같은 따스함이 느껴졌다. 시야에서 멀리 사라져갈 때까지 그녀는
뒤돌아보며 손을 흔들고 손키스를 보냈다.

지금도 가끔씩 그녀와 할머니가 생각난다.

2년도 넘은 이야기. 그 전후로도 유쾌하고 좋은 손님들을 많이
만났지만, 왠지 모르게 내 기억 속에 가장 오래 남아있는 손님이다.
건강하게 잘 살고 계실까. 여전히 친모녀보다 더 아끼고 사랑하며
살고 계실까.
또 한 번, 고운 그 분들을 비행기에서 만나 서비스를 할 수 있는
고마운 기회가 주어지면 좋겠다.

인생을 즐겁게,
승무원들의 놀이

좀 더 인생을 재밌게! 그러기 위해서는 사소한 것 하나에도 의미를 부여하고 즐거운 생각을 더한다. 그리고 그 행위를 '놀이'라 부른다.

🌸 카페놀이

내일 제일 좋아하는 놀이는 '카페놀이'

쉬는 날 집에만 있으면 왠지 더 게을러지는 것 같다. 눈 앞에 침대가 있으면 자고 싶고, 냉장고가 있으면 먹고 싶다. 그래서 가끔은 굳이 할 일이 없어도 집 밖으로 나간다. 바람을 쐬면서 산책을 하면 좋겠지만 이곳 도하는 '바람을 쐬면' 모래를 먹고, '산책'을 하면 얼굴이 익는다. 그래서 시작된 카페놀이. 친구들에게 "간만에 카페놀이 하러 갈까?" 라고 하면 다들 주섬주섬 짐을 챙긴다. 짐을 왜 챙기냐고? 카페에 가서 할 일은 많고

그러려면 준비물이 필요하다.

읽고 싶은 책과 다이어리, 내일 있을 비행 브리핑관련 자료, 음악을 들을 수 있는 MP3플레이어나 노트북도 챙긴다. 빵빵한 에어컨에 추울지도 모르니 얇은 겉옷도 필수.

음악을 들으며 일기를 쓰거나 한 달의 계획을 세우고 시간이 남으면 공부도
한다. 특히 책을 읽기엔 정말 좋다. 집에 있었다면 인터넷으로 연예기사를
클릭하거나, 책을 읽다가 졸리면 일단 눕고 원치 않은 낮잠을 퍼질러 잤을
것이다. 카페에서는 그렇게 잘 수 없으니 다행이고, 답답한 집이 아닌 곳에
나와 있다는 것 자체가 기분을 환하게 해준다. 또 향긋한 커피와 달콤한
케이크들이 넘쳐나니 이것 또한 행복.
나의 카페놀이 친구는 앞집에 사는 친구 유리. 그녀는 그림을 그린다. 분명한
자신만의 작품 세계가 있고 전문가 못지않은 실력을 가졌다. 그녀와 나는
시간이 맞으면 항상 카페놀이를 떠나 늘 우리가 앉는 맨 구석 테이블에
자리를 편다. 그녀는 그림을 그리고 나는 글을 쓰고. 몇 시간씩 말도 없이
그렇게 각자 할 일을 하다보면 5~6시간이 훌쩍 지나있을 때도 있다. 그렇게
하루해가 지면 수험생이 도서관을 나서며 뿌듯해하듯이 우리도 그런
마음으로 카페를 나선다.

🌸 공항놀이

도하에 사는 우리는 어쩌다 한국에 가는 것을 큰 경사로 여긴다. 지금껏
수없이 한국을 드나들었지만, 갈 때마다 설레고 즐거운 건 어쩔 수 없는 일.
발걸음마저 가벼운 한국 가는 길은 공항에서부터 신이 난다. 그래서 우리는
공항놀이를 시작했다. 설렘과 행복감으로 떠나는 길을 함께 해주는 것이다.
친구들이 떠날 때면 함께 나가 짐을 들어주고, 내가 떠날 때도 친구들이
공항에 함께 나와 커피도 마시고 한국에 가서 뭘 할지 화려한 계획을 세우며
수다를 떨기도 한다. 그리고 공항놀이의 필수, 멀리멀리 떠나는 친구를
배웅하듯 기념사진을 찍고 깊은 포옹도 나눈다.(내일모레 또 볼 거면서) 왠지
공항에서는 그래야 할 것만 같다.
헤어지는 슬픔과 떠나는 설렘이 공존하는 곳, 공항. 그곳은 언제 가도 나를

들뜨게 한다.

🌸 호텔놀이

이곳저곳 비행을 다니다 보면, 할 일이 많아 잠 잘 시간조차 없는 도시도
있지만, 반면 딱히 구경할 게 없거나 몇 번 와보면 식상해져서 밖에 나가기
싫은 그런 곳도 있다. 밖에 나갈 계획도 없는데 30시간씩 체류 시간을
받으면 대체 그 시간에 뭘 해야 하나 걱정된다. 그럴 때 '호텔놀이'를 하면
된다. 호텔에 있는 모든 시설을 이용하면서 '혼자서' 재밌고 신나게 노는 것을
말한다.

호텔에서 짐을 풀자마자 마사지샵은 있는지, 헬스클럽과 수영장은 어디에
있는지 위치와 가격을 파악한다. 동남아는 마사지의 가격이 저렴하므로
마사지를 받으며 피로를 풀어도 좋고, 야외 수영장에 나가 태닝과 칵테일을
즐겨도 좋다. 호텔 이용객이라면 공짜인 헬스클럽도 맘껏 이용해주고
대부분의 호텔 로비에서는 무료로 와이파이를 제공하니 인터넷도 할 수
있다.

그리고 내가 제일 사랑하는 '뷔페'. 너무 촌스러운가? 할 수 없다. 난 다양한
음식을 무제한으로 먹을 수 있는 뷔페가 제일 좋다. 쉽게 배가 차는 것 말고
비싸고 귀한 음식부터 먼저 손을 댄다. 뷔페의 정석이라 할 수 있겠다.
실컷 배를 채웠으면 그냥 잠들기 아쉬우니 간단히 맥주 한 잔도 챙겨마신다.
로비 바(bar)에서 라이브 연주가 있다면 앞자리에 앉아 감상해도 좋고, 혼자
술 마시기가 영 쑥스러우면 방으로 들어가 미니바에서 맥주 한 캔 꺼내
마시면서 그 나라의 TV 채널을 섭렵한다. (언어를 이해 못 해도 괜찮다. 광고만
봐도 재밌다.) 피로가 덜 풀렸으면 욕조를 깨끗이 씻고 따뜻한 물을 받아서
반신욕을 해도 좋고, 공짜로 비치되어 있는 차를 마시면서 잠들어도 좋다.
그러다보면 30시간은 훌쩍 지나간다. 체크아웃을 할 때 "30% 승무원 할인

되었습니다” 라는 소리를 들으면 더더욱 즐거운, 호텔 놀이.

✿ 시체놀이

우리 항공사에서 가장 긴 비행시간은 약 14시간이 걸리는 휴스톤 구간.
비행준비 2~3시간, 브리핑과 승객맞이 2시간, 거기에 비행시간과 비행 후
정리하는 시간까지 합치면 24시간 가까이 된다. 중간에 쉬는 시간이 있긴
하지만 24시간 동안 근무의 연속이다 보니 정말이지 보통 피곤한 일이
아니다.

그러나 그렇게 긴 비행 후에도 지친 몸을 이끌고 저녁을 먹으러 나가거나,
장을 보러 마트에 나가거나 하는 의지의 승무원들이 있다. 잠보다 ‘먹을 것’을
택하는 우리들. 그렇게 배를 채우고 침대로 돌아오면 이미 머리는 산발에,
눈은 벌겋게 충혈 돼있다. 그때부터 시체놀이는 시작된다. 빛이 들어오지
않도록 커튼을 꽁꽁 치고 귀마개를 꽂는다. 중간에 목이 말라서 냉장고까지
가는 일을 방지하기 위해 물 한 병도 머리맡에 둔다. 핸드폰 음소거는 기본.
그렇게 단단히 준비가 끝났으면 꿈나라로 직행. 긴 시간을 깨어 있다가 긴
시간을 몰아서 자는 게 습관이 되어버린 나는 10~12시간 자는 것은 일도
아니다. 한번은 17시간을 잔적도 있는데, 친구가 살아 있는 것 맞냐며 깨우러
오기도 했었다. 미친 듯이 일했으니, 미친 듯이 자는 게 맞다. 가끔은 이렇게
아무 생각 없이, 걱정 없이 푸욱- 잠에 빠져본다.

✿ ‘내 손안에 있소이다’ 놀이

여행지에 도착하면 유명하다는 건축물이나 조각상을 찾아보게 된다.
사진이나 TV에서만 보던 그것을 직접 눈 앞에서 만나면 가슴이 떨리면서
감동이 밀려온다.
파리의 에펠탑에서, 런던의 타워브리지에서, 북경의 만리장성에서 뿌듯한

'내 손안에 있소이다' 놀이

그 순간만은 내 것이 되어 있다.

중력으로부터 자유로워진
찰나의 기억

점프 놀이

마음으로 사진을 찍어댔지만 뭔가 재미가 없었다. 그래서 손가락으로
다리를 건너는 장면을, 만리장성을 손으로 움켜쥐는 장면을 찍으며 놀았다.
어린아이가 된 것처럼 이렇게 저렇게 사진을 찍다보면 어느새 이 유명한
것들이 다 내 손 안에, 그 순간만은 내 것이 되어있다.

🌸 점프놀이

힘껏 점프를 하고 그 순간을 찍은 사진.
중력을 거부하고 하늘로 뛰어올랐다가 멈춰버린 것 같은 나의 모습을 보면
역동적이고 에너지가 넘쳐 보이기도 하지만 무엇보다 자유로워 보인다.
하늘을 날고 싶은 인간의 욕심은 비행기를 만들어 냈지만, 땅 위에서
자유로워지고 싶은 나의 욕심은 사진 속에서나마 중력으로부터 자유로워진
찰나의 기억을 남긴다.

🌸 공원놀이

공원으로 피크닉 떠나기.
미국이나 유럽 사람들은 공원을 사랑하는 것 같다. 크고 작은 공원들이
곳곳에 자리하고 있고 사람들은 혼자 또는 가족과 연인, 애완견과 함께
나들이를 나와 여유로운 시간을 즐긴다. 한번은 뉴욕의 콜롬비아 대학교 내
잔디밭을 지나는데, 볕이 좋아서인지 수많은 청년들이 웃옷을 벗고 선탠을
하고 있었다. 참으로 훈훈한 광경. 여기가 해변인지 학교인지. 그 여유로움에
가던 길을 멈추고 잠시 앉아서 음료수를 마시며 해를 즐겼다.(웃옷 벗은
훈남들을 구경하려 한 건 절대 아니다) 뉴욕에서 잠시 살았을 때 센트럴
파크에 즐겨갔었다. 나무 그늘 아래 보자기를 깔고 누워 음악을 들으며
책을 읽다가 배가 고프면 도시락을 먹고 잠이 오면 꾸벅꾸벅 졸기도 했다.
바이올린을 켜던 언니의 음악소리에 빠져 있다가 어디선가 축구공이

굴러오면 꼬마아이에게 다시 던져주기도 하고, 옆 나무 그늘 아래 있던
사람과 이야기를 나누기도 했었다. 사소하지만 행복한 '소풍'이었다.
어디론가 멀리 떠나기 힘들 때, 가까운 공원으로 소풍을 가보면 어떨까.
잔디밭에 벌러덩 누워 흙냄새를 맡으면 흘러가는 구름만 봐도 행복해진다.
그 누구의 것도 아닌 온전한 나만의 '행복'.

굴러오면 꼬마아이에게 다시 던져주기도 하고, 옆 나무 그늘 아래 있던
사람과 이야기를 나누기도 했었다.
어디론가 멀리 떠나기 힘들 때, 가까운 공원으로 소풍을 가보면 어떨까.
잔디밭에 벌러덩 누워 흙냄새를 맡으면 흘러가는 구름만 봐도 행복해진다.
그 누구의 것도 아닌 온전한 나만의 '행복'.

소금 후추,
쳐드실래요?

여러 나라 사람들과 일을 하다 보면 별난 식성을 가진 동료들을 많이
보게 된다. 케첩과 밥으로만 끼니를 때우는 사람도 있고, 커피에
크래커 여러 개를 담가서 죽처럼 떠먹는 사람, 치킨 소스와 비프
소스 그리고 갖가지 빵을 한데 섞어 비벼 먹는 사람도 보았다. 내
눈에는 저걸 어떻게 먹지 싶은 생각이 들지만, 그들 눈에는 매운 음식
위에 더 매운 타바스코 소스를 서너 개씩 뿌려먹는 내가 더 이상해
보일지도 모르는 일이다.

동남아시아 동료들은 과일 위에 소금과 후추를 뿌려서 먹는데,
은근히 중독성이 있고 맛있다고 몇 번 권했지만 극구 사양했다.
그러던 어느 날, 친하게 지내던 태국인 동료가 특별한 음식을 내게
만들어주겠다며 기대하란다. 무슨 요리를 해줄까 잔뜩 기대하고
있는데 잘 잘라진 파인애플 위에 소금 왕창, 후추 왕창 그리고
타바스코 소스를 뿌리더니, 태국에서 가져온 매운 소스 가루까지
듬뿍 뿌렸다. 그리고 친절하게 포크에 찍어 입에 넣어주며 한 번만
먹어보라고 했다. 도저히 거절할 수 없어서 내키지 않는 한 입을 겨우
먹었다.

그 맛을 정확히 표현하자면 '네 맛도 내 맛도 아닌 맛'. 그런데 그 안에 묘한 매력이 있었다. 첫 맛은 짰다. 그런데 씹을수록 파인애플의 시고 단 과즙이 짠맛을 없애주면서 타바스코 소스의 맵고 시큼한 맛이 뒤늦게 혀를 자극했다. 오색 무지개 같은 버라이어티한 맛에, 하나 더 그리고 또 하나 더 먹게 되었다. 태국 친구는 '그거 봐, 맛있지?' 하는 표정으로 흐뭇하게 날 바라보고 있었다.

몇 년 동안 보기만 했지 입에도 대지 않던 소금, 후추 뿌린 과일이 내 입맛에 딱 맞을 줄이야! 이 일을 하면서 마인드뿐 아니라, 입맛도 오픈된 게 분명했다. 딱히 먹을 게 없고 입이 심심하면 나도 모르게 과일 위에 소금과 후추를 팍팍 치고 있는 날 발견한다. 아, 이제 나는 못 먹는 게 없구나. 이 세상에 좋아하는 음식이 하나 더 늘었다는 건 좋은 일일까. 슬픈 일일까.

게이와 가이

성적 소수자, 일명 게이(gay:동성애자)를 한국에서는 만날 일도, 만날
기회도 없었다. 한국에서는 아직까지 많이 드러내는 편이 아니니까.
무지개 깃발이 펄럭이던 샌프란시스코 거리에서 남남 커플이 손을
잡고 걷는 모습, 그리고 공원에 앉아 키스하는 모습을 보고 적지
않게 놀랐던 기억이 난다. 그 후 뉴욕에서 열린 게이 페스티벌에서는
수백 명의 게이 오빠들이 가히 충격적인 가죽 의상을 입고 화려한
길거리 행진을 선보였었다. 외국에서도 간혹 동성애자를 반대하는
시위가 벌어지기도 하지만, 우리나라에 비하면 동성애자를 편견 없이
자연스럽게 받아들이는 모습이다.

외국 항공사에서 일하는 남자 승무원들 중에는 게이가 많다는 소리가
있다. 아무래도 여자처럼 손끝이 야무지고 섬세하게 일을 잘하기
때문에 승무원일이 잘 맞지 않나 싶다. 이곳에서 일하면서 실제로
많은 게이 친구들을 만났는데 한 가지 느낀 것은 '그들은 여자보다 더
여자답다'는 것이다.
밥을 먹으러 나가는 길에 사우스 아프리칸 흑인 남자 동료를 우연히
호텔 로비에서 만났다. 그는 빨간색 물방울무늬 스카프를 목에

두르고 쇄골이 보이는 루즈한 티셔츠에 레깅스만큼이나 조이는
스키니 진 그리고 무릎까지 오는 적갈색 빈티지 가죽 부츠를 신고
있었다. 화려한 금장이 달린 커다란 토트백까지. 웬만한 여자도
소화하기 힘든 패션 감각이었다.
"와아. 너 오늘 너무 예뻐 보인다"
'멋있어 보인다'와 '예뻐 보인다'라는 표현에서 잠시 고민했었다.
그는 아니 그녀는,
"정말? 고마워. 이 가죽 부츠 너-무 예쁘지? 내가 딱! 보자마자
오마이갓 so fabulous! 딱 내 꺼다 싶어 바로 샀잖아. 오호호호"
하면서 생각 외로 너무나 좋아했다.
'예쁘다'는 단어를 쓰길 잘했다고 생각했다.

어느 비행에선가 도하로 돌아오는 길, 공항에서 검색대를 통과하는데
한 게이 친구가 노트북을 꺼내려고 트롤리 가방을 열었다.
세상에! 가방 안에는 셀 수도 없는 화장품들이 비닐봉지 안에
가득 들어있었다. 내가 바르는 것보다 두 배는 많아 보였다. 작은
샘플들부터 커다란 통까지, 여자인 내가 봐도 저것들이 다 무엇인지
가늠할 수 가 없어 "어디에 쓰는 물건들인고?" 묻자,
"이건 입술 튼 데 바르는 거~ 이건 주름 방지 아이크림, 이건 주름을
채워주는 아이크림, 이건 얼굴 건조할 때 뿌리는 거, 이건 코 모공 팩,
이건 코 피지 팩, 이건 얼굴에 뽀루지 났을 때 바르는 거…"
옛날 우리 집에 방판용 화장품을 보따리로 들고 찾아왔던 아주머니의
끝도 없는 설명 같았다. 내 귀엔 다 그게 그거인 것 같은.
공항에서 산 음료수를 빨대로 쪽쪽 마시고 있는데 아까 그 친구가 날
보더니 "오 마이 갓!" 하면서 호들갑을 떤다.

"왜? 왜? 내 얼굴에 뭐라도 묻은 거야?"
"아니, 어머, 너 지금 빨대로 마시면 어떡해? 알 유 크레이지?"
"왜? 유니폼 입고 빨대로 마시면 안 되는 거야?"
"그게 아니라 빨대로 마시면 입술을 '오–'하고 오므리잖아. 자꾸
그렇게 마시면 입술에 주름이 생긴다고!!! 절대 안 돼!"
뭐라고 대답해야 할지 몰라서 잠시 멈칫했다.
"응… 충고 고마워…"

외국 생활 어언 몇 년, 나도 이제 익숙해졌는지 게이 친구들의
여성스러운 목소리나 오버스러운 행동이 아무렇지도 않게 되었다.
물건을 집을 때 새끼손가락을 쭉 펴고 있는 모습이나, 엉덩이를
흔드는 걸음걸이, 눈이 마주치면 여자아이처럼 수줍게 웃는 모습도.
어떤 때는 정 많고 마음 여린 그들이 귀여워 보이기까지 한다.

가끔 훤칠한 키에 얼굴도 잘 생긴 '훈남' 승무원이나 '훈남' 손님을
만나기도 하는데, 착하고 매너까지 좋은 완벽한 꽃미남이 나중에
알고 보니 게이인 사실을 알게 되면, 그를 반짝이는 눈으로 염탐했던
흑심 가득한 우리 여자들은 동시에 이렇게 외친다.
"아.깝.다!"

내 주변에도 아까운 친구가 한 명 있는데 비행을 하면서 친해진,
얼굴도 마음도 예쁜 여자아이다. 성격도 밝아서 우리는 만나면
자주 농담을 하고 깔깔대며 유쾌한 시간을 보내곤 했다. 그녀는
내게 이야기를 할 때 자신의 애인을 Boyfriend라 부르지 않고 My
partner라는 표현을 썼다. 아주 나중에서야 알게 된 사실, 그녀는

자신이 레즈비언이라고 했다.

여자들은 보통 이런 사실을 많이 드러내지 않기 때문일까. 아니면 나와 가까운 사람의 갑작스런 고백에 충격을 받았던 것일까. 잠시 말을 잇지 못하다가 애써 담담한 척 이야기를 이어나갔다. 혹시 나도 모르게 지나치게 놀란 표정을 짓지는 않았을까, 미안함에 걱정도 됐다. 그녀는 활달한 성격과 고운 얼굴 때문에 어딜 가도 남자들에게 많은 관심을 받는 편이다. 그럴 때마다 그녀는 "여자를 좋아해요" 라는 말 대신, "오랫동안 만난 파트너가 있어요" 라고 대답한다. 그녀와 그녀의 '파트너'는 가족들도 둘의 관계를 알고 있는, 아주 오래된 연인이었다. 연인인 동시에 친구이자 자매이고 또 보호자 같기도 해서 자신의 삶에서 빼놓고 이야기할 수 없는 소중한 존재라고 했다. 멀리 떨어져 있지만 한 번도 서로를 의심하거나 다퉈본 적이 없는, 평생을 믿고 의지하며 살아가는 동반자인 것이다.

"킴, 너는 나를 이해하지 못하겠지만…"

그녀는 말을 시작할 때마다 이렇게 말하곤 했다.

전부라고는 말할 수 없어도 어떤 부분에서 나는 그녀를 이해하고 있지 않을까. 아니 이해해주고 싶지 않았을까.

파트너 부모님의 건강이 좋지 않아 걱정이 된다고 했다. 한국의 홍삼이 그리 좋냐고 묻더니, 인천 비행을 신청해 꼭 사다주고 싶다고 했다. 사랑하는 대상이 다를 뿐, 그 사람의 모든 것을 감싸주고 아끼는 마음은 누구와도 다를 바가 없다.

"킴, 너는 남자를 만나고 나는 여자를 만나지만, 있지. 살아간다는 건 다 똑같은 거야. 메마른 땅에 꽃을 피우기 위해 노력하듯이 난 사랑을 위해 내 모든 걸 바치지"

성적 취향, 음식 취향, 가치관이나 사상, 성공의 정의, 혹은 꿈을
이루기 위한 방법. 너무도 다른 생각과 모습을 가진 우리지만, 녹록치
않은 인생을 살아가는데 가장 필요한 것은 단 하나, '사랑'이지
않을까.

조하네스,
널 만나러 갈게

누구나 그러하듯이 나 역시 어른이 되고 돈을 벌게 되면 어려운
사람들을 도우리라 막연히 다짐했었다. 하지만 어른이 된 나는 돈을
벌어도 남을 도울 여력이 없다고 생각했다. 하고 싶은 것, 사고 싶은
것들만 늘 넘쳤으니까. 그렇게 허울 좋은 욕심에 묻혀 살다가 문득
내 자신을 되돌아보고 다시 봉사에 관심을 갖게 된 계기는 내가 가장
힘들었던 시기에 찾아왔다.

2005년 말, 나의 미래에 대해 고민하던 시기, 인터넷에서 '행동하는
양심'이라는 자원봉사단체를 알게 되었다. 자원봉사 시간을 채우기
위한 봉사활동이 아닌, 순수한 목적으로 젊은이들이 모여 봉사활동을
하는 단체였다. 쑥스럽게 가입을 하고 보육원과 양로원 그리고
장애우 팀을 오가며 활동을 하다가, 매주 꾸준히 나갈 수 있는
곳을 한 군데 정하는 게 나을 것 같아, 모이는 장소가 집과 가까운
장애우 11팀에 정식으로 합류했다. 매주 토요일 강남 사랑의 교회
별관에는 장애우 친구들과 나를 비롯한 봉사자들이 모였다. 일주일을
방 안에서 갑갑하게 보내는 장애인들이 유일하게 나들이를 하고
친구를 만날 수 있는 날이 바로 그 토요일이었다. 봉사라고 하기엔

민망할 정도로 우린 그저 그들의 친구가 되어주는 것밖에 하는
일이 없었다. 손이 불편하면 밥을 떠주고 다리가 불편하면 휠체어를
밀어주면 되는 아무것도 아닌 일. 같이 손뼉 치면서 노래를 부르고
생일을 축하해주고 손을 맞잡고 기도를 했다. 어찌 보면 나에게도
좋은 친구가 생긴 셈인데, 내가 그들의 친구가 '되어준다'는 표현은
맞지 않는 것 같았다. 가장 힘들고 방황했던 시기에 나에게도 그렇게
소중한 친구들이 생긴 것이다.

조하네스를 만난 것도 내가 회사를 그만두고 한창 방황할 때였다.
2006년 4월. 한비야의 '지도 밖으로 행군하라'라는 책을 읽으면서
해외아동 후원 입양에 관한 글을 읽고 큰 감명을 받았다. 누군가는
자기 삶의 일부를 포기하고 오지에 나가 어려운 이들을 돕는 일에
젊음을 바치는데, 나는 무엇을 하고 있는가, 내가 남을 위해 무엇을
할 수 있을지를 생각하게 되었다. 그녀처럼 지도 밖으로 뛰쳐나가
온몸을 불사를 정도로 봉사할 수는 없지만, 그녀처럼 작은 용기를
내어보기로 했다.
바로 해외아동 후원입양. 신청서를 제출하면 몇 달 후 내가 후원하는
아이의 신상정보가 온다. 전 세계 오지에서 힘겹게 살아가고 있는
아이들 말이다. 한 달에 2만원이라는 돈으로 온 가족이 먹고 살 수
있다는 사실에 놀라움을 금치 못했다.

시간이 얼마나 흘렀을까 '카리나 조하네스 코레아스'라는 이름의 4살
난 아이의 신상 명세와 사진이 날아왔다. '엘살바도르'라는 나라의
수도 '산살바도르'에서 살고 있는, 눈이 크고 피부가 까무잡잡해
어떻게 보면 나를 조금 닮은 것 같은 여자아이였다. 그림 그리기가

취미이고 종교는 기독교이다. 취미도, 종교도 나랑 같았다. 왠지 모를
친근함이 느껴졌다.
얼마 후 그 아이의 편지와 그림이 도착했다. 아직 글을 쓰지 못하는
그녀가 말을 하면 그 곳의 봉사자가 스페인어로 편지를 대신 써주고,
그 편지는 다시 영어로 번역되어 한국으로 날아온다. 다시 한국
월드비전에서 한글로 번역이 되어 나에게 오기까지 얼마나 긴 시간,
얼마나 많은 손을 거치게 되는 것인지. 내가 편지를 보낼 때도 이
많은 과정을 거꾸로 거친다. 가는데 석 달, 오는데 석 달. 아무리
열심히 편지를 써도 답장은 일 년에 두 번 받을 수 있는 것이다.

시간이 흘러 우린 많은 편지와 사진들을 주고받았고 그 아이가 한 살,
한 살 커 가는 것도 보았다. 그리고 승무원 시험에 합격 했을 때, 가장
먼저 했던 생각은 바로 조하네스를 만나러 갈 수 있을지도 모른다는
것이었다.
'무료 티켓을 이용해 '엘살바도르'까지 가는 거야. 이제 사진으로가
아니라 실제로 그 아이를 만나는 거야'
생각만 해도 가슴이 뛰었다. 얼마나 많이 컸을까, 우리가 말은
통할까, 그녀의 가족들은 어떤 사람들일까.

몇 달 전에도 그녀에게 편지를 썼다.

'언니는 지금 비행기를 타고 있어. 여러 나라를 다녔지만 아직
'엘살바도르'엔 가보지 못했어. 언젠가 꼭 가서 너를 만날 수 있길
바랄게. 그때 우리가 말이 통할 수 있도록 영어 공부도 열심히 해.
부모님 말씀 잘 듣고 교회 열심히 다니고. 언니를 위해 밤마다

기도한다고 했지? 언니도 그럴게. 기회가 되면 꼭 만나러 갈게. 보고
싶어. 안녕. - 한국에서 언니가'

훌쩍 자란 키를 자랑하듯 새로 보내준 사진 속 조하네스 얼굴은
많이 변해있었다. 많이 자란 것이다. 나 또한 변한 모습을 보여주기
위해 유니폼을 입은 사진을 함께 보냈다. 석 달 쯤 지났으니 지금쯤
조하네스가 내 편지를 받아보았겠지?
지구 반대편 어디엔가 나를 위해 기도해주는 작고 귀여운 동생이
하나 생겼다고 생각하니 왠지 모를 용기가 솟는다.
더 나은 사람이 되어야겠다는 소망이 마음을 따뜻하게 적신다.

난생 처음 한 비상탈출

"Evacuate! Evacuate! Evacuate!"
입사 후 받았던 비상탈출 시뮬레이션 때, 그렇게도 연습하고
소리 높여 외쳤던 말이다. 연습을 하면서도 속으로는 내
인생에서 이 말을 쓰는 일이 없기를 간절히 바랐다.
지난해, 태어나서 처음으로 겪어본 '탈출'.
내가 'Evacuate'란 말을 하게 될 줄이야.

다행인지 불행인지 나의 '탈출'은 비행기가 아닌 집에서였다.
워싱턴 DC 비행을 앞두고 오지 않는 잠을 청해가며 뒤척이다 늦은
새벽 겨우 잠이 들었다. 잠들어봐야 3시간 정도 자고 금방 일어나야
했다.
"딩동"
새벽의 고요를 깨는 초인종 소리에 소스라치게 놀라 잠에서 깼다.
'이 새벽에 누구지, 겨우 잠들었는데…'
지금 잠에서 깨면 다시 잠들 수 없을 것 같아 벨소리를 무시하고 다시
잤다.
잠시 후 다시,

“딩동 딩동”

“딩동 딩동 딩동 딩동”

‘으아아악, 그만! 누구야 대체!’

하는 수 없이 무거운 몸을 일으켜 현관으로 갔다.

‘새벽에 찾아올 사람이 없는데 대체 누구지?’

문 앞에 다가서서 누구냐고 물어도 대답이 없었다. 뭔가 이상했다. 함부로 문을 열수도 없고, 문에 귀를 대고 가만히 소리를 들어보니 밖에서 우당당탕 하는 소음이 들렸다. 그리고 문 틈새로는 타이어가 탄 것 같은 매캐한 냄새가 조금씩 올라오는 것이었다.

‘어머나! 무슨 일이지? 혹시… 혹시…’

쓸데없는 나의 상상력은 자꾸만 가동되었다. ‘혹시 저 밖에서 지금 테러범들이 총을 쏘고 폭탄을 터뜨리는 건 아닐까, 승무원 숙소에서 우리를 인질로 잡아 비행을 마비시키려는 건 아닐까’ 이런 생각에 이르자 심장이 쿵덕 쿵덕 뛰었다. 이 냄새는 분명 보통 냄새가 아니었다.

문을 열어서 밖을 확인하느냐 마느냐, 그것이 문제였다.

‘열자마자 누가 총부리를 들이대면 어떡하지? 무서워, 무서워…’

한참을 고민하다 결국 용기를 내어 문을 빼꼼히 열었다. 문 앞엔 아무도 없었다. 대신 내 눈 앞에 보인 것은 복도를 가득 메운 뿌연 연기와 바닥에 넘실거리는 검은 물.

화재였다.

밖으로 나가보니 복도는 그야말로 아수라장이었다. 경비 아저씨와 출동한 소방관 아저씨들이 온 방문을 두드리며 사람들을 깨우고 있었고, 한쪽에서는 소방 호수를 꺼내 진화 작업을 하고 있었다. 한 소방관이 나와 눈이 마주치자 대뜸 소리쳤다.

태어나서 처음으로 겪어본 '탈출'
내가 'Evacuate'란 말을
하게 될 줄이야.

Evacuate

"Evacuate! Evacuate!"

'뭐…뭐? 이…베큐에잇? 말로만 듣던, 연습만 하던 그 이베큐에잇?'

불이 어디서 시작됐고 어디까지 번졌는지 상황을 모르는 나는,

건물이 무너지면 어쩌나 너무 무서워 심장이 미친 듯이 뛰었고 손이

벌벌 떨렸다. 방으로 들어가 잠옷 위에 겉옷을 하나 걸치고 이것저것

정신없이 물건을 챙겼다.

돈, 지갑, ID카드, 핸드폰, 아! 한국에는 가야하니까 여권!

다시 복도로 나가 밖으로 걸어 나가려고 하니, 물이 발목까지 차서

쉽게 걸을 수가 없었다.

한 발 한 발, 젖 먹던 힘을 다해 비상 계단까지 걸어갔다.

순간, 앞집에 살고 있는 친구들이 생각났다.

'이미 탈출했을까? 아니면 자고 있나? 다시 돌아가야 하나?'

'만약 다시 돌아갔는데 이미 탈출했으면? 나만 빼고? 그런 거면…

우쒸, 가만 안 두겠어'

다시 물살을 가르며 친구의 집으로 돌아갔다. 영화에서 동료를

구하러 위험 속으로 뛰어드는 브루스 윌리스 못지않은 장엄한

표정으로.

오 마이 갓! 밖은 그 난리가 났는데 친구들은 세상모르고 자고

있었다.

"Wake up! Girls! Evacuate! Evacuate!"

새벽 1시, 1층에 내려가 보니 사람들이 잠옷 차림으로 모여 있었다.

'자다가 이게 웬 날벼락'이냐는 얼굴로.

사건의 전말은 이랬다. 나와 같은 층에 살았던 동기 한 명이 에어컨을

오랫동안 틀어놓았는데 과열된 에어컨에서 그만 불이 난 것이었다.

불은 삽시간에 소파와 커튼으로 옮겨 붙었고 거실 전체에 불길이
솟았다. 방 안에서 자고 있던 그녀는 나중에서야 사태를 파악하고
뛰어나오려고 했지만 이미 거실은 화염에 휩싸여 나올 수 없었다.
그녀의 친구들이 911을 불렀고, 출동한 소방관들에 의해 그녀는 겨우
탈출할 수 있었다. 그녀의 집 거실은 온통 타버렸지만 그래도 다른
집으로는 번지지 않아 큰 피해는 막을 수 있었다. 그녀의 집과 같은
층이었던 우리 집은 종일 탄내가 진동했고, 난 매연 속에서 잠깐 숨을
쉬었을 뿐인데도 코와 귀에 검댕이 묻어났다.

그날 얼마나 놀랐는지, 자나 깨나 불조심, 꺼진 불도 다시 보자라는
마음으로 그 후 비행을 갈 때나 잠을 잘 때도 에어컨이 잘 꺼졌는지
확인하는 버릇이 생겼다.
더워도 좀 참자. 참어.
다시는, 어디서건, 이베큐에잇 하는 일이 절대로 없기를 바라면서.

동안 미녀

외국인 동료	너 몇 살이야?
한국인 동료	몇 살인지 맞혀봐.
외국인 동료	으음… 동양인들은 원래 어려보이니까, 그걸 감안해서… 스물…다섯?
한국인 동료	와하하하하! 고마워, 나 32살이야.
외국인 동료	오 마이 갓! 대체 한국인들은 뭘 먹길래 이렇게 동안인거니?
한국인 동료	글쎄, 건강음식을 많이 먹어서 그런가?
외국인 동료	예를 들면?
한국인 동료	김치!!!

이상의 대화는 지금까지 비행하면서 내가 반복했던, 그리고 주변에서
수없이 보고 들은 한국인 동료와 외국인 동료의 대화 내용이다.
그들은 알까? 우리는 반대로 놀랍다는 것을.
보기에는 삼촌의 선배뻘은 되어 보이는, 머리도 살짝 벗겨지고
배도 나오고 코와 귀 아래로 온통 수염 자국이 거뭇거뭇한 아이가
24살이라고 우기면(?) 승무원 ID카드를 확인하지 않을 수 없다.

172

게다가 그게 농담이 아니고 사실이면 더욱 충격이다.

외국인들은 동양인의 어려보이는 외모를 무척이나 부러워한다. 또 우리는 그들의 조숙함이 신기하고 말이다. 우리는 그들에 비해 눈이 작기 때문에 주름도 덜 생기고 코도, 입도 작아 상대적으로 아이처럼 보이는 것은 아닐까.

'동안'이라고하니 생각나는 나의 룸메이트 얘기가 있다. 그녀가 비행을 시작한지 얼마 안 됐을 때, 어떤 이집트 남자 승무원이 그녀를 위아래로 훑어보며 이렇게 물었다고 한다.

이집트 동료   와~ 너 정말 어려 보인다.

룸메이트   그래? (으쓱) 얼마나 어려 보이는데? 나 몇 살 같아?

이집트 동료   으음… 13살.

룸메이트   어우 야~ 그렇게나 어려 보여?

그건 좀 심하잖아~ 호호호 (으쓱 으쓱)

이집트 동료   응 몸매가…

룸메이트   …

몸매가 13살이라니. 이봐, 우리도 있을 건 다 있다고. 물론 아랍 여인네들의 풍만한 가슴과 엉덩이를 어찌 따라가리오. 그들에게 미(美)의 기준은 굴곡 그리고 풍만함이라고 한다. 키 크고 잘 빠진, 훤칠한 몸매보다 엉덩이가 크고 통통할 정도의 풍만함을 가지고 있으면 매력만점, 최고의 여자란다. 마른 여자들은 볼품 없다고 각한다니 우리가 생각하는 미의 기준과는 정반대.

S자가 확실한 아랍 여자들이나 10대 때부터 훤칠한 키에
글래머러스한 몸매가 자동 확보되는 서양 여자들에 비하면, 우리는
사실 나오다 말고 들어가다 만 소년 몸매처럼 보일 수 있을지 모른다.
하지만 그것마저 어린 소녀처럼 보이는 동안 미녀의 비결인 것을.

나는 오늘도 뭘 먹기에 그렇게 어려보이냐며 동안의 비결을 묻는 큰
눈, 큰 코의 외국 아이들에게 말한다.

"김치를 먹으라고. 김치를."

승무원의 직업병

📖 비행기 안에서

휴가를 받아 한국으로 가는 비행기 안, 몇 시간 전만해도 이 공간에서 일을
하지 않았던가, 비록 유니폼을 벗고 승객의 신분으로 있지만 낯익은 일터에
있으려니 손과 발이 근질거려 참을 수 없는 순간이 온다. 손님들은 콜벨을
계속해서 누르는데 승무원들이 바빠서 바로 못 오는 순간, 대신해서 '무슨
일이세요?' 라고 묻고 싶기도 하고, 화장실에 가다가 어두운 객실에 노란
콜벨이 켜져 있는 게 보이면 (손님이 주무시고 계시다면 분명 잠결에 잘못 누른
게 분명하니) 손가락으로 쿡 눌러 리셋하고 지나가고 싶은 충동이 들기도
한다. 화장실에 들어가면 또 어떻고? 휴지가 다 떨어졌으면 거울 뒤 선반을
자연스럽게 열어 휴지를 갈고 있는 나를 발견하기도 하고, 물이 바닥에
흥건하면 휴지를 대고 발로 슥슥 닦아주고 싶은 마음까지 든다. 때로는
생각보다 손이 먼저 움직일 때도 있지만 내 일이 아닌데 함부로 행동하는 것이
근무 중인 승무원들에게 예의가 아닐 수도 있기에 꾹, 꾹 참을 때가 더 많다.
다른 항공사 비행기를 타면 이런 행동은 더욱 조심스럽다. 일단 비행기를
타면 직업병에서 나오는 '탐색전'을 한다. 내가 아는 비행기 기종인가, 내가
탔던 비행기와는 어떻게 다른가, 문은 몇 개인가, 비상구는 어디에 있는가.
의자 주머니 속 Safety Card를 꺼내 연구를 하고 갤리의 생김새와 서비스

순서까지 염탐하게 된다. 한 번은, 갤리 옆을 지나는데 랫치(latch:철제 수납들을 고리를 돌려 막아 비행기가 흔들려도 떨어지지 않도록 잠그는 일)되지 않은 컴파트먼트(compartment:물품보관함)가 보였다. 만약을 대비해 언제나 두 번 랫치해야 하는 것이 기본. 당장 가서 내 손으로 해주고 싶었지만 그저 속으로만 외쳤다.

'어서 랫치를 하란 말이야. 랫치를 하라고!'

또 갤리 한쪽 구석에서는 트래쉬 컴팩터(trash compactor:쓰레기를 압축하는 기계)가 보였다. 입구까지 쓰레기가 튀어나와 쏟아질 듯한 모습. 저 뚜껑을 닫고 '컴팩트' 버튼을 눌러 쓰레기를 시원하게 빠지직- 압축해 버리면 정말이지 속이 다 시원할 것 같았다.

답답한 마음에 쓰레기통에서 눈을 떼지 못하며 중얼중얼.

'컴팩트 버튼, 누르고 싶다… 누르고 싶다…'

비행기 밖에서

그럼 비행기 밖에서는 어떨까?

'매너'가 몸에 배어있어서 그런지 어딜 가도 친절해야 한다는 강박관념이 있는 것 같다. 누가 말을 붙이면 웃으며 끝까지 다 들어줘야 할 것 같고, 어르신이 아니더라도 누군가 무거운 짐을 들고 가면 재빨리 달려가 도와드려야 할 것 같다. 또 뻔뻔해진다고 해야 하나, 오지랖이 넓어진다고 해야 하나. 누굴 보면 그렇게 서슴없이 인사를 하고 말을 건다. 지나가는 아이를 보면 "너 이름이 뭐야?", 신혼부부를 보면 "어머, 축하드려요!", 에스컬레이터에서 낯선 사람과 눈이 마주쳤을 때 '싱긋' 웃어 보인다. 이런 행동들은 외국에서는 자연스럽지만 한국에서는 헤픈 여자 혹은 이상한 여자로 오해받기 딱 좋다.

몸이 아픈 사람을 보면 가서 열과 맥박을 짚어주고 싶고, 바(bar)에 가면

바텐더가 칵테일 만드는 걸 뚫어져라 쳐다보며 내가 배운 칵테일 만드는
법과 비교하며 분석을 하게 된다.
이 넓어지는 오지랖을 어찌해야할지…

직업병에 나오는 말실수

외항사 승무원이라면 대부분 공감하지 않을까 싶다.
인간관계를 부드럽게 만들어주는 공손한 언어 '매직워드(magic words:Thank
you, I'm Sorry, Excuse me, Please, etc.)'를 늘 입에 달고 사는 승무원들. 문제는
때와 장소를 가리지 않고 입 밖으로 튀어나온다는 것이다. 한국에 도착한지
10분도 안 된 상황, 인천공항 화장실에서 옷을 갈아입다가 뒤에 있는
아주머니와 살짝 부딪혔다.
다급하게 내가 뱉은 말은 "Oh, I'm Sorry. Ma'am"
아주머니, 대답이 없다.
이 뿐이 아니다. 복잡한 전철 안에서 내릴 역이 다가와 사람들을 헤치고 밖에
나가려는데 나도 모르게 튀어나온 말 "Excuse me!"
대한민국, 영등포역에서.

일하면서 패씬져(passenger:승객)라는 단어를 자주 쓰다 보니, 이 말이 종종
무의식적으로도 튀어 나와 나를 곤혹스럽게 한다.
단골 바(bar)에서 바텐더에게 '오늘 손님이 많네요?' 라고 하려던 말을, "You
have lots of passengers today(:오늘 승객이 참 많네요)" 라고 해버렸다.
술집에 웬 '승객'?!
마트에서도 '승객', 밥집에서도 '승객'을 찾는다.

그 밖에 생긴 크고 작은 직업병들

★ "승무원 할인 되나요?"를 자주 묻는다.

★ 여행 가방은 풀지 않는다. (내일 또 떠날 거니까)

★ 공공장소에서 AED(자동제세동기)나 소화기를 발견하면 유심히 보게 되고, 지하철이나 버스에서 응급 시 탈출 방법 문구를 자세히 읽는다.

★ 오늘의 날짜는 기억하지만, 무슨 요일인지는 절대 생각이 안 난다.

★ 아침에 눈을 뜨면, '여기가 어디지?' 한참 생각한다. '뮌헨인가…? 아니 그건 지지난 비행이고… 파리? 런던? 취리히?' 곰곰이 지난 비행들을 더듬어야 내가 어디서 눈을 떴는지 기억이 난다.

★ 비행기 엔진소리가 커지며 비행기가 이륙하려고 하면 꼬았던 다리를 풀고 두 손을 무릎 위에 가지런히 놓으며 자세를 가다듬는다. 승객으로 앉아있는데도 말이다!

★ 방금 비행을 마쳤는데, 누군가 어디 다녀왔냐고 물으면 한참을 생각해야 한다.

★ '미소'와 '땡큐'를 남발한다.

비행기 안에서나 밖에서나, 국내에서나 해외에서나, 낮이나 밤이나, 앉으나 서나, 승무원의 삶이 머릿속에 박혀있으니 '나는 천생 승무원이로구나' 싶다. 가끔은 이상한 시선을 받거나 웃지 못할 에피소드들이 생기기도 하지만 싫지 않은 직업병이다.

QATAR Stewardess

'나는 천생 승무원이로구나'

세상의
모든 하늘

☆

하늘을 날고 싶다는 꿈을 꾸면서인 것 같다. 버릇처럼 하늘을 올려다보기 시작한 것은. 착륙을 위해 기내 구석구석을 정리하다가, 눈이 커다란 아랍소녀의 웃음을 보다가, 물 한 모금 마실 정신 없이 서비스를 하다가 문득 내다본 비행기 창 밖 하늘에는 뭉게구름보다 더 보드라운 따뜻함이 있고, 낯선 길을 홀로 걷다 우연히 올려다 본 복숭앗빛 저녁 하늘에는 애잔한 그리움이 있고, 뜨겁게 달아오른 사막의 고요한 배경이 되어주는 희푸른 하늘에는 여전히 변치 않은 내 열정이 있다. 세상의 모든 하늘, 그것은 나의 일터 그리고 나의 꿈.

우물 안의 개구리,
우물 밖으로 나오기까지

나의 어린 시절은 80년대 초였지만 다소 낙후된 시골마을에서
살았기에 교육, 문화, 환경 등의 수준은 70년대 중·후반과 비슷하지
않을까 추측해본다. 어릴 적 냇가에서 징검다리를 건너며 놀던 일과
산에서 땅을 파고 전쟁놀이를 하던 일, 아카시아 꿀 잎을 따먹던
이야기를 하면, 내 또래 보다는 회사 부장님뻘 되는 분들이 '맞다,
맞다' 박수를 치며 공감했으니까.
푸르른 산과 꽃 피는 들판, 서해 바다를 지척에 두고 자연을 벗 삼아
자라온 내 순수한 어린 시절이 무척 자랑스럽고 감사하지만, 도시
아이들보다는 교육이나 문화적인 혜택을 조금 덜 받고 살았다는
생각도 든다.
대학 졸업 후 사회활동을 시작하면서 수원으로, 서울로 거처를
옮기며 더 많은 친구들을 만나고 문화생활이라는 것을 하게 되었고,
인터넷이 발달되면서 내가 살았던 곳 말고도 더 큰 세상이 있다는 걸
알게 되었다. 그러다 우연히 류시화 시인의 '지구별 여행자'라는 인도
여행기를 읽고 새로운 세상에 대한 막연한 꿈을 꾸게 되었다.

우리는 누구나 여행자다.

우리 모두는 이 세상에 여행을 온 것이다.

더 배우고 더 경험하고 더 성장하기 위해.

이 여행을 마치고 떠나갈 때 나는 신 앞에 서서

이것 하나만은 말할 수 있다.

나는 여행자라는 사실을 잊지 않았노라고,

그래서 늘 길 위에 서 있고자 노력했노라고,

내 배움은 학교가 아니라 길에서 얻어진 것이라고.

- 류시화, 지구별여행자 中 -

그렇게 나의 몸살은 시작되었다.

라디오 방송 작가로 일하면서 서너 평 남짓 되는 좁은 스튜디오에서
방송을 하고, 집으로 돌아오면 역시 몇 평 안 되는 내 방 책상에
앉아 글 쓰기만을 5년. 문득 나는 밖으로 나가고 싶어졌다. 익숙한
모든 것에서 벗어나 '일탈'이 하고 싶었다. 특히 내 학창시절 중 가장
후회되는 것이 어학연수나 배낭여행을 못 해본 것이었는데 늦게라도
그걸 이루고 싶었다.
5년간 통장에 모아둔 돈도 두둑해 보이는 것이 왠지 든든했고 가고
싶은 곳도 넘쳐났기에 지금이라도 사표를 내면 언제든 떠날 수 있을
것 같았다.

그때 방송 선배이자 인생의 멘토같았던 희경 언니가 내 팔을 지그시
잡으며 말했다. "다시 한 번 잘 생각해봐"

적지 않은 나이에 홀로 타국에서 공부와 여행을 병행하는 것은
쉽지 않을 거라고 했다. 방송국은 너무나 치열해서 내가 떠나
있는 동안 나를 기다려줄 사람은 아무도 없고, 돌아온다 하더라도
방송일을 다시 할 수 있을지는 장담할 수 없다고 했다. 백번 맞는
말이어서 나는 괴로웠다. 지금껏 이루어놓은 많은 것들을 놓치고
말게 분명했다. 언니의 진심어린 충고와 걱정에 나는 다시 마음을
가라앉히고 몇 날 며칠 하얗게 밤을 새우며 생각했다. 이 나이에

직장도 버리고 가족도 버리고 떠날 만큼 그렇게 가치 있는 일인가?
이 결정은 내 삶을 어떻게 바꾸어놓을까?
오래도록 마음속으로만 바라오던 그 일을 시작하려는데 막상
내딛으려는 첫발이 천 근처럼 무거웠다. 출발선 앞에 서서 오들오들
떨고 있는 어린아이 같았다.
사람들은 누구나 떠나고 싶어 하고 그것을 꿈꾸지만 막상 떠나는
사람은 드물다. 왜냐하면 두렵기 때문이다. 잃어버릴 것에 대해.
그리고 알 수 없는 미래에 대해.

백수였던 시절보다, 회사를 그만두는 결정보다 더 어려운 비행기
티켓 끊기를 마치고 만감이 교차했다. 서울에서 살던 집을
정리하면서도, 인천공항으로 출발하면서도 '지금이라도 되돌릴 수
있어', '아직은 사표 수리가 안 됐을 거야' 라는 생각이 들었지만
어쩐지 나의 발걸음은 자꾸만 공항으로 향했다.
두려움과 설렘, 아쉬움, 슬픔, 기쁨, 행복, 어색함이 한데 뒤엉킨
가슴을 안고 드디어 미국행 비행기에 올랐다.

두근두근.
처음 밟는 미국 땅. 꿈인지 생시인지 분간이 안 갔다. 그야말로
촌년이 출세했다 싶었다. 미국을 다 와보고.
내가 살아왔던 곳과는 너무 다른 곳. 들리는 말소리도, 보이는
사람들의 생김새도, 심지어 횡단보도의 색깔까지도 달랐던 거리의
풍경. 길을 잃을까 시종일관 긴장되었고 모든 것이 어리둥절했다.
친구도, 가족도 없는 곳에서 나를 챙겨줄 사람은 바로 나 자신밖에
없다는 생각이 들자 공부도, 여행도 게을리 해서는 안 되겠다는

생각이 들었다. 힘들게 결정해서 온 만큼 더욱 값지게 쓰리라 마음
먹으며.
1년이 조금 안 되는 기간이었지만, 영어를 배우며 미국 땅을 샅샅이
여행하는 동안 각 나라에서 온 수많은 친구들을 만났고 그들이
들려주는 이야기는 나를 흥분케 했다. 유럽에도 가고 싶었고
아프리카와 남미에도 가고 싶었다. 심지어 알래스카까지.
지구가 이렇게 클 줄이야! 세상에는 갈 곳이 너무나 많았다.

다시 한국에 돌아오니 통장의 잔고는 바닥나있었고 딱히 할 일이
없었다. 방송국으로 복귀하는 일도 쉽지 않았다. 마음을 잡지 못하고
정체기에 빠져있을 즈음, 국내 항공사에서 일하고 있던 혜성이라는
친구가 고민하는 나를 보더니 한마디 툭 던졌다.
"승무원을 해 보는 건 어때? 내가 볼 때는 이 직업과 네 성격은
딱이야"
좀 더 세계를 밟아보고 싶다는 목마름이 있었던 차라 그녀의 조언은
내게 강하게 다가왔다. 그래 승무원! 바로 그거야.
그녀의 한마디가 내 인생을 바꿀 줄이야.

오랜 준비 끝에 나는 중동 항공사의 승무원이 되었고, 지금은 그토록
가고 싶었던 유럽, 남미, 아프리카는 물론 온 지구를 발로 걷고 또
걸으며 '일 같은 여행' 때론 '여행 같은 일'을 하며 살고 있다.
이제 세계인이 나의 손님이자 친구이고 세계가 나의 일터이자 삶의
무대가 되었다. 우물 안에만 있었다면 꿈도 못 꾸었을 소중하고
감사한 하루하루가 아닌가.
책 한 구절로 나의 작은 일탈은 시작되었고 나의 삶이 완전히

바뀌었다. 우물을 탈출하기까지 7년이 걸린 셈이다.

가끔씩 저지르고 싶은 무모한 일탈을 너무 누르고만 있지 않았으면

좋겠다. 작은 관심을 도전으로 이어지게 하자. 잃게 될 것에 대한

두려움도 버리자.

그것을 우리는 '용기'라 부른다.

하이델베르크에서 만난 할아버지

독일의 프랑크푸르트에서 기차로 한 시간 남짓 가면 도착하는
하이델베르크(Heidelberg). 중국인, 세르비안 친구들과 함께 눈이 펑펑
내리던 2월, 그곳에 갔다.

추운 독일의 겨울, 호호 불면 입김이 풍선처럼 불어나는
영하의 기온이었지만 이른 아침부터 부지런을 떨며 출발한
덕에 하이델베르크 기차역에 생각보다 일찍 도착할 수 있었다.
하이델베르크 성(城)으로 가는 버스를 기다리는 정류장은 아침부터
사람들로 붐볐는데, 그 틈 어디에선가 노인 한 분이 서서 우리 쪽을
바라보고 있었다.

연세가 80세정도 되어 보였고, 갈색 중절모에 짙푸른색의 긴
점퍼를 입은 키가 작은 할아버지였다. 할아버지는 천천히 내게
다가와 어디서 왔냐고 물었다. 한국에서 왔다고 말씀드리자
왼쪽 안주머니에서 주섬주섬 수첩 하나를 꺼냈다. 수첩 마지막
페이지에는 '수희'라는 여자의 한국 집주소가 적혀있었고 그녀의
사진도 있었다. "어? 어떻게 이 분을 아세요?" 라고 묻자, 독일에서
여행을 하던 그녀를 우연히 만나 친구가 되었다고 했다. 한국으로
돌아가서 사진을 보내주기로 약속했는데 얼마 후 정말 편지와 사진이

도착했다고.
이런 인연도 있구나, 싶었다.

하이델베르크 성에 간다고 했더니 마침 할아버지도 같은 방향이라며
버스에 같이 탔다. 영어를 꽤 잘했던 할아버지는 버스가 지나는
곳마다 저것은 무엇이고 이것은 무엇인지 자세히 설명해주었다. 성에
도착하자 함께 내리는 할아버지. 케이블카를 타고 성까지 올라가야
하는데 할아버지도 함께 탄다.
"할아버지, 저희랑 같이 올라가실 거예요?"
어차피 오늘 할 일도 없어 성이나 한 바퀴 돌아보려고 했다며 같이
가자고 한다.
함께 있었던 친구는 망설이는 눈빛을 보내며 내게 귓속말로 말했다.
정신이 이상한 할아버지일지도 모르고, 종일 가이드 해주고 나중에
돈을 요구할 수도 있으니 따로 가자고.
그래도 '혹시 정말 순수한 마음에 우리를 안내하고 싶으신 거라면
어떡하지?' 하는 마음에 친구들을 설득했다. 조금 같이 다녀보다가 정
불편하면 그때 보내드리자고.
그렇게 우리 넷은 일행이 되어 함께 길을 걸었다.

높은 성에 도착해 마을을 내려다보니, 굵은 '네카르강'이 추위 속에
고요히 흐르고 있었고 마을의 상징 같은 '카를 테오도르 다리'도
보였다. 모락모락 하얀 연기를 내뿜는 붉은 지붕들 위로 제법 굵어진
눈발이 하염없이 내리고 있었다.

13세기에 지어진 하이델베르크 성은 오랜 세월 동안 고딕과

르네상스 그리고 바로크 건축양식이 뒤섞여 오묘한 자태를 뽐내고
있었다. 붉고 짙은 갈색의 성벽과 전쟁으로 파괴된 잔해들이 그대로
남아있어 고성(古城)의 느낌을 고스란히 전해주었다.
성 자체로도 상당히 매력 있지만, 그 외에도 볼 것이 많았다.
18세기의 약제와 의료기기들을 전시해놓은 약제박물관(Deutsches
Apotheken Museum)을 구경하는 재미도 쏠쏠했고, 성의 지하에 마련된
집채만 한 크기의 술통 그로쎄스 파스(Grosses Fass) 위에 올라가서
밑을 내려다보는 것도 즐거웠다.

할아버지는 문호 괴테의 사랑이야기를 설명하며 이곳에서 직접 지은

'여기서 나는 사랑을 하고, 그리하여 사랑을 받으며 행복했노라(Hier war ich glcklich, liebend und geliedt)'라는 시구를 들려주었다. 그러면서 자신은 괴테와 비슷한 마음이라고 했다. 이곳 하이델베르크는 자신의 모든 게 있는 곳이라고. 하지만 지금은 가족도, 친구도, 아무도 없다고 했다. 마을을 내려다보며 읊조리 듯 이야기하는 할아버지께 차마 '왜 가족도, 친구도 없으신데요?' 라고 물어볼 수 없었다. 그 모습이 너무 쓸쓸해 보여서 그랬는지, 문득 '이 할아버지는 절대 나쁜 분이 아니야' 라는 생각을 했다.

우리의 단체사진까지 찍어주며 완벽하게 가이드 역할을 해준 할아버지. 죄송한 마음이 들어 "할아버지, 같이 사진 찍으실래요?"
하자 쑥스러운 듯 쓰고 있던 중절모를 벗더니 내 머리에 푹 씌운다.
그렇게 남겨진 우리 둘의 사진. "수희라는 학생처럼 저도 이 사진 꼭
보내 드릴게요" 라고 약속했다.

할아버지가 추천해준 식당에서 점심을 먹고, 다시 시내 구경에
나섰다. 이곳의 명동 거리라 할 수 있는 '하우푸트 거리(Hauptstrasse)'
에는 레스토랑과 아기자기한 카페, 갤러리 등이 늘어서 있고 예쁘고
신기한 생활용품을 파는 가게들도 많았다. 난 구경하느라 시간이
가는 줄도 몰랐지만 친구들은 할아버지가 기다리는 게 죄송하고
신경 쓰인다고 했다. 바라는 것도 없이 왜 하루 종일 우릴 따라다니는
거냐며 이제 보내드리자고 했다. 내가 머뭇대자 세르비안 친구가
나서서 할아버지에게 말했다. 시간도 늦었고, 우린 좀 더 구경하다
돌아갈 테니 할아버지도 좋은 저녁 시간 보내시라고. 우리에게 짐이
된다고 느꼈는지 할아버지는 두 말도 안 하고 중절모를 벗으며
정중하게 인사를 했다.

"그럼 부디 좋은 시간 보내시오. 아우프 비더젠(Auf Wiedersehen)!"

돌아서서 잔걸음으로 걸어가는 할아버지의 어깨가 너무 작아 마음이
아팠다.
난 친구들에게 볼멘소리로 말했다.
"거봐, 그냥 우리에게 안내만 해준 거라고. 순수한 마음으로."
할아버지는 어쩌면 그저 외로웠던 것인지도 모른다. 그의 말대로
가족도, 친구도 없다면 함께 말을 나눌 이, 마음을 나눌 이 없이

얼마나 외로울까.
아무런 사심 없이 다가온 누군가를 우리는 순수하지 못하게
받아들였다. 누군가에게 먼저 손을 내밀기는커녕 내민 그 손도
제대로 잡아주지 못한 것이다.

지금도 그 겨울의 하이델베르크를 생각하면 작은 몸집의 할아버지가
생각난다. 주소를 몰라 약속한 사진을 아직 보내드리지 못한 것이
가장 마음에 걸린다. 죄송스러운 마음과 쓸쓸한 마음이 겹친다.
부디, 좋은 벗을 곁에 두고 외롭지 않길.
그 아름다운 하이델베르크에서.

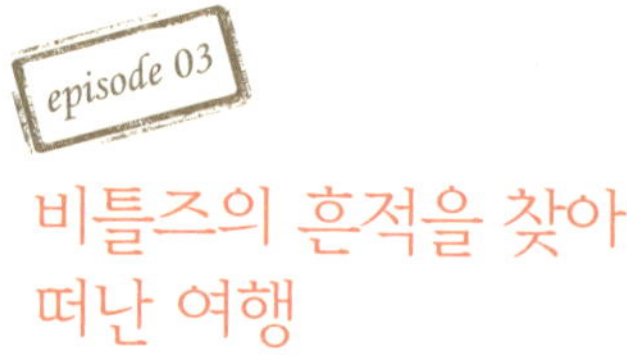

비틀즈의 흔적을 찾아
떠난 여행

중학교 시절, '서태지와 아이들'밖에 몰랐던 내게 친구 한 명이 노래를
선물했다. 공테이프에 노래를 녹음하고 겉표지에는 한글로 '비틀즈-
렛잇비'라고 써주었다. 가사도 모른 채 듣고 또 들었다. 뜻은 알 수
없었지만 왠지 모르게 세상은 아름답다고 슬픈 목소리로 말해주는 것
같았다.

어른이 되면서 본격적으로 비틀즈의 음악을 듣기 시작했다. 언제
들어도 기분이 좋고 편안한 노래들이었다. 나는 비틀즈 멤버 중 '존
레논(John Ono Lennon)'을 가장 좋아하는데, 그와 불같은 사랑을 나눈
'오노요코' 마저도 좋아하게 되었다. 매력을 넘어 마력을 지닌 그녀,
한 남자의 인생과 예술에 지대한 영향을 끼치고 끝내 그가 눈감는
순간까지도 그의 곁을 지켰다. 존은 행복했을까?

비틀즈 그리고 존 레논의 흔적을 따라가는 여행.
가장 가보고 싶었던 곳은 영국 '런던'이었다. 그들이 건넜던 작은
건널목을 보기 위해서. 애비로드(Abbey Road)는 비틀즈 때문에
유명해진 작은 건널목이지만 지금은 당당히 영국의 문화유산으로

지정되었다.

비틀즈가 해체하기 전 마지막 앨범을 녹음하고 나오는 길에 네
명의 멤버가 줄지어 길을 건너는 모습을 사진으로 남겼다. 이는
앨범 표지로 쓰이면서 화제가 되었고 무수히 많은 패러디 작품들을
남겼다. 락 그룹 '레드 핫 칠리 페퍼스(Red Hot Chili Peppers)'의
멤버들이 발가벗고 그 길을 건넜는가 하면, 심슨 가족이 건너기도
했고, 스누피와 찰리브라운, 슈퍼마리오, 심지어 동물들도 그 길을
건넜다. 그렇다면 나도?

그 앞에선 수많은 사람들이 건널목을 왔다 갔다 하며 정신없이
사진을 찍어대 혼이 쏙 빠질 지경이었다. 혼자 여행 중이었던 나는
옆에 있던 부부에게 서로 사진을 찍어주자고 얘기했다. 내가 먼저
부부의 사진을 찍어주고, 이제 내 차례.

실제 도로이다 보니 차가 끊임없이 다녀 타이밍을 맞추기가 여간
어려운 게 아니었다. 함께 할 친구가 있으면 좋았을 것을. 많은
사람들이 지켜보는 가운데 혼자 건너려니 영 쑥스러워 수줍게 길을
건너고 있는데 사진을 찍어주던 아저씨가 외쳤다.

"이봐! 비틀즈처럼 당당하게 걸어야지. 팔, 다리를 쭉쭉, 이렇게!"
그의 말대로 좀 더 당당하게 다시 걸어보았다. 이로써 새로운
패러디가 등장했다.

혼자 걷는 동양 여자 in Abbey Road.

두 번째로 그들을 따라 간 곳은 체코의 '프라하'였다.
사랑과 평화, 반전을 노래했던 존 레논은 자유를 갈망하며
사회주의와 맞서 싸우던 체코 사람들에게도 큰 희망이었으리라.
1980년 존이 죽고 난 뒤 그를 추모하는 낙서와 그림이 커다란 벽면에

가득 차게 되었고 지금은 프라하의 명소가 되었다.

'까를교'를 지나 계단 아래로 들어서 한참을 헤매다 찾은 '존 레논 벽'.

평화를 상징하는 기호와 존의 얼굴 그리고 자유를 노래하는 그의

주옥같은 가사들이 빼곡하게 채워져 있었다. 사람들은 낙서 위에

글을 쓰고 또 그 위에 그림을 그린다.

세월이 흐르면서 낙서는 끊임없이 변하겠지만 존을 향한 사람들의

그리움은 영원히 변치 않을 거라 생각한다.

세 번째 장소는 뉴욕의 센트럴 파크와 다코타 빌딩.

다코타 빌딩은 존과 요코가 살았던 곳이기도 했고, 정신이상자였던

광팬에게 총격을 받아 존이 숨을 거둔 바로 그 장소기이도 했다.
그의 삶과 사랑 그리고 죽음 그 모든 게 묻어있는 빌딩을 오랫동안
바라보다 바로 옆 센트럴 파크로 향했다. 그가 죽은 뒤 요코는 그를
추억하기 위해 스트로베리 필즈(Strawberry Fields)라는 작은 공간을
만들었다. 30년이란 세월이 흐른 지금도 그를 잊지 못한 팬들은
이곳에 찾아와 꽃이며 앨범이며 편지들을 놓고 간다. 바닥 동그라미
가운데에 커다랗게 씌어있는 'IMAGINE' 이라는 문구를 보며 잠시
노래 가사를 떠올려 본다.

'Imagine all the people sharing all the world'

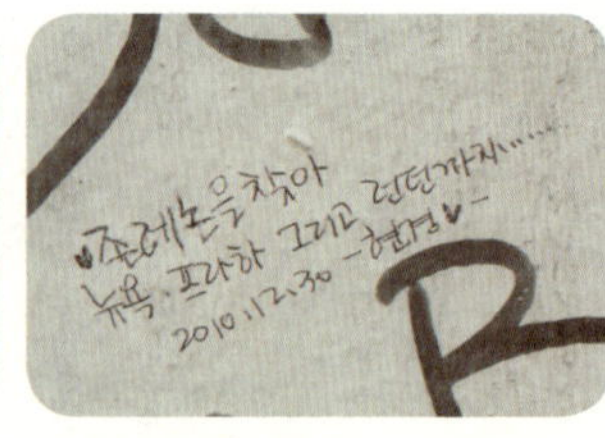

아름다운 선율과 가슴에 새겨지는 가사.
사실 난 그가 요코를 만나고 나서 만든 노래들을 더 좋아한다. 사랑은
그렇게 한 사람의 삶과 예술 세계를 바꾸어놓았다. 그리고 그가 만든
음악은 세상을 바꿨다.

반전(反戰)이나 세계 평화를 되새겨보고자 하는 거창한 목적의 여행은
아니었다. 아직은 내 마음의 평화가 우선인 이기적인 소인배이기에.
한 시대를 풍미했던 위대한 그룹의 음악과 또 어느 한 사람의 사랑
이야기를 기억하며 떠났던, 지극히 개인적인 추억여행이었다. 역사
속에 사라지고 전설로만 남겨지는 이름이겠지만, 귓가에 맴도는
음악과 가슴에 진한 울림으로 남는 그들의 음악은 내게 영원할
것이기에.

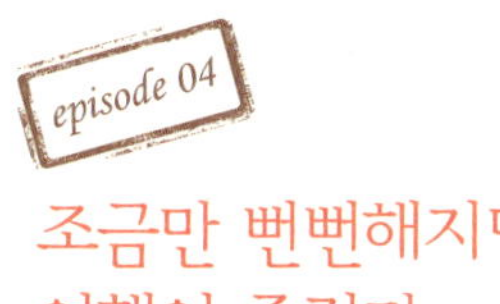

조금만 뻔뻔해지면
여행이 즐겁다

승무원이 되고 혼자 여행을 자주 하다 보니 얼굴이 점점 더 두꺼워지는
것 같다. 비행 후 피곤한 몸으로 시내에 나가면 눈은 즐겁지만 반대로
몸은 천근만근. 의자나 벤치가 안 보이면 성당 앞 계단이나 상점
앞에 박스를 깔고 철푸덕 주저앉아 핫도그를 먹거나, 심지어 분수대
난간에 비스듬히 누워 햇살을 즐기며 꾸벅꾸벅 졸기도 한다.

길을 걸어가면서 한 팔을 쭈욱 펴고 끊임없이 셀카질을 한다거나
지나가는 행인에게 망설임 없이 사진을 찍어달라고 부탁한다. 심지어
이런 말도 덧붙인다.
"제 얼굴 뒤로 저 빌딩이 나와야 해요. 꼭대기가 잘리지 않으면
좋겠어요. 그리고 풀 샷 말고 제 허리까지만 구도를 잡아주세요"
부탁하는 처지에 내가 생각해도 참 뻔뻔하기 그지없다.
"하나, 두울, 셋 하면 제가 점프를 할 테니 그때에 맞춰서 사진을
찍어주시겠습니까?" 라고 말하면, 어쩔 줄 몰라 당황하는 사람도
있고 깔깔깔 웃으며 재밌어 하는 외국인도 있다. 그럴 테지. 보통
지나가는 행인에게 그런 부탁은 하지 않으니까.
사진을 부탁하고 포즈를 취하는 나 또한 가관이다. 자연스러운

Photo~

찍힌 사진이 맘에 들지 않으면
고맙다고 인사한 후
곧바로 뒤돌아
다시 사진을 찍어줄 사람을
찾는다.

Tolerance 1990-2009
DENVER, COLORADO USA
www.marymackeyart.c

컷을 위해 카메라가 아닌 다른 곳을 응시하거나 음료수를 마시는
척 하는 것은 기본. 때론 너무 심하게 예쁜 척하는 나의 표정을
부담스러워하는 사람도 있다. 미안하지만 어쩌리오. 나는 꼭 이러한
사진을 남겨야 하겠는 것을. 찍힌 사진이 맘에 들지 않으면 고맙다고
인사한 후 곧바로 뒤돌아 다시 사진을 찍어줄 사람을 찾는다. 나이가
지긋한 분보다는 젊은이를, 바쁘게 앞만 보고 걸어가는 사람보다는
목에 카메라를 걸고 느긋하게 서있는 관광객을 공략하는 게 나만의
전략 아닌 전략이다. 아무래도 젊은이들이 디지털 카메라 조작에
능숙하고, 바쁜 현지인들보다는 같은 처지인 관광객들이 서로의
마음을 잘 알기 때문에 사진 찍어주는 일에 관대하다.
그렇게 맘에 드는 사진이 나올 때까지, 사진을 잘 찍어줄 사람인지
아닌지를 나름대로 판단해가면서 지나가는 행인들의 얼굴을 살핀다.
사람들은 가끔 묻는다. "넌 혼자 여행했다면서 대체 이런 사진들은
누가 찍어주는 거야?" 후후훗. 얼굴 두꺼운 내가 얻어낸 노력의
결과물들이었음을 이제야 고백한다.

나의 뻔뻔함이 그 뿐이랴.
남의 시선을 신경 쓰지 않고 잔디밭이건 항구이건 그저 주저앉아
그날의 바람을 양 볼로 한껏 느끼거나, 맛있게 뭔가를 먹고 있는
현지인에게 다가가 어떤 음식인지를 서슴없이 묻는다. 또 벤치에
멀찌감치 앉아있는 꼬마 아이에게 은근슬쩍 다가가 "이름이 뭐니?",
"무슨 음악을 듣고 있니?" 등을 물으며, 어느새 그 아이와 친구가
되어 이어폰을 나눠 끼고 함께 음악을 듣기도 한다.
얼마 전, 브라질 상파울로 '쎄 성당' 광장 앞에서 삼바 춤판이
벌어졌기에 고개를 들이밀고 구경하는 척 하다가 슬쩍 끼어들어

같이 춤을 추고 있었다. 그런데 갑자기 한 아주머니가 나를 낚아채서
파트너로 삼는 게 아닌가. 한참 춤을 추고 있으니 춤 추는 동양인이
신기했는지 지나가던 브라질리언들의 시선이 나에게로 꽂혔다.
구경하는 사람들이 많아 조금 쑥스러웠지만, 낯선 이들과 발을
맞췄던 흥겨운 삼바 리듬이 어찌나 신나던지.
잊지 못할 '대낮의 춤판'이었다.

그렇다. 약간의 뻔뻔함은 생각보다 더 즐거운 여행의 추억을 남긴다.
예상 밖의 일을 만들기도 하고 말이다.

시칠리아에서 만난 사람들

카타니아(Catania)의 바닥은 유난히 미끄러웠다. 그렇지 않아도 오랜 세월동안 닳고 닳아 반질반질 윤이 나는 돌바닥 위에 웬 검은 모래들이 덮여있어 바닥이 더 미끌거렸다. 생각 없이 걷다가 미끄러질 뻔한 적이 한두 번이 아니었다.

'이 검은 모래들은 대체 뭐람?'

길에도, 계단에도, 공원 석상에도, 입자 굵은 모래먼지들이 온 도시를 덮고 있었다. 워낙 오래된 건물들이 여기저기 많다보니, 처음에는 '오랜 건물에서 삭아 부스러져 나온 먼지인가? 아니면 원래 더러운 도시인가?' 라고 생각했다.

카타니아를 떠나기 직전, 시장을 둘러보고 싶었던 나는 아침 일찍 생생한 현지인들의 숨결을 느낄 수 있는 피쉬마켓(fish market)에 들렀다. 그리고 그곳에서 만난 이탈리아 청년 '안토니오'에게 놀라운 이야기를 들었다. 내가 카타니아에 도착하기 이틀 전, 에트나산(Etna Mt.)이 활동을 하는 바람에 분화구에서 날아온 화산재가 온 도시를 덮었다고 했다. 이 검은 먼지의 정체는 화산재였던 것이다.

에트나산은 카타니아에서 한 시간 가량 떨어진 곳에 있는 해발 3,300m의 화산이다. 그 먼 곳에서부터 이 많은 화산재가 날아왔다는

말이었다. 나는 팔레르모 공항으로 입국해서 몰랐지만 카타니아는
이틀 전 공항까지 폐쇄했다고 했다. 놀라 기겁하는 나에게 그는
덧붙여 말했다. 그날 검은 흙비가 내렸다고.
"맘마미아! 검은 흙비라고?"
뉴스에서만 보던 이야기를 직접 들으니 무섭기도 하고 놀랍기도 해
입을 다물지 못했다.
"그렇겠지. 너에겐 놀라운 일이겠지만 우리에겐 아무것도 아니야.
2년에 한 번씩은 꼭 이러는 거 같아"
"정말? 이사 가고 싶지 않아?"
"이사를 왜 가? 여기가 내 집인데"
"아니, 언제 화산이 폭발하지 모르는 위험한 곳이잖아"
"카타니아가 위험하다고? 전혀 그렇지 않아. 봐봐 너도 여기가
아름다워서 여행 온 거 아니니?"
"응 그건 그렇지만… 불안하지 않니?"
"우리는 수천 년 동안 여기에서 잘 살고 있는데? 에트나산은 이곳의
상징이야. 무섭기는커녕 나는 자랑스러운 걸"

레스토랑에서 일하고 있는 안토니오는 아침 일찍 식재료를 사러
나왔다고 했다. 자신이 살고 있는 시칠리아, 카타니아에 대한
자부심이 대단한 청년이었다. "멋진 우리 마을에서 좋은 시간 보내길
바랄게" 라는 말을 남기고 안토니오는 인파 속으로 사라졌다.
혼자 벤치에 남아 피쉬마켓을 둘러보니 수 백 명의 사람들이 물건을
흥정하며 사고 팔고, 고기를 자르고 나르며 바쁘게 움직이고 있었다.
아니 바쁘게 살고 있었다.
이 사람들은 땀방울을 뚝뚝 흘리면서도 어쩜 저렇게 호탕하게 웃을

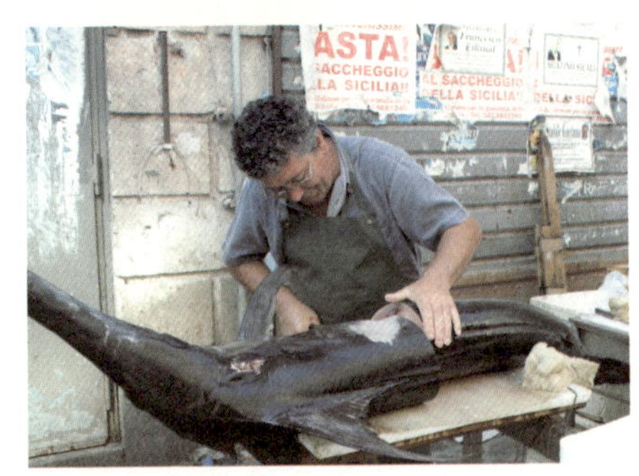

멋진 우리 마을에서 좋은 시간 보내길 바랄게...

수 있을까. 아무 것도 안 사고 사진만 찍는 나와 같은 이방인에게
어떻게 먼저 악수를 청하고 물 한 잔을 건넬 수 있을까. 살아가고
있는 땅에 대한 무한한 자긍심과 사랑을 그토록 가질 수 있을까.
무엇이 이곳 사람들을 열정적으로 만드는 것일까. 오래됐지만 그
빛을 잃지 않은 이 도시처럼, 여전히 살아 숨 쉬는 에트나산처럼
말이다. '저 깊은 땅 아래 에트나 산맥의 뜨거운 무언가가 이곳을
움직이게 하고 있는 것은 아닐까' 라는 생각을 하며, 나는 카타니아를
떠나 타오르미나로 향했다. 한참을 달리자 차창 밖으로 아직도
끝나지 않은 듯 진한 화산 연기를 끊임없이 내뿜고 있는 에트나산이
보였다.

외국이
놀라는 한국

한국의 매운맛

친하게 지내던 외국인 친구에게 된장찌개를 사준 적이 있다. 몇 숟가락 뜨더니 맵다며 난리가 났다. 오잉? 된장찌개가 맵다고? 가만 보니 된장찌개에 고춧가루가 아주 살짝 들어가 있었다. 친구는 거의 울고 있었지만 나는 전혀 느낄 수 없는 매운 맛. 그 친구에겐 된장찌개가 가장 매운 음식. 그리고 지금은 가장 좋아하는 음식이 되었다.

"매운 거 먹고 싶다. 되안자앙찌위괴에~ please~"

★ 매운 걸 좋아하는 태국인들도 한국의 매운 맛에 빠졌나보다. 기내에서 고추장 튜브를 꺼내 밥에 비벼먹다니 오, 놀라워라!

★ 세이셸에 갔을 때의 일이다. 함께 비행했던 모든 동료들이 모여 점심을 먹고 있었다. 인도 음식을 시켰더니 쳐트니(Chutney:우리나라의 김치처럼 인도인들이 음식에 곁들여 먹는 맵고 짠 음식)가 같이 나왔다. 외국인 동료들이 그 매운 맛에 깜짝 놀라 나를 놀려주려고 먹어보라고 권했다. 이쯤이야 하고 한 술 푹 뜨자 동료들이 "너 큰일 나!" 라고 만류했다. '쳇, 이까짓 거' 하며 한 입에 털어 넣고 눈썹 하나 까딱하지 않자, 입을 떡 벌리고 기겁하는 외국인 동료들. 이거 봐. 나 이래봬도 매운 고추를 매운 고추장에 찍어먹는 한국인이라고.

❀ 외국인의 김치사랑

필리피노 사무장님이 말했다. 인천 비행을 신청했는데 안 나올까봐
걱정된다고.
나도 말했다. 나 역시 인천비행을 가고 싶은데 안 나올까봐 걱정된다고.
그리고 내가 물었다. "왜 인천에 가고 싶으신데요?"
필리피노 사무장이 대답했다. "응. 김치가 떨어졌거든"
응? 나랑 같은... 이유구나...

❀ 마트의 시식코너

한 미국인이 한국의 어느 마트에서 시식코너를 보고 무척 놀라워했다.
"이토록 놀라운 시식문화가 있다니. 정말 내츄럴리 제너러스하구나! (인심이
좋구나!)"
맛을 보고 살 수 있는 것도 좋고 이것저것 먹다 보니 배도 불러
일석이조라며.

❀ 한국의 인스턴트 식품

★ 일본인 친구가 유일하게 아는 한국 단어가 있다고 해서 물어보니
　'너구리'였다. "넌 어찌 그 동물 이름을 아니?" 라고 하자, 자신이 정말
　좋아하는 라면 이름이라고 했다. 아하.

★ 1분 30초면 만들어지는 윤기 좔좔 쌀밥에 중국인이 놀라고,
　3분이면 만들어지는 훌륭한 카레에 인도인이 놀란다.

★ 한 스페니쉬 승무원이 핸드백에 커피믹스를 가지고 다니기에 "너 이거
　좋아하니?" 라고 물어보니, 집에 100포짜리 박스를 사다두었다고 했다.
　이쯤 되면 중독.

❀ 아기자기하고 기발한 상품들

★ 메이크업 후 바르는 파우더 선블럭이나 붓 형태로 된 큐티클 오일 등을
  쓰고 있으면 신기해하며 외국인들이 물어온다.
  "이런 건 대체 어디서 사니?"
  "한국에서 사지"
  "신기하고 좋은 건 다 한국에서 샀다고 하더라~"
★ 젊은 여자들은 귀여운 모양의 펜이나 예쁜 노트 등 한국 팬시 용품을 보면
  어김없이 감탄한다. "쏘오~ 큐우우트" 하며.

❀ 매달 14일, 00데이

화이트 데이인데 사탕도 못 받았다, 로즈 데이인데 장미도 못 받았다라고
투덜투덜 대자 그게 뭐냐고 묻는 파란 눈의 아이들. 유치해보일 것 같아서
조금 주저하다가 매달 14일이면 이런 이런 날이 있고 연인들끼리 뭔가를
주고 받는다고 설명하자,
"어머어머 너무 로맨틱하다!" 라고 하며 좋아하는 여자 아이들,
팔짱을 끼고 서서 시큰둥하게 듣는 남자 아이들.

❀ 한국인들의 미모

이거 너무 팔이 안으로 굽는 발언이 아닌지 모르겠지만 비행하면서 정말
많이 듣는 말이다.
"어쩜 한국인들은 그렇게 다 동안이고 예쁜 거니?"
"한국인들은 센스가 있어"
"한국인들은 정말 옷을 잘 입는 것 같아"
"어머 저 남자 손님 참 세련됐다. 한국인 아니니?"
여러 나라 사람들을 만나며 사는 외항사 승무원들이 하는 말이니 믿어도

되지 않을까?

🌸 한국의 찜질방

며칠 전 인천비행을 가는 길에 한 튀니지안 승무원이 말했다.
한국에 가면 '찜질방'이라는 곳에 꼭 가고 싶다고. 한국 드라마에서 분홍색
옷을 입고 수건으로 양머리를 만들어 쓰고 계란을 까먹는 장면이 인상
깊었다고 했다. 튀니지에는 우리나라와 비슷한 '함맘(Hammam:공중목욕탕)'이
있고 사우나를 하고나서 때를 미는데 한국의 '때밀이'와 비슷하다며 한국의
함맘도 꼭 체험해보고 싶다고 했다.

다음날, 튀니지안 승무원은 내게 와서 소란스럽게 얘기했다.
"와우! 한국의 찜질방 최고야! 테마별로 찜질할 수도 있고, 맛있는
한국음식들이 거기에 다 있더라고! 분홍색 옷 입고 기념사진 찍었는데
볼래볼래?"

난 궁금했던 질문을 했다. "그래 한국의 '때밀이'와 튀니지의 그것과 어떤 게
더 좋았어?"

잠시 고민하던 그녀는,
"탕에 들어가고 때를 밀고 하는 건 거의 비슷한데, 한국에선 온몸을 두들겨
마사지해주고 얼굴 마사지도 해주더라. 튀니지엔 그런 서비스는 없거든.
그리고 무엇보다 때를 밀어주시던 아주머니의 손길이 정말 대단했어!"

🌸 한국인들의 친절함

★ 세르비안 승무원이 한국에 다녀와서는 감탄하며 말했다.
"고기 집에 갔는데 테이블 두 개에 몇 십 개의 음식을 이만큼 주는 거야. 다
먹어볼 수도 없을 만큼. 그리고 세상에, 일하는 분이 직접 와서 고기를 다
구워 주는 거야. 정말 고마웠는데 좀 있다가 또 와서 고기를 뒤집어 주는

거야. 그리고 또 와서 고기를 잘라주는 거야. 오 마이 갓! 너무 친절해!!!!"
우리에겐 너무 당연한 일이지만 고기를 구워 일일이 접시에 놓아주는
모습이 외국인들에게는 인상 깊었나보다.

★ "길라임 씨는 언제부터 이렇게 예뻤나? 원래 예뻤나?"........가 아니라,
"한국인들은 원래 이렇게 친절한가?" 라고 말해주었던 어느 프렌치 손님.
만났던 모든 한국인들이 친절했다고.

★ "난 너희들의 배꼽 인사가 참 맘에 들어" 라며 두 손을 모으고 연신 허리를
굽실거리며 연습하던 브라질리언 승무원.

노란 머리, 파란 눈, 피부가 검거나 희거나, 히잡을 쓰거나 안 쓰거나, 한국을
조금이라도 아는 외국인이라면 한국의 순하면서 매운, 여리면서 강한 매력에
금방 빠져들곤 한다.

세계 어딜 가도 한국인들은 반짝 반짝 빛이 난다.

그들의 축제에 취하다,
Octoberfest

'2011. 9/16~18. DOH–MUC–DOH'

와아! 2박3일의 일정으로 독일 뮌헨 비행을 받았다.

내가 이렇게 좋아하는 이유는 바로 뮌헨에서 열리는

옥토버페스트(Octoberfest)에 참가할 수 있기 때문! 그것도 17일

개막식이 열리는 첫날에 말이다.

오후 6시. 테레지엔비제 광장.

아뿔싸. 낮술은 조상님도 몰라보니 안
된다는 나의 생각이 이곳에선 조금
고지식했나보다. 이른 아침부터 몰려든
관광객들은 해가 중천에 떠있을 때부터
부어라 마셔라 했고, 저녁에는 거의 모든
사람들이 취해있었다. 벌건 얼굴과
초점 없는 눈을 한 젊은이들이 바닥에
주저앉아 있었고, 어떤 취한 커플은
광장 한가운데서 '19금' 장면을 연출하고

있었다. 길거리에서 시원하게 토하고 있는 아저씨부터 서로 주먹질을
하는 사람들까지. 함께 있었던 영국인 친구는 난장판같은 이 곳
분위기에 무척 놀라는 모습이었다. 원래 술을 못 마시는 그녀는 "내
생애 이렇게 짧은 시간에, 이렇게 많이 취한 사람들을 한꺼번에
보는 건 처음이야" 라고 하더니 무섭다고 택시를 타고 호텔로 먼저
돌아갔다.

축제 첫날과 주말이 겹치면서 걷기조차 힘들 정도로 많은 인파가
몰려있었다. 전 세계 각국의 사람들이 다 모인 듯 했다. 유럽, 미국,
한국, 일본 심지어 아랍 사람까지!(아랍 전통복을 입고 축제장을
어슬렁대던 한 커플, 무슬림이 술 축제에 오는 것은 '하람' 아니던가?)
독일의 젊은이들은 들판 위의 목동처럼 남자들은 가죽 멜빵바지
레이더호젠(Lederhosen)을, 여자들은 레이스가 달린 드레스
던들(Dirndl)을 차려입고 돌아다녔다. 어디서 파는지만 알았다면 나도
하나 사고 싶은 마음이 굴뚝같았다. 잘록한 허리에 넓게 퍼지는

치마가 어찌나 예쁘던지.

'호프브로이'나 '뢰벤브로이'같은 유명한 맥주 브랜드 텐트가 14개
있었는데, 한 텐트 당 3,000명까지 동시에 들어갈 수 있다고 하니 그
규모가 얼마나 큰지 상상이 간다.
우리 일행은 일단 '뢰벤브로이'텐트로 돌진했다. 그러나 이미 텐트
안은 만원. 문 밖에서 경비원들이 철통같이 막고 서있었다. 이번엔
'호프브로이'텐트. 역시나 끝도 없는 줄이 늘어서 있었다. '이러다 오늘
맥주 냄새나 맡겠어?'
다른 텐트로 옮겨 봐도 상황은 마찬가지였다. 아침부터 줄을 선
사람들은 이미 텐트 안에서 노래를 부르며 열심히 놀고 있었다.
우리가 너무 늦은 거였다.
이 문, 저 문을 기웃기웃 대다가 결국 세 시간이 넘도록 자리를 얻지
못하고 축제장을 헤매는데 갑자기 장대비가 쏟아졌다. 이런.
그때 초미니 사이즈의 소형 텐트를 발견했다. 그곳도 만원이긴
마찬가지였지만 비에 맞은 생쥐 꼴로 불쌍하게 서서 "아저씨..
제발요.." 라고 하자, 안쓰럽게 보였는지 남들보다 먼저 자리를
만들어주었다.

세 시간 만에 받아 든 차가운 맥주잔, 진정 감격스러웠다.
꼴깍 꼴깍. '캬- 그래 이 맛이야!'
독일 소시지와 곁들이니 맥주가 절로 넘어갔다.
전통의상을 차려입은 독일 할아버지 두 분이 우리 옆자리로 왔다.
어디서 왔냐는 질문에 '카타르에서 왔어요'라고 하지 않고 "한국에서
왔어요" 라고 대답했다.

"아하~ 코리아~!" 하면서 2002년 월드컵 이야기를 꺼낸다.
4강 대결에서 독일이 이겼던 그 경기. 비록 졌지만 한국은 그 해
훌륭했다고 고개를 끄덕끄덕 했다. 우리는 한국의 술자리 예절을
가르쳐드렸고, 그 분들은 독일 바바리아(독일 남동부 지역, 독일어로는
Bayern)의 이야기를 들려주었다.
대형 텐트는 아니었지만 이 곳의 열기도 후끈했다. DJ가 귀에 익숙한
음악을 틀어주자 모두들 의자 위로 올라가 발을 구르며 노래를
따라 불렀다. 옆에 있는 아가씨도, 앞에 있는 아저씨도, 뒤에 있는

할아버지도 모두 친구가 된 듯 눈이 마주치면 웃어주었고 건배를
나누며 어깨동무를 하고 춤을 추었다.
전 세계에서 모인 다양한 사람들, 이 밤이 지나면 각자의 일상으로
돌아가겠지만, 이 순간만은 함께 인생을 즐기는 '친구'였다.
모두가 한 목소리로 건배를 외치고 잔을 높이 들었다.
Bravo my life!

옥토버페스트에 가기 전 꼭 기억해야할 것

☆ 일찍 가자. 늦게 가면 자리가 없는 것도 문제지만, 밤이 되면 수천 명의
만취한 사람들을 어두운 골목에서 만나게 될 것이다.

☆ 자리가 나면 무조건 앉는다. 모르는 사람 옆이면 어떠랴, 양해를 구하고
앉아서 건배를 하다보면 어느새 친구가 되어있다.

☆ 혼자보다는 여럿이 함께 가자. 눈 풀린 취객들이 주위에 많으면 순간
오싹하다. 의지할 사람은 내 친구뿐. 인파도 많으니 소지품도 주의해야한다.
언제나 조심 또 조심!

☆ 주말보다는 평일에. 주말에는 유럽 전역에서 기차를 타고 모여드는
사람들 때문에 인파는 배가 된다. 평일이라면 훨씬 여유롭게 축제를
즐길 수 있다.

☆ 숙박 예약은 미리미리. 뮌헨은 이때가 가장 성수기다. 숙박비도 몇 배나
뛰고 방을 구하기도 어려우니 미리 알아보고 예약하는 게 좋다.

비행기에서
유언을 남기다

승무원이 되기 전, 호텔의 반짝이는 불빛과 하늘까지 솟아오르는
분수가 마음을 흔드는, 화려한 도시 '마카오(Macao)'에 방문한 적이
있었다. 그것도 우여곡절 끝에.
오랜만에 떠나는 여행인지라 한껏 마음이 들떠 공항 가는 길이
그렇게 기쁘고 설렐 수가 없었다. 그런데 공항 카운터에 도착하자
항공사 직원으로부터 마카오에 태풍이 와서 공항이 폐쇄되었고
비행기도 언제 뜰지 기약이 없다는 날벼락 같은 소리를 듣게 되었다.
항공사측은 공항 근처에 있는 작은 호텔을 잡아주었고 일단 쉬면서
기다려보라고 했다. 그 곳의 기상이 좋아지는 대로 비행기를
띄우겠다고. 아침부터 땅거미가 질 때까지 호텔에서 마음을 졸이고
있는데 드디어 항공사에서 전화가 왔다. 태풍의 세기가 한풀 꺾여
이제 출발해도 될 것 같다는 전화였다.

만석이었던 마카오 항공의 에어버스 320. 140여 명의 승객과
5명의 승무원을 태운 비행기는 마카오로 향했다. 얼마쯤 지났을까,
목적지에 다 온 것 같다는 생각이 들 무렵, 비행기가 흔들리기
시작했다. 강도가 점점 세지더니 그 작은 몸체의 비행기는 심하게

요동쳤다. 작은 장난감 비행기를 누군가 쥐고 흔들기라도 하듯이.
위로, 아래로 그리고 좌우로 동체가 흔들리면서 여기저기 테이블
위의 물건들이 떨어졌다. 승무원들은 흔들리는 기내에서 겨우 중심을
잡고 돌아다니며 승객들에게 안전벨트 착용을 당부했다. 비행기는
조금씩 하강했고 창밖으로 희미하게 마카오 공항이 보였다. 빨리
내렸으면 좋겠다는 간절한 생각밖에 없었다. 그런데 비행기 바퀴가
땅에 거의 터치다운을 할 때쯤 갑자기 비행기가 부웅- 하는 엔진
소리와 함께 다시 공중으로 올라갔다.
그리고는 다시 착륙을 시도하는 듯했다. 강한 바람에 비행기는
여전히 흔들리며 불안정하게 지상으로 다가갔다. 그러나 착륙 직전
비행기는 또다시 하늘로 올라갔다. 그렇게 몇 번을 착륙에 실패하자
침묵하고 있던 승객들이 동요하기 시작했다. 사람들은 한순간에
술렁였고 여기저기 불만의 목소리가 터져 나왔다.

기장의 안내 방송이 흘러나왔다. 강한 태풍으로 인해 착륙이
순조롭지 않았고, 착륙을 계속 시도하기엔 위험할 뿐 아니라 연료를
채워야 하기 때문에 중국의 계림 공항으로 회항한다고 했다. 맙소사.
회항이라니.
마카오뿐 아니라 중국의 남쪽 대륙도 태풍의 여파로 기상이 많이
악화돼있었다. 계림 공항으로 향하는 비행기는 여전히 심하게
흔들렸다. 살면서 그렇게 심한 터뷸런스는 처음이었다. 팔받침대를
꽉 잡은 두 손에는 땀이 흥건했고 호흡도 빨라졌다. 비행기가 산산이
흩어져 떨어지는 조난 영화가 머릿속에 그려지자 등골이 오싹해졌다.
다른 생각을 해보려 아무리 애를 써도 불길한 생각이 머리를 꽉
채웠다.

'이대로 나는 죽는 것인가?', '한국 땅에서 조용히 살 걸 왜 여행은
떠났을까?', '사랑하는 사람들에게 마지막 메시지는 어떻게 남기지?'
승무원들은 불안해하는 승객들을 안정시키기 위해서 잔잔한 음악을
틀어주었다. Bee Gees의 'How deep is your love'. 한 곡밖에
없었는지 그 노래만 무한 반복되었다. 나중에는 그 노래마저 어찌나
공포스럽게 들리던지.

그러던 순간, 갑자기 비행기가 뚝 하고 떨어졌다.
아니 떨어졌다기보다 강한 바람에 심하게 흔들린 것 같았다.
사람들은 비명을 질렀고 소란스러운 기내를 정리하던 승무원들도
당황한 듯했다. 또 정신없이 비행기가 흔들리기 시작했다.
여자들은 "꺄아–" 소리를 질렀고, 내 뒤의 아주머니는 "아이고– 다
죽었네! 다 죽었어!" 라고 했다. 그리고 이어진 기내방송.
"Cabin crew, take a seat immediately(승무원들, 당장 자리에 앉으시오)"
그 방송이 더 무서웠다. 얼마나 위험하면…. 그리고 그때 보았다.
당황해서 어찌 할 바를 모르던 한 승무원의 얼굴, 안전벨트를 매면서
덜덜 떨던 그 손을. (생각해 보면 그 승무원은 아마 막내이지 않았을까
싶다. 긴장한 표정이 역력히 드러났으니까)
우리가 믿고 의지할 사람은 승무원들뿐인데 그 사람들조차 겁에
질려있다니 보통 상황이 아니라는 것을 본능적으로 느꼈다. 뒷좌석
아주머니 말대로 여기서 이렇게 죽는구나 싶은 게 나의 지난 삶의
장면들이 한순간에 스쳐가며 가족들의 얼굴이 떠올랐다.
손을 모으고 기도를 했다.
'하나님. 그동안 많은 사랑 받고 살게 해주셔서 감사했습니다.
제게 오늘 무슨 일이 생기더라도, 저희 가족들이 너무 슬퍼하지

않게 해주시고 제가 없는 빈자리만큼 그들을 사랑하고 축복하여
주시옵소서. 아멘.'
그러자 눈물이 주르륵 흘렀다.
나도 모르겠다. 그 상황에서 왜 '살려 주세요' 라고 기도하지
않았는지. 지금 생각하면 참 주책없다. 흔들리는 비행기에서 겁먹고
울면서 마지막 기도를 하다니.

잠시 후, 작은 몸체의 에어버스 320은 천신만고 끝에 계림 공항에
착륙했다. 얼마나 기다려야 하고 언제쯤 다시 출발할 수 있을지는
아무도 몰랐다. 난 그저 이 작은 비행기에서 탈출해 한국으로 가고
싶은 마음뿐이었다. 핸드폰을 켜고 한국에 있는 친구(당시 함께 살고
있었던 룸메이트)에게 전화를 걸었다. 그리고 몹시 심각한 목소리로
말을 꺼냈다. 유언을 남기기 시작한 것이다.
"수진아, 내가 지금 엄청 위험한 상황에 처해있어. 이 날씨에
비행기가 다시 뜨면 나는 어떻게 될지 몰라. 그러니까 내 말 잘 들어.
내 방 침대 옆, 맨 아래 서랍 알지? 거기에 통장이랑 보험약관이
있어. 그걸 우리 엄마한테 꼭 전해줘"
친구는 나의 심각함도 모른 채 깔깔대며 무슨 소리를 하는 거냐고
했다. 아랑곳하지 않고 나는 이어 말했다.
"내 말 명심해. 살고 있는 집의 전세금 반을 빼서 내 통장에 넣어줘.
비밀번호는 0000라고 엄마한테 알려줘. 그리고 내가 가지고 있는
가방이랑 신발, 옷들.. 네가 그동안 탐냈던 거.. 다 너 가져.
마지막으로 가족들에게 사랑한다고 꼭 전해줘.. 안녕.."
혼자 드라마 찍는 것도 아니고.
심각하게 말을 이어가자 장난스럽게 듣던 친구도 곧 조용해지더니

대답했다.
"야. 그런 소리 하지 말고 얼른 돌아오기나 해. 무사히!"

기상은 회복할 기미를 보이지 않았고 결국 모든 승객들은 비행기에서
내려 공항에서 밤을 지새웠다. 상점의 문도 거의 닫은 새벽 시간,
편의점에서 끼니를 때우고 담요를 머리까지 두른 채 삼삼오오 모여
앉아 꾸벅꾸벅 조는 모습이 마치 피난민들 같았다.
동이 터올 즈음, 바람이 조금 잦아들자 드디어 이륙 허가가 떨어졌고
우리는 다시 출발할 수 있었다. 악몽 같은 밤이 지나고 무사히 마카오
공항에 착륙했다.
땅에 발을 디딘 순간, 무엇보다 이 말이 절로 나왔다.
'오 하나님 살려주셔서 감사합니다. 정말 열심히 살겠습니다'

지금 생각해도 아찔했던 그 날의 공포는 그렇게 추억 속에
남겨졌지만, 가끔씩 진심으로 유언을 남겼던 그 순간을 떠올리곤
한다. 평생을 살 수 있다고 누가 장담할 수 있을까. 아무도 알 수 없는
미래이기에 오늘을 마지막인 것처럼 최선을 다해 살리라 다짐해본다.
한편, 그 이후로 난 웬만한 터뷸런스에는 콧방귀도 뀌지 않는
흔들림에 강한 여자가 되었고, 나의 친구는 가방과 신발은 언제
줄꺼냐며 종종 나를 놀린다. 그리고 Bee Gees의 'How deep is
your love'는 절대로 듣지 않는다.

즐거운 '소통',
음식을 나누는 일

내가 생각하는, '여행에 있어서 가장 중요한 세 가지'는,

'어디를 가느냐, 무엇을 보느냐, 무엇을 먹느냐'.

그 중에서도 '음식'은 가장 일차원적이긴 하지만 그렇기 때문에 가장
즐겁고 설레는 부분 중 하나.
유럽은 어딜 가나 건물들의 형태가 비슷비슷하다. 몇 번 둘러보면
그게 그거인 것 같은 느낌마저 들게 되니까. 하지만 음식은 나라마다
확연한 차이가 있다. 기후와 역사, 지리적 요건에 따라 요리 방법이
다르고 먹는 방법이 다르다.
먹을거리, 그 속에는 그들의 삶이 녹아있다.
재료를 키운 것은 그곳의 자연이고, 음식을 만든 것은 그곳의
사람들이니까. 음식으로 문화와 역사를 배운다고 하면 너무 거창한
말일까?

뉴욕에서 만난 '나빈'이라는 인디안 친구가 내게 저녁을 만들어 준

적이 있다. 내게는 숟가락을 주고 본인은 손으로 밥을 먹고 있었다.
잠시 고민하다가 나도 팔을 걷고는 질척한 커리에 밥을 비벼 손으로
먹었다. 나빈은 그런 나의 모습을 보고 무척 좋아했다.
내가 만들어준 잡채를 먹기 위해 외국인 친구가 젓가락과 씨름을
하듯 안간힘을 쓰는 모습을 보며 나는 기쁘지 않았던가. 아마도 같은
마음이겠지 싶다. 내 나라의 음식과 문화를 알기 위해 애쓰는 모습은
예뻐 보이다 못해 기특하기까지 하다.

몇 년 전, 타이완 시내를 하릴없이 어슬렁거리다가 젊은이들 몇 명이
바닥에 주저앉아 주먹밥처럼 생긴 뭔가를 먹고 있는 걸 발견했다.
내가 힐끗거리는걸 알아챘는지 비닐봉지에서 묵직한 것을 꺼내

내게 불쑥 건네주었다. 음식을 먹으면 꼭 그 이름을 알고 싶어 하는 나는, 이것의 이름이 뭔지 재차 물었지만 그들은 내 영어를 이해하지 못했다.

나중에 알고 보니 그 음식은 '쫑쯔(粽子)'였다. 찰밥 안에 고기나 야채를 넣고 바나나잎으로 싸서 찐 음식. 돼지고기가 들어간 그 쫑쯔 맛에 반해 그들과 함께 바닥에 철푸덕 앉아 순식간에 쫑쯔 두 개를 먹어치웠다. 말이 안 통하는 우리는 그냥 얼굴만 보고 허허허 웃기만 했다. 한국으로 돌아오기 전, 그 맛이 그리워 비슷한 것을 몇 개 사서 먹었는데 그 맛이 아니었다. 현지인들만 아는 비밀스런 맛집이 있었던 것일까? 몇 년이 흐르고 중화권 나라에 갈 때마다 쫑쯔를 사먹어 보지만 역시 그때의 맛을 찾을 수가 없었다. 모르는 사람에게 음식을 건네준 그들의 순수한 호의와 친절 덕에 아마도 더 맛있게 느껴지지 않았을까 생각해본다. 시내 한복판 바닥에서 먹었던 내 인생 최고의 쫑쯔 맛을 어찌 잊을까.

낯선 음식에 대한 두려움을 없애고 즐기는 것은 그들에게 마음을 여는 것과도 같다.
음식을 나누며 사람들과 정을 쌓고, 음식을 먹으며 그 나라를 이해하기 시작한다는 말을 나는 믿는다. 어차피 여행도 인생의 일부 아니던가. 잘 먹고 잘 살고 싶고, 좋은 사람과 좋은 것을 나누고 싶은 마음인 것이다.
음식이란, 서로를 가깝게 만들어주는 즐거운 '소통'이 아닐까.

낯선 마을에서의
표류

독일 베를린 비행을 마친 후 버스를 타고 호텔로 돌아오는 길이었다.
오른쪽으로 커다란 강이 흐르고 있었고 무성한 초록 나무들 너머로
뾰족한 지붕들이 눈에 들어왔다. 저곳은 마을인가? 아름답다는
생각에 꼭 가보고 싶은 마음이 들었다. 호텔에 짐을 풀고 그리 멀지
않을 것 같아 무작정 걸어가기 시작했다.

잔디밭과 운동장을 가로질러 20분을
걸었고 강을 만나 강변을 따라 30분을
걸었다. 걷기엔 상당히 먼 곳이었다.
마을로 들어가는 다리는 왜 이리
나타나지 않는 건지. 강변을 따라
걸으며 강 너머의 마을을 보고
있노라니, 고립된 저 미지의
마을로 빨리 들어가고 싶었다.
한참을 걷다가 드디어 마을로
들어가는 다리를 발견했다.
다리 위에서 바라보니

강물의 폭이 생각보다 넓었다. 큰 강물 위에 배를 띄우고 노를 젓고
있는 사람들이 보였다. 그것은 관광객을 위한 유람선도 아니었고
장사꾼을 위한 통통배도 아니었다. 동네 주민이 그저 오후 햇살을
즐기려고 띄운 작은 배였다. 한 사람은 노를 젓고, 한 사람은 옆에서
책을 읽고 있었다. 나도 집 앞에 이런 멋진 풍경을 가진 강이 있어
작은 배를 띄우고 노를 저어 바다로 나갔다가 채소와 해산물을
사가지고 돌아오는, 그런 삶을 살면 어떨까 상상해보았다.

강아지와 함께 자전거를 타고 달리는 할아버지를 만났다. 눈이
마주치자 활짝 웃는다. 모르는 길을 걷고 있던 나의 긴장이 조금
풀리는 듯했다. 마을 입구 어느 집 앞에서 꽃과 나무를 잔뜩 실은
수레를 발견했다. '플란다스의 개'에서 파트라슈가 끌었던 수레
같았다. 꽃수레가 예뻐 사진을 찍고 있으니 가게 주인이 저런 건
뭐하러 찍고 있냐는 눈길로 나를 쳐다본다.
딱히 상점도 없어 보이는 마을이었다. 뾰족한 지붕과 넓은 마당
그리고 차고에는 값비싼 자동차들이 있었다. 예쁜 간판도, 구경할
시장도 없는 심심한 곳이었지만 걸어놓은 빨래며, 직접 만들어 놓은
우체통이며, 주민들의 손길이 느껴지는 예쁜 마을이었다.
'이 마을 이름은 무엇일까? 어떤 사람들이 살고 있을까?' 라는 생각을
하며 특별하게 구경할 것 없는 그 마을을 걷고 또 걸었다.
어느 집 앞에 도착하니 노랗고 빨간 꽃들이 마당에 가득히
피어있었고 물을 주는 기계가 시간에 맞춰 비를 뿌리고 있었다.
하얗게 칠한 나무 울타리는 정원이 훤히 들여다보일 정도로 낮았다.
촉촉하게 젖은 꽃들에 초점을 맞춰 사진을 찍고 있는데, 집 주인으로
보이는 아주머니가 울타리 밖으로 고개를 내밀더니 내게 물었다.

"아까부터 왜 우리 마을에서 어슬렁거리는 거지?"
"네? 아, 마을이 너무 예뻐서 구경도 하고 사진도 찍으려고요"
마을을 칭찬해주어도 아주머니는 경계의 눈빛을 풀지 않았다.
그리고 보니 이 마을에 이방인은 나뿐인 듯 보였고, 사진을 찍는
사람도, 동양인도 나뿐이었다. 아주머니 눈에는 갑작스레 나타나
마을을 오가며 사진을 찍어대는 내가 수상해 보였나보다.
안쪽 마당에서는 남편으로 보이는 중년의 남자가 무언가를
구워먹으려는 듯 부산스럽게 그릴 통과 음식을 준비하고 있었다.
아저씨가 나를 발견하고 역시 놀라며 누구냐고 물었다.
한국에서 온 관광객이고 호텔은 저 옆인데 마을이 예뻐서 구경하러
왔다고 했다. 그러자 아저씨는 한국에서 왔냐고 반색을 하더니

울타리 문까지 열어주며 들어오라고 했다. 쭈뼛쭈뼛 마당에
들어갔는데 여전히 날 경계하는 아주머니 때문에 마음이 편치
않았다.

아저씨는 십 수 년 전, 1년간 한국 관련 기업에서 일한 적이 있다고
했다. 한국말은 다 잊어버리고 '감사합니다'만 기억하고 있었다.

소시지가 다 구워지자 내게 하나 권했다.

"아뇨, 괜찮습니다" 내가 사양하자,

"이렇게 줘서 안 먹는 거야? 자~ 빵에 껴서 줄게"

"아, 그런 게 아니라... 괜찮습니다"

"한국 사람들은 결국엔 먹을 거면서 처음 몇 번은 꼭 그렇게
사양하더라. 우리 독일 사람들은 딱 한 번만 권하는 거 모르나? 얼른
먹어"

옆에 아주머니를 흘끗 보자 경계의 눈빛은 여전했지만 먹으라고
손짓을 해 보였다. 노릇노릇 탄 그릴 소시지가 어찌나 맛있던지 하나
더 먹고 싶다는 말을 어렵게 참았다. 이것이야말로 독일 시골 마을의
진짜 소시지구나 싶었다.

해가 강 너머로 넘어가기 시작했고, 난 감사의 말을 전하고 그 집에서
나왔다.

여전히 표정이 밝지 않은 아주머니가 따라 나오더니 내게 물었다.

"우리 동네, 또 올 거야?"

"아.. 네.. 아뇨, 다 봤으니 이제 안 올 거예요"

그러자 아주머니가 퉁명스럽게 말했다.

"또 와. 소시지 구워줄게"

이 친절한 말을 이토록 딱딱하게 하다니.

돌아오는 길에 피식하고 웃음이 났다. 아주머니의 눈빛은 어쩌면
처음부터 경계가 아니라 호기심의 눈빛이었을지도 모른다고
생각했다. 그저 잘 웃지 않는 아주머니일지도 모른다고.

도하로 돌아와서 마을의 오솔길과 정류장 그리고 강 위의 다리
사진을 보고 있는데, 옆에 있던 친구가 이렇게 예쁜 곳이 대체
어디냐고 물었다. 무작정 걸어서 간 곳인데 이름도 모르는 곳이라고
대답하자, "늘 철저하게 준비해서 여행하는 네가 다녀온 곳 동네
이름도 몰라? 에이, 말도 안 돼" 라고 한다.

"그러게 말이야. 재밌는 건,
어딘지도 모르는 곳에 다녀왔는데, 어느 곳보다 좋았어"

프라하의
여인

프라하에서 내가 가장 좋아했던 곳은 '프라하 성(Pražský hrad)' 뒤편의
정원과 '까를교(Karlův most)'였다.
프라하 성의 왕실 정원에는 웬일인지 사람이 없었다. 저 멀리서
걸어오는 백발의 노부부를 보지 못했다면 이곳이 외부인 출입금지가
아닐까 착각했을지도 모를 일이다. 벨베데르를 거쳐 정원의
끄트머리에 다다르니 가파른 언덕과 그 아래로 프라하 전경이 한눈에
들어온다. 이렇게 멋진 풍광을 놔두고 사람들은 성에만 붙어서
사진을 찍느라 바쁘다.

다시 정원을 거닐다가 벤치에 걸터앉아 가족과 친구들에게 엽서를
썼다. 프라하 성 안에 있는 우체국에 들러 "얼마나 걸립니까?" 라고
묻자, 일주일이면 한국에 도착한다고 했다.
'일주일, 짧은 휴가를 끝내고 다시 일상으로 돌아가있을 무렵이겠군.
프라하의 야경이 담긴 엽서 한 장에 그들이 부디 잠시나마 행복한
웃음을 지을 수 있기를'
엽서 몇 장을 우체통에 넣으니, 나도 모르게 얼굴에 행복한 웃음이
핀다.

갔던 길을 되돌아 시내로 들어오려면 까를교를 다시 건너야했다.
오전보다 부쩍 사람이 많아졌다. 여행하는 삼 일 동안 열 번은 건넌
것 같은 이 다리. 초상화를 그리고, 물건을 팔고, 악기를 연주하는
아저씨들은 모두 그대로지만, 시시각각 혹은 어제와 오늘 보여주었던
까를교는 모두 다른 느낌이었다. 혼자 온 여행이었기에 시간에 쫓길
일도, 일정에 따라야 할 일도 없었던 나는 까를교에 서서 흐르는 강물
너머의 프라하 성을 한참 동안 바라보았다.

사람들이 하도 매만져 반질반질해진 십자가에 손을 대고 '이게
뭐지?' 하며 고개를 갸우뚱하는 사람이 있으면, 옆에 있던 나는 마치
여행가이드처럼 "이곳이 네포무크 주교가 수장 당한 지점이래요.
왼손을 십자가 위에 얹고, 오른손은 밑에 있는 황금 못에 얹고, 다시
오른발은 바닥 못을 밟고 서서 소원을 비는 거래요" 라고 설명해준다.

"아하~!" 커다란 깨달음을 얻은 듯한 표정으로 감동하는 관광객들. 나는 괜시리 흐뭇해진다. 또 다른 무리가 와서 역시나 모르겠다는 표정을 지으면 나는 사뭇 진지한 얼굴로 같은 설명을 한다. 그렇게 한참동안 까를교 위에서 누가 시키지도 않은 가이드 노릇을 하기도 했었다.

까를교의 야경을 기다리며 내가 찾아간 곳은 500년 전통의 맥주집 '우 프레쿠(U Fleků)'. 돼지족발을 튀긴 '꼴레뇨'와 흑맥주를 마시고 있는데 한 할아버지 악사가 아코디언을 연주하기 시작했다. 아코디언의 낡은 소리는 늘 가슴을 울린다. 오래된 필름 영화의 한 장면을 떠올리게도 하고, 부둣가 선술집의 테이블을 떠올리게도 한다. 할아버지는 나를 쓱 보더니 한국 사람임을 단번에 알아차리고는 '고향의 봄'이라는 노래를 연주하기 시작했다.

"나의 살던 고향은 꽃 피는 산골…"
가슴을 긁는 듯한 찡한 소리로 고향의 노래를 듣고 있으니 코
끝이 시큰거리고 눈물이 핑 돌았다. 혼자 맥주 마시다가 주책없이.
아코디언 악사 할아버지는 그리하여 내 주머니에서 꽤 많은 팁을
가져갔다.

마지막으로 까를교의 야경을 한 번 더 보기 위해 '고향의 봄'을
콧노래로 흥얼거리며 블타바(Vltava)강변을 따라 갔다. 까를교와
프라하 성이 강물 위에도 떠있었다. 어느 화가의 붓 자국처럼
흐릿하게 퍼지는 불빛 사이로 오월의 따스한 바람마저 강물 위에
비치는 것 같았다. 어릴 적 동화책에서나 보았던 보석 같은 까를교의
야경을 가슴에 차곡차곡 담고 있으니, 아름다운 도시에는 어느새
고향의 그리움 같은 짙은 어둠이 물들고 있었다.

비행기 태워드리는 딸 하나,
열 아들 안 부럽다

승무원이란 직업의 장점은 셀 수없이 많지만 그 중 하나는 바로 '할인 티켓'의 매력이 아닐까. 어딜 가도 '대박 세일', '오늘까지만 한정 세일' 이런 문구에 눈이 번쩍 띄어 그냥은 못 지나가는 내게 '90% 직원 할인 티켓'이라는 말은 너무나 달콤하다.

애뉴얼 티켓(Annual Ticket)이라고 해서 일 년에 한 번 승무원에게 100% 공짜 티켓이 주어지고, 90% 할인 티켓은 횟수 제한 없이 쓸 수 있다. 부모님의 경우 우리 항공사는 한 번, 타 항공사는 무제한으로 90% 할인티켓을 사용할 수 있다. 형제자매도 마찬가지. 누구나 그렇겠지만 승무원이 되어 가장 해보고 싶은 건, 바로 부모님께 여행을 시켜드리는 일이었다.

그동안 여행을 하면서 멋지고 아름다운 풍경을 마주할 때마다 차오르는 기쁨과 감격을 느꼈지만, 마음 한구석 그늘진 언저리에는 늘 이런 생각들이 있었다.
'나 혼자 보기에는 아깝다'
'우리 엄마, 아빠가 이걸 보시면 얼마나 좋아하실까'

'저들처럼 나도 가족들과 이 순간을 함께 하고 싶다'

그러다가 부모님과의 유럽여행을 계획했다. 아버지는 사정상 함께 못
떠나고 어머니와 나만 10일 동안 유럽을 여행하기로 했다. 짧은 일정
안에 보여드리고 싶은 게 어찌나 많던지. 나도 모르게 무리한 계획을
짜버렸다. 거의 대학생들의 배낭여행 수준으로.
프랑스 파리와 스위스 취리히를 거쳐 인터라켄의 융프라우 그리고
이탈리아의 베네치아와 밀라노에 이르기까지. 무거운 짐을 들고 걷고
또 걸었음에도, 스파게티와 피자 일색인 식단에도, 어머니는 불평
한마디 없이 모든 일정을 잘 소화해주셨다.

"엄마, 힘들지 않아?" 라고 물으면 어머니는,
"아이고. 딸 덕에 내 평생에 이런 데를 다 와보고, 이렇게 호강하는데
불평하면 안 되지" 하셨다.

반짝거리던 에펠탑을 보며 어머니를 꼬옥 끌어안았던 바람 불던
바토무슈 유람선 위와 동네의 좁은 골목까지 들어가 이 가게, 저
가게 참견하며 다녔던 취리히의 작은 마을이 기억난다. 인터라켄의
믿을 수 없었던 에메랄드빛 강물과 융프라우 꼭대기를 향해 달리던
기차 창밖의 마을들, 그리고 융프라우요흐의 꼭대기에서 만년설을
바라보며 신라면을 먹었던 감동도 잊을 수 없다. 마침 내 생일을 맞아
즉석미역국에 뜨거운 물을 부어 와인과 함께 먹었던, 깊어가던 그 밤
또한 어찌 잊으랴.

공항에서 나처럼 어머니를 모시고 여행하는 승무원을 우연히 만났다.

"딸 낳으면 비행기 타고 아들 낳으면 기차 탄다는데 그 말이 맞나 봐요"
"그러게요, 우리 딸들이 최고네~!"
두 어머니는 갑자기 '딸 바보'가 되어 우리를 앞에 두고 입이 마르게 칭찬을 하신다. 딸들은 조금 쑥스럽기도 하고, 덩달아 기분이 좋아 어깨가 으쓱해졌다.

아직도 난 부모님께 해드리고 싶은 게, 보여드리고 싶은 게 너무 많다. 그러기 위해서는 내가 흔들리지 말아야겠지. 더욱 열심히 살아야겠지.
두 분과 한 번이라도 더 손을 잡고 길을 나서고 싶다. 더 늦기 전에.

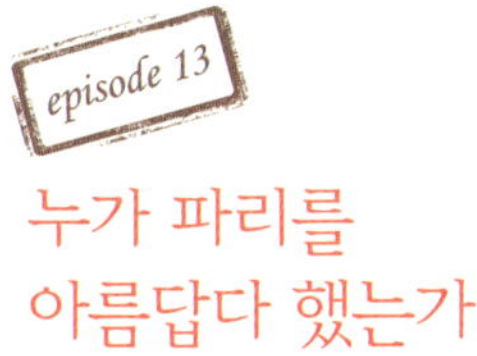

누가 파리를
아름답다 했는가

어머니와의 유럽 여행을 계획하면서 첫 번째 여행지로 파리를 꼽은
건, 유럽이 처음인 어머니에게 어디가 제일 가보고 싶은지 물어보니
주저 없이 '프랑스, 파리'라고 했기 때문이다. 그 이유는 "파리는 모든
게 아름답고 낭만적일 것 같아서". 누구나 생각하는 그 당연한 이유에
나도 공감했기에 우리는 파리로 'in'을 하게 되었다.

파리에 도착한 첫 날, 짐을 풀고 제일 먼저 간 곳은 에펠탑을 볼
수 있는 '샤이요 궁(Palais de Chaillot)'이었다. 그 광장에 모여 있는
수많은 사람들은 세 그룹으로 나눠진다. 한 그룹은 에펠탑을 등에
지고 이런저런 포즈로 사진을 찍는 관광객들, 또 다른 그룹은 음악을
틀어놓고 춤판을 벌이는 공연팀과 그에 박수를 보내는 관중들,
그리고 나머지 그룹은 작은 에펠탑, 큰 에펠탑을 양팔에 주렁주렁
걸고 터무니없는 가격을 부르는 장사꾼들.
우리는 첫 번째 그룹에 끼어 열심히 에펠탑 사진을 찍고 한국에
있는 가족에게 우리는 잘 지내고 있다는 내용의 멀티메시지를
보냈다. 해가 질 무렵에는 '바슈무토' 유람선에 몸을 싣고 세느강을
유유히 가르며 멀리 보이는 에펠탑의 레이저 쇼를 감상했다. 거대한

에펠탑을 마주하던 기분이 얼마나 짜릿하던지.

다음 날, 비가 올 거라는 예보를 뒤엎고 파리에는 아침부터 해가
반짝거렸다. 상쾌하게 여행 둘째 날을 시작하며 다시 찾아간 곳은
에펠탑 밑. 어제는 멀리서 에펠탑을 바라만 봤다면, 오늘은 직접
에펠탑에 오를 생각이었다. 그런데 그만 나는 작은(?) 실수를

저지르고 말았다.

에펠탑으로 가는 길, 사람들이 웅성웅성 모여 있는 것을 발견하고 가보니 TV에서나 볼 수 있었던 '야바위'판이 벌어지고 있었다. 동그란 검정판 세 개를 엎어놓고 섞다가 뒤집어서 하얀 글씨가 쓰여 있는 걸 맞히면, 건 돈의 두 배를 받는 게임이었다. 프랑스에도 이런 게 있나 싶어 한참을 구경하는데 신기하게도 내가 머릿속으로 생각하는 것들이 다 정답이었다. 자꾸 답이 맞으니 '정말 쉽네? 내가 눈이 좋은가?' 라는 생각이 들었다. 그때 주인과 옆에서 구경하던 이들이 내게 잘하는 것 같으니 돈을 걸어보라고 했다. 어리석기도 하지, 나는 자신감이 넘쳐 그만 무엇에 홀린 듯 쉽게 지갑을 열고 말았다. 그리고 시작된 한 판! 분명 나는 이전처럼 잘 판단했고 정답을 확신했다. 그런데 이럴 수가, 뒤집힌 동그라미는 정답이 아니었다. 정말 귀신이 곡할 노릇이었다. '아닌데, 정말 맞는데? 이상하다' 뭔가에 홀린 것처럼 눈뜨고 5분 만에 50유로를 잃고 말았다. 어찌 이런 일이! 너무 억울해서 멍하니 자리를 뜨지 못했다.

그때 어머니는 조금 떨어진 곳에서 사진을 찍고 있었는데, 내가 야바위에서 돈을 잃은 것을 알고는 저런 것은 다 속임수여서 이길 재간이 없다고 했다. 아뿔싸! 나는 왜 관광지에서 흔히 볼 수 있는 하나의 게임이라고 생각했을까. 설마 속임수를 쓸 줄이야. 모두가 한패가 되어 날 속였다고 생각하니 억울해서 참을 수가 없었다. 아, 나의 50유로. 1유로라도 싼 기념품을 사려고 그렇게 여러 집을 돌아다녔는데.

그 일 이후 갑자기 우울해진 나는 밝은 햇살도, 세느강도, 에펠탑의

꼭대기도 맘껏 즐길 수가 없었다. 나의 어리석음 때문에 첫
여행지에서부터 안 좋은 기억을 남긴 것 같아 어머니께도 많이
죄송했다. 그런 무거운 기분이 되고나니 어딜 가도 모든 게 그냥
그랬다. 아니 조금 짜증이 났다.

'하얀 피부에 큰 코, 빵모자를 삐뚤게 쓴 멋쟁이 파리지앵은 도대체
다 어디 있는 거지? 지하철도 너무 더럽고 악취가 진동하네. 도로와
지하철 곳곳은 온통 공사 중이어서 매번 돌아가야 하고 말이야. 정말
불편해!'

때마침 비까지 내리기 시작했다. 그것도 주룩 주룩.

비도 피할 겸 들어간 레스토랑의 종업원은 불친절하기 그지없었다.
샹젤리제 거리에 있는 유명한 홍합 요리집이었는데, 알 만한
사람들은 다 아는 그런 집이었다. 그런데 자리에 앉아 주문하는데도
한참, 음식이 나오는데도 한참, 다 먹고 계산을 하려는데도 너무
오래 걸리는 거였다. 종업원과 눈이 마주쳐서 "익스큐즈미?" 하고
불러도 무시하고 지나갔다. 이렇게 황당할 수가. 주위를 둘러보니,
프랑스어를 잘 하는 다른 사람들은 계산도 척척 하고 금방 자리를
뜨는 모습이 보였다. '지금 우리가 프랑스어 못 한다고, 동양인이라고
무시하는 거야?' 라는 생각이 들자 화가 나기 시작했다. 지나가는
종업원을 붙잡고 영어로 따졌다. "우리 보다 늦게 온 사람들은 진작
먹고 다 나갔는데, 왜 우리는 30분이 넘도록 계산서를 기다리고
있어야 하죠?"

그랬더니 돌아오는 싸늘한 웨이터의 말,

"지금 바쁜 거 안 보여요? 그만 재촉하시고 갖다 줄 테니 기다리세요"
아, 누가 파리를 아름답다고 했던가.

파리 여행의 마지막 날, 오늘만큼은 즐겁게 보내리라 다짐했다.
루브르 박물관(Musee du Louvre)에서 많은 미술품들을 마음으로
느껴보았고, 노틀담 성당에서 가족을 위해 기도를 드리며 잠시
경건해지기도 했다.
우연히 들어간 어느 거리의 식당에서 훌륭한 스테이크와 샐러드를
맛보기도 했다. 어제보다는 나은 하루였다. 부끄러운 내 마음을
달래주듯 다시 햇살은 따사로웠다.
실수도 있었지만 좋은 기억 또한 많이 남겼으니 다행이었다.
어머니는 여전히 파리가 좋다고 했다. 복잡한 지하철도, 냄새나는
계단도, 조금 불친절한 종업원도 다 파리의 모습이라고. 그래도
미워할 수 없는 파리만의 매력이라고.

여행을 하다보면 가끔 들뜬 기분에 실수를 하기도 한다. 평소에는
조심스러운 성격이었어도 덜렁대며 뭔가를 잃어버리기도 하고, 원래
씀씀이가 크지 않은데도 이번 한 번뿐이라는 생각에 신용카드까지
꺼내들어 몇 달치의 월급을 쓰기도 한다. 한 번 뿐인 여행에 화끈하게
내지르는 게 꼭 나쁘다고만 할 수는 없지만, 그래도 뒤돌아보아
후회할만한 일인지 아닌지는 깊이 생각해볼 필요가 있다.
파리 여행을 끝내고 어머니가 말했다.
"다시는 야바위 하지 말거라"
"네 어머니, 구경도 하지 않겠습니다!"
50유로의 교훈.

Part 05

걸어서
지구 열바퀴

☆

낯선 땅에 도착해 비행기 문을 통과하여 바깥으로 나가는 그 순간, 내 몸을 감싸는 더운 혹은 차가운 공기 그리고 그 나라 특유의 냄새에 아, 내가 이곳에 왔구나 비로소 실감하게 된다. 때때로 축축하거나 텁텁한 냄새에 나도 모르게 미간을 찌푸리게 될지라도 그것은 어떤 면에서 매우 이국적인 향기로 다가온다. 어느 때는 그 느낌마저 미치도록 그리워 어서 빨리 비행기를 타고 어디론가 날아가고 싶을 때가 있다. 낯선 공기, 낯선 바람, 땅의 냄새인지 사람들의 냄새인지 모를 그 나라 특유의 비릿한 향기, 여기저기 뜻 모를 글자들… 그것은 '시작'이다. 나를 설레게 하는 여행의 시작. 알 수 없는 무엇이 기다리고 있는 곳으로 그저 뛰는 가슴을 안고 성큼성큼 걸어 들어가는 일만 남은 것이다. 내 인생이 그러하듯. 그저 용기를 가지고 성큼성큼.

길치,
여행을 사랑하다

나는 충남 아산의 시골 마을에서 자랐다. 20년 넘도록 그곳에서
살았지만 그 단순한 시골길을 아직도 다 외우지 못했다. 동네 길을
아무리 다녀 봐도 외워지지 않고 헷갈리기만 해서 어릴 적부터 '나는
선천적으로 길치인가보다' 라고 생각했었다.

친구가 가게를 개업해 그 곳을 찾아 가는 길이었다. 오랜만에 찾아온
고향이라 그런지 기억이 가물가물한 것이 역시나 한참을 헤매다가
결국 친구에게 전화를 걸어 위치를 다시 물었다.
"동천교회 골목으로 들어오면 된다니까"
"동천교회가……어디더라?"
"너 이 동네 사람 맞니? 모종동에 아고사거리 근처에 있는 거잖아"
"아, 모종동 아고사거리!……가 어디더라?"
결국 두 손, 두 발 다 들고 만 친구는,
"야! 택시 타고 와!"

서울에서 친구와 살 때 일이다. 이사한 첫 날, 깜깜한 밤에 퇴근하고
집으로 돌아가다 결국 집을 못 찾아 25살 다 큰 아가씨가 경찰관

아저씨에게 길을 물었다.

"아저씨... 저희 집 좀 찾아주세요..."

자기 집을 못 찾는 어른이라니.

한번은, 편의점을 앞문으로 들어갔다가 뒷문으로 나오는 바람에 낯선 골목을 보고 당황해 길을 잃은 적도 있었다.

이 정도면 심각한 길치, 방향치. 오죽 했으면 운전 잘 하고 길 잘 찾는 남자가 이상형이었을까.

그렇게 툭 하면 길을 잃는 내가 여행에 빠지기 시작했다.

국내로, 해외로 여행을 다니기 시작하자 어머니는 걱정이 이만저만이 아니었다.

"아이고, 동네도 잘 못 찾아다니는데 그 넓은 데를 어찌 다닌다니"

솔직히 말하자면, 처음에는 여행지에서 혼자 밖에 나가는 게 무섭고 두려웠다. 특히나 영어가 잘 안 통하는 일본이나 중국에서 길이라도 잃는다면? 생각만 해도 앞이 캄캄했다.

그러나 두렵다고 포기할 수는 없는 일.

그때부터 나에겐 작은 버릇이 생겼다. 출발하기 전에 목적지와 가는 과정을 인터넷이나 책으로 꼼꼼히 알아보는 것. 심지어 작은 골목길까지. 그리고 다니면서 지도를 손에서 놓지 않는 것. 내가 제대로 가고 있는 것인지 확인하고 또 확인하면서 길 이름과 이정표를 수시로 체크했다. 처음에는 길을 잃을까봐 긴장한 탓에, 지도가 손에서 난 땀으로 젖어 너덜너덜해지곤 했었다. 남들에게는 누워서 떡먹기인 '길 찾기'가 내게는 긴장과 불안의 연속이었다.

지나는 사람에게 수없이 길과 방향을 물었다. 하루에 대체 몇 명에게 말을 거는지 셀 수도 없을 만큼. 복잡한 길 위에서는 골목이나 간판을 사진으로 남기면서 걸었다. 길을 잃을 순간을 대비해서 말이다.
그러니 남들보다 걷는 속도가 느릴 수밖에.

여행에도 요령이 생기는 것일까. 이제는 제법 지도도 잘보고
목적지도 시원하게 잘 찾는다.

정말 하고 싶은 일에 열정을 쏟아 노력하면 안 되는 일이 없는 것
같다. 천하의 길치인 내가, 간판으로만 길을 외우고 다니던 내가,
이제는 지도 하나만 가지고도 목적지를 척척 찾아가다니. 내가 봐도
인간 승리다.

때론 '인생'이라는 복잡한 도시 위에서 나는 길을 잃을지도 모르겠다.
목적지를 잃거나 혹은 어떻게 가야할지 몰라 방황하거나.
나의 여행이 그랬듯, 떨리는 손에 지도를 쥔 채 앞만 보고 걸을
것이다. 운동화 끈을 조여 매고 다시 길을 나설 것이다. 조금 멀리
돌아가더라도 길 위에서 나는 스스로 정답을 찾게 되겠지. 그리하여
결국에는 두근대는 심장으로 그 곳에 다다를 것이라 믿는다.

DO NOT
ENTER
WRONG
WAY

시간을 잃어버린 마을,
시실리

세계지도에서 이탈리아를 보며 '메이드 인 이태리' 고급 가죽부츠를
떠올리는 건 나뿐인가? 한번 보면 잊을 수 없는 예쁜 부츠 모양의
이태리 지도를 보면, 남서쪽 '부츠 코' 바로 앞에 삼각형의 큰 섬이
있는데 그곳이 바로 '시실리'다.
지중해 위에 자리해있고 아래쪽으로는 북아프리카 튀니지와
마주보고 있다. 여러 나라의 지배를 받으면서 유럽과 아랍의
문화까지 고루 섞여 어디에서도 볼 수 없는 독특한 문화와
생활방식을 볼 수 있는 곳이다.
5일간의 휴가, 그곳에 다녀왔다.

이태리어로는 '시칠리아(Sicilia)'지만, 영어로는 '시실리(Sicily)',
한자로는 '時失里'.
물론 한자 이름이 있을 리 없다. 왠지 몇 년 전 보았던 '시실리
2Km'라는 영화제목이 떠올라 시실리(時失里)라는 한문을 슬쩍 들이대
본다.
시간 시, 잃어버릴 실, 마을 리. '시간을 잃어버린 마을'
고대의 유적을 그대로 품에 안은 오래된 도시 시칠리아와 딱

250

맞아떨어지는 이름. 혼자서 떠나기에 충분히 매력적인 곳이라고
생각했다.

지중해의 태양에 무르익은 열매와 채소는 어쩐지 이태리 본토의
것과는 달라보였다. 섬나라의 최고 산물인 새우나 오징어, 홍합도
그 어디의 것보다 싱싱하고 맛이 좋았다. 거리의 풍경도 더
이국적이었고 사람들도 조금 까무잡잡한 것이, 다듬어지지 않은 거친
부분이 있었지만 분명 순박해 보이는 사람들이었다. 이방인에 대한
호기심이 넘치고 스스럼없이 먼저 다가와 말을 거는 그들의 친화력에
유난히 이 여행에서 많은 사람들을 만날 수 있었다.

혼자였지만 외로울 틈이 없었다.

시간의 조각에서 부서져 나온 것 같은 검은 모래가 에트나산(Etna Mt.)으로부터 쏟아져 나와 마을 전체를 덮었다. 카타니아(Catania)의 오래된 돌길과 도시 곳곳에서 만나는 고대 흔적들. 몇 천 년 전 그 땅에 살았던 사람들의 흔적이 고스란히 현대의 건물과 섞여 그렇게 마을이 되었고, 여전히 사람들은 그 위에 살고 있었다.

타오르미나(Taormina)에서는 해안가의 작은 마을과 미로 같은 골목을 걸었다. 낡은 화덕에서 빵을 굽고 손수 면을 뽑는 식당에 들러 싱싱한 해산물을 얹은 스파게티를 한 그릇 먹고 난 후, 산 중턱에 있는 우체국에 들러 보고 싶은 사람에게 편지를 부쳤다. 거대한 그리스 원형극장에 들어서서 주위를 돌고 또 돌다가 그늘도 없는 돌 의자에 앉았다. 메시나 해협과 먼발치의 에트나산을 바라보며 시실리를 한눈에 담았다.

모서리가 깨진 우툴두툴한 돌을 손으로 매만져 보았다. 마모되고 낡아 부서져도 이것마저 시실리의 매력이고 낭만이었다. 먼지가 쌓이고 부식이 되어도 그것마저도 순리라 여기며 받아드리지 않는가. 기원전 395년에 세워진 이 낡은 극장에서 21세기를 살아가는 사람들은 아직도 공연을 연다. 2,400년 묵은 이곳이 새로운 시대를 거부하지 않는 것인지, 저들이 시간을 거스르는 것인지 알 수가 없었다.
이곳은 어쩌면, 정말로 시간이 멈춘 곳인지도 모르겠다.

JASMIN

시디부사이드,
쟈스민 향기 가득한 북아프리카의 산토리니

북아프리카에 위치한 튀니지(Tunisia)의 수도 튀니스(Tunis)는 내가
좋아하는 여행지 중 한 곳이다. 지중해를 사이에 두고 이탈리아를
마주하고 있는 나라로 따뜻한 기후와 빼어난 자연경관을 간직한
아름다운 곳, 그 중에서도 언덕에 위치한 작은 마을 '시디부사이드(Sidi
Bou Said)'는 마치 그리스의 산토리니를 연상시킨다. 집집마다 칠해진
하얀 담벼락과 아치형의 파란 대문이 상당히 매력적이다. 언뜻 보면
다 같은 파란 문 같지만 사실 똑같이 생긴 모양은 하나도 없다.
줄무늬가 들어가거나 쇠붙이가 붙어 있는 등 제각각의 멋을 내고
있다. 이곳에는 세 가지 '블루(blue)'가 있는데 바로 파란 바다, 파란
하늘, 파란 대문이다. '튀니지안 블루'는 바로
여기에서 나온 말이다.

바다가 내려다보이는 언덕 위의 마을은 둘
중 하나였다.
눈이 부시게 하얗거나, 눈이 부시게
파랗거나.
알베르 카뮈, 생텍쥐베리 같은 프랑스의

대문호들과 파울클레, 고흐 등의 예술가들이 즐겨 찾았다는 역사 깊은 '카페 드 나트(Cafe des nattes)'에 들렀다.

그들은 아름다운 '시디부사이드'를 발 아래 두고 차 한 잔을 음미하며 작품을 만들었다고 한다. 250년의 역사를 가진 카페답게 오래 묵은 향기가 느껴졌다. 우리나라의 평상처럼 신발을 벗고 돗자리에 앉아 차를 마시며 한나절을 보내도 좋을 듯했다. 나도 수많은 예술가들이 그리하였던 것처럼 영감을 받아볼까 싶어 튀니즈식 민트차를 주문했다. 잣이 한 움큼 들어가 있는 달큰한 찻잔 주변으로 민트향이 은은하게 퍼졌다.

가게 구석구석 걸린 예술인들의 흑백 사진들을 구경하고 있는데 가게 주인이 다가와 어디서 왔는지, 며칠을 지낼 것인지 묻는다. "코레아?

코레아?" 라고 하며 반색하더니 전통 파이를 만들었다며 한 조각
내주었다. 무척 달아 입맛에 썩 맞진 않았지만 주인의 정성을 생각해
맛있게 접시를 비웠다.

카페 왼편에는 밤바로니(Bambaloni)라는 도넛을 파는 가게가
있다. 즉석에서 기름에 튀겨 설탕을 발라주는데 싸고 맛이 좋아
'시디부사이드'에 들를 때 마다 꼭 사먹는 간식이다. 달콤한
밤바로니를 입에 물고 여느 때처럼 골목 탐사에 나섰다.
하늘빛을 담은 접시와 파란 새장을 파는 기념품 가게를 지나면 흰
머리의 할아버지가 쓱쓱 썰어주는 '샤와르마(아랍식 케밥 햄버거)'
가게가 나온다. 아이스크림 가게와 그림을 파는 가게까지 꼼꼼하게
들러 이것저것 참견을 하며 걷자니 속도가 더디다.
그때, 골목 어귀에서 한국말을 유창하게 하는 어느 아랍 청년을
만났다. 2년 동안 한국에서 학교를 다녔다는 그는 한국 이름까지
가지고 있었다. 내가 한국 사람인 것을 한눈에 알아보고 달려와 말을
걸었던 것. 이제 그는 중국어를 배우기 위해 중국으로 갈 거라고
했다. 왜 동양의 언어를 배우려고 하는지는 굳이 묻지 않았다. 그저
반가움에 함께 사진을 찍고 이메일 주소를 주고받은 후 작별의
인사를 나눴다. 여행이 설레는 이유는 이렇게 예기치 못한 만남이
있기 때문이 아닐까.

시디부사이드 골목에는 바구니를 들고 자스민꽃을 파는 행상을
자주 볼 수 있는데, 이 곳 남자들은 마음에 드는 여자를 만나면
자스민꽃을 준다고 한다. '이걸 내 손으로 사? 말아?' 고민하고 있던
찰나, 지나가던 한 튀니지안 남자가 내게 꽃을 사서 건네주었다. 그의

옆에는 여자친구가 다정히 그와 팔짱을 끼고 있었다. 다른 어떤 뜻이
있는 게 아니라 단순히 여행객을 위한 환대였다.

그윽한 꽃향기는 하루 종일 나를 따라다녔다. 저녁이 되자 꽃이 활짝
피었고 향기는 극에 달했다. 무언가 슬픈 전설이 숨어있을 것 같았던
꽃 한 송이는 그렇게 온 방안을 향기로 채우더니 밤사이 시들어버렸다.
지금도 '시디부사이드'의 골목길을 떠올리면 자연스레 자스민의 향기도
내 기억에 스며든다. 튀니지의 향기가 되어버린 것이다.

다음날, 조금 더 느긋한 마음으로 여유를 부려보려고 책을 한 권
가지고 다시 '시디부사이드'의 골목으로 향했다. 골목 끄트머리에
자리한 또 하나의 카페, '카페 드 델리스(Cafe des delices)'.
'카페 드 나트'가 오랜 전통을 가진 곳이라면, 이곳은 넓은 규모와
깨끗한 인테리어가 돋보여 젊은이들이 많이 찾는 곳이다. 특히 절벽
위에 지어진 덕에 에메랄드빛 지중해가 내려다보이는 좋은 전망을
가지고 있다.
야외 테이블에 앉아서 에스프레소만큼이나 진한 튀니지안 커피를
주문했다. 고양이가 담벼락 아래서 낮잠을 자고, 바다 위 요트마저
흔들림 없는 오후 1시. 이글거리는 지중해의 태양 아래 쓰디쓴
커피는 식을 줄 몰랐고, 볼에 스치는 파란 바람을 맞고 있으니 프랑스
문인 '앙드레 말로'의 말이 떠올랐다.

'시디부사이드, 하늘과 땅과 바다가 하나가 되는 곳'

파란 바다 위로 파란 바람이 지나면, 어느 샌가 나의 마음도 파란
마음이 되어 세상을 더 넓고 아름답게 볼 수 있을 것만 같았다.

'쉼' in Maldives

꿀 같은 휴가를 얻어 어머니와 함께 날아간 곳은
몰디브(Maldives)였다. 직원 할인 티켓이었기 때문에 비행기가 만석이
되어 탑승하지 못할까봐 조마조마했던 순간도 있었지만, 우여곡절
끝에 우리는 무사히 비행기를 탔고 몰디브에 도착했다.
몰디브 여행의 작은 팁 하나, 비행기 창가 쪽에 앉는 게
좋다. 몰디브는 산호섬이어서 섬 주변으로 에메랄드 색의
라군(lagoon:석호)이 형성되어 있기 때문에 하늘 위에서 바라보는 게
훨씬 멋지다. 이착륙 시 비행기 차창 밖으로 섬보다 더 아름다운 푸른
우윳빛 라군을 감상할 수 있다.

몰디브는 1,200여 개의 산호섬으로 이루어져 있는데 200여 개만이
유인도(有人島)이다. 각각의 섬으로 이동할 때는 스피드 보트나
경비행기를 이용한다. 크고 작은 섬마다 리조트가 하나씩 있고,
이용객들은 섬을 제 것처럼 마음대로 이용할 수 있다. 우리가
머물렀던 섬은 전체를 한 바퀴를 도는데 30분 정도밖에 안 걸리는
아주 작은 섬이었다. 섬 뒤쪽에는 바위와 거친 파도가 넘실대고 물
위에 지어진 워터 방갈로가 줄지어 있다. 섬의 앞쪽은 파도가 비교적

잔잔하고 고운 모래사장이 있어 사람들은 이곳에 주로 자리를 펴고 눕는다. 어머니와 나는 사람이 없는 곳을 골라 다니느라 섬의 동쪽과 서쪽을 오가며 자리를 폈는데, 덕분에 해변 하나를 전세 낸 듯 아무도 없는 야자수 밑에서 오후 한나절을 보내기도 했다.

바람과 돛으로만 가는 윈드 보트를 타고 바다 한가운데 나가보았다. 연료도 없이, 키도 없이 가고픈 방향으로 씽씽 달리는 보트가 신기했다. 배의 속도가 생각보다 빨라 떨어지지 않으려면 배의 끄트머리를 손으로 꼭 쥐고 있어야 했다. 바닥이 보일정도로 투명했던 바다색이 점점 짙어지더니 금세 시퍼런 깊은 바다까지 도달했다. 이 밑으로 끝도 없는 심해가 펼쳐져 있다고 생각하니, 해변의 모래사장에서 발을 담그며 바라보던 아늑한 바다와는 또 다른 느낌이었다. 망망대해(茫茫大海). 주위에 아무 것도 없고 시퍼런 바다에 거친 파도만 넘실대니 아찔한 생각도 들었다.

그때 배를 몰던 현지인 청년이 갑자기 손가락으로 바다 한가운데를 가리켰다. 우리와 불과 10미터 떨어진 곳에 거대한 검은색 물체가 물밑에서 보였다.
'꺄악~ 저게 뭐야? 상어? 고래? 괴물?'
우리가 타고 있던 배의 돛만큼이나 크고 넓적한 그것은 다름 아닌 가오리였다. 현지인의 말에 따르면 희귀한 여러 종류의 만타레이스(Manta Rays:초대형 가오리)가 이곳에 서식하고 있는데 오늘 본 저 놈은 크기가 꽤 큰 편이라고 했다. 저렇게 거대한 것을 보았으니 당신들은 정말 운이 좋은 거라고 했다.
'와 정말? 앗싸 가오리'

바다 한가운데에 배가 멈추고 스노클링 장비를 장착한 후 바닷속으로
뛰어들었다. 물속으로 얼굴만 쏙 담갔을 뿐인데 마법처럼 또 다른
세상이 펼쳐졌다. 작은 물고기들 수 십 마리가 하나같이 떼를 지어
행군하고, 줄무늬가 들어간 노란색 열대어 그리고 파란 몸에 꼬리만
노란 녀석도 보였다. 그때 긴 무언가가 내 옆을 지나갔다. 뱀인 줄
알고 놀라서 잠시 발버둥을 치다가 자세히 보니 장어와 비슷한
물고기였다. 가오리 보고 놀란 가슴 장어 보고도 놀랐다.
물 속은 생각보다 깨끗해 멀리 지나가는 요상하게 생긴 물고기들과
바다 아래로 이어지는 산호들도 선명하게 보였다. 물고기들이 떼를
지어 내게로 오다가 금세 방향을 바꾸더니 도망을 가기도 했고, 내가
무섭지도 않은지 작고 귀여운 열대어들이 내 팔을 스쳐지나가기도
했다. 아름다운 용궁이 있다면 이런 장면이지 않을까 생각해보았다.

바닷가 여행의 작은 팁 하나, 수중 카메라를 챙기자. 필름이 들어가는
저렴한 방수 카메라도 있고, 일반 디지털 카메라에 사용할 수 있는
방수팩도 있다. 물 속의 또 다른 세상을 사진으로 남길 수 있다.

다시 윈드 보트에 몸을 싣고 벌러덩 누워 달리는 구름을 바라보며
섬으로 돌아왔다.

호텔방으로 사용되는 빌라들과 야자수, 나이를 가늠할 수 없는
커다란 고목 그리고 파도 소리. 그게 전부인 섬이었다. 이 섬이
가지고 있는 고요함과 평화로움이 좋았다.
아침 일찍 일어나 섬을 산책하고 바닷가에서 한가로이 물놀이를 하고
책을 읽다가 낮잠을 자며 시간을 보냈다. 어슴푸레 해가 지면 노을을

감상하며 저녁을 먹고 리조트에 마련된 공연을 감상하며 그렇게
특별하게 하는 일 없이 며칠을 보냈다. 완벽하게 '쉬는 일'에만 집중할
수 있었던 휴가였다.
나의 지난 일상이 여유롭기만 했다면 깨닫지 못했을 '아무것도 하지
않는 휴식'의 소중함. 내일 모레, 나는 다시 출근을 하고, 브리핑을
하고, 비행을 하고, 근무평가를 받는 시험을 봐야함을 알고 있기에
오늘의 이 지루하고 느린 일상이 더없이 소중했다.

몰디브에서의 마지막 밤. 어머니와 조금 더 특별한 시간을 보내기
위해 빌라 1층 마당에 그릴 장비를 준비했다. 숯으로 불을 피워 갓
잡아 올린 물고기와 커다란 점보새우 그리고 옥수수와 감자를 구운
후 맥주를 준비했다. 노오란 백열등 아래 나름 푸짐한 저녁상을
차리고 어머니와 마주앉아 건배를 했다.

엄마, 오늘을 잊지 말기로 해요.
다시 바쁘고 힘든 일상이 찾아와도, 우리 눈과 마음에 담았던
아름다운 풍경과 바다 위를 달리던 작은 윈드 보트, 행운의 상징
가오리를 기억하기로 해요. 예쁜 줄무늬의 노랑 물고기와 우리 함께
바라보았던 주홍빛 노을과 따뜻한 만찬을 기억하기로 해요.
그러면 우리는 더 행복해질 거예요.

공기 중에 흐르던 부드러운 바람과 이웃 빌라에서 들리는 사람들의
정겨운 웃음소리가 몰디브의 마지막 밤을 더 따스하게 만들어주고
있었다.

홍등이 아름다운 마을,
지우펀(九份)

대만에 도착하자마자 제일 먼저 찾은 곳은 '스린
야시장(士林夜市)'이었다. 사실 내가 야시장에 간 이유는, 없는 것
빼고 다 있는 시장구경과 사람구경을 하려던 것도 있고 시장에서만
맛볼 수 있는 길거리 음식을 섭렵하기 위해서였다. 길거리 음식이
풍부한 대만. 대만의 길거리 음식은 모양과 냄새가 우리나라의 것과
비슷하지만 맛은 전혀 색다른 풍미를 지니고 있다.

갓 튀겨낸 넓적한 치킨 위에 매콤한 가루를 뿌려주던 '지파이(雞排)'의
맛은 지금도 잊을 수 없는 맛 중 하나다. 또 다른 가게에서는 새로운
것에 도전해보겠노라 두 팔 걷어 붙이고 용감하게 초두부(썩힌 두부)를
주문했지만, 나의 미천한 입맛은 드높은 도전 정신을 따라오지
못했다. 한 입 먹고 포기. 외국인이라고 넉넉하게 퍼주신 아저씨께
미안한 마음이 들었다. 혀에 남아 있는 초두부의 향을 지우기 위해
버블티인 '쩐주나이차(珍珠奶茶)'를 쪽쪽 빨면서 다시 시장 구경에
나섰다.

어느 나라를 가든 시장구경은 언제나 재밌다. 전혀 다른 언어로 전혀
다른 물건들을 팔고 있지만, 바쁘게 움직이는 장사꾼들의 손놀림이나
물건 값을 흥정하려는 여인네들의 표정은 어딜 가나 같으니 말이다.

시장이란 곳은, 지극히 평범한 삶을 살아가는 사람들의 온기와
땀방울을 만날 수 있는 곳이다.

다음날은 기차를 타고 좀 더 먼 곳으로 가보았다. 한 시간 반쯤
달리니 해안가 근처 산 중턱에 큰 마을이 하나 나왔다. 끝없이
하늘로 뻗어 있는 계단과 붉은색 등이 인상적인 '지우펀(九份)' 이라는
곳이었다.
구불구불한 좁은 길을 따라가면 음료수, 꼬치, 과자 등 온갖 길거리
음식과 아기자기한 소품 가게들이 즐비하다. 구경하랴, 먹으랴, 사진
찍으랴, 신기한 물건들 손에 쥐고 살까말까 고민하랴 좀처럼 속도가
안 난다.
높은 언덕 '거딩'에 올라 깊이 자리한 작은 찻집에 들어갔다.
오래된 나무의 냄새와 책 냄새가 가득한 공간에 주인 노부부가
앉아있었는데, 손님들이 오고가는 것을 신경 쓰지 않는 듯 보였다.
화장실을 물어봐도 손가락으로 알려주고, 차를 주문해도 대답 없이
고개를 끄덕일 뿐이었다. 불친절함에 내심 불편했던 마음은 찻잔을
받아 한 모금 넘기고 나니 깨끗이 사라졌다. 꿀맛 같은 차였다. 이런
기가 막힌 차를 만들어내는 장인이라면 조금 무뚝뚝해도 괜찮다
싶었다.
따끈한 차 한 잔을 앞에 두고
야외 테라스에 앉아 해가 질
때까지 바깥 경치를 감상했다.
우리가 올라왔던 작은 길이
까마득히 내려다보이고, 멀리
굽이굽이 펼쳐진 산자락과

바다가 어우러져 한 폭의 산수화를 연상케 했다. 어둠의 깊이가
농익을수록 홍등(紅燈)의 채도가 점차 선명해지고 있었다.

다시 길을 나서 마을의 꼭대기까지 올라가보았다. 지붕 위에는
고양이들이 제 집인 양 도도한 자태로 우리를 바라보고, 창 너머로
보이는 지우펀의 주민들은 나와 같은 여행객의 삶과는 상관없다는
듯 심드렁한 표정으로 대문 앞을 청소하고 홍등을 고쳐 달고 있었다.
그들에게는 지겨우리만치 평범한 일상, 그 속에서 나는 진한 감동을
받고 있었다.

내려가는 골목길은 대만의 정서가 고스란히 녹아있는 어느 옛
시대를 걷는 듯한 느낌이 들었다. 동그랗고 붉은 등불들이 수줍은
동백꽃잎처럼 처마 밑에, 창가에 촘촘히 피어 골목길을 비춰주니
달빛이 무색할 정도다. 꿈을 꾸는 듯 발걸음마저 사뿐해진다.

마을 전체가 폭 안길 듯 넉넉했던 산자락과 바다 위를 운치 있게
수놓았던 해무, 수 백 개의 계단과 홍등, 그리고 우리를 실었던 낡은
기차.
지금도 떠올리면 마음이 따뜻해지는 '지우펀'의 단상들이다.

물과 유리와 가면의 도시,
베네치아

세계에서 가장 아름다운 도시 혹은 물과 유리, 가면의 도시,
베네치아. 118개의 작은 섬들이 400개의 다리로 이어져 있고 곳곳의
크고 작은 177개의 운하들은 베네치아의 운치를 더해 여행자들의
마음을 사로잡는다. 주차장과 길목 역할을 하는 나무 기둥이 물
속에 박혀있고, 그 사이로 베네치아 사람들의 자동차이자 택시이고
자전거인 '곤돌라'가 줄지어 매여 있다. 좁다란 골목마다 아기자기한
상점이 있고, 벽마다 내어져있는 작은 창문들에는 꽃이며 빨래가
햇살을 반사하며 지나는 사람에게 더없이 인간적이고 따뜻한 감성을
전해준다.

베네치아의 가면(假面), 그 안에는 숨겨진 이야기가 있을 것만 같다.
신분을 감추고 더 자유로운 몸짓을 꿈꾸던 어느 여인의 슬픈 이야기
같은…
친구와 첫 베네치아 여행을 계획하면서 꼭 멋진 가면을 하나
장만하리라 생각했었다. 골목을 누비며 수많은 상점을 이리저리
둘러보았는데 마음에 쏙 드는 가면이 없었고 있더라도 어김없이
값이 비쌌다. 그러던 중 검정색 깃털이 풍성하게 달린, 화려한

느낌의 은빛 가면 하나를 발견했다. 부드러운 눈매와 콧날 그리고
풍겨지는 그윽함이 마음에 들어 손으로 만지작거리고 있는데, 옆에
있던 친구가 그 은빛 가면을 포함해 검정색, 금색 가면 중 어떤 게
가장 예쁜지 내게 물었다. 아무리 봐도 이 은빛 가면이 가장 괜찮은
것 같다고 말하자, 친구는 "그럼, 나 이거 살래" 라고 하며 가면을
덥석 집어 계산을 해버리는 게 아닌가. 가게에 있는 가면들은 모두
아주머니가 직접 그림을 그리고 깃털을 붙여 손수 만든 것들이라,
그것과 똑같은 모양의 가면이 더 이상 없었다. 하나 남은 가면을 눈
앞에서 빼앗긴 기분이었다. 황당하긴 했지만 어쩌랴. 먼저 계산한
사람이 임자인 것을. 씁쓸한 마음으로 할 수 없이 다른 가게에 들어가
전의 것보다 조금 못한 은색 가면을 한 개 구입했다.

베네치아의 여행을 마치고 밀라노로 돌아오는 길, 친구가 내게 봉투
하나를 내밀었다. 우리의 우정을 대신하며 그리고 베네치아 여행을
기념하며 주는 작은 선물이라고 했다. 열어보니 그 안에는 내가 갖고
싶어 했던 검은 깃털의 은빛 가면이 들어있었다. 친구는 내가 가장
갖고 싶어 하는 것을 선물로 주고 싶었다고 했다. 난 그것도 모르고
내가 맘에 들어 한 물건을 가로채갔다고만 생각했다니. 미안하고
고마웠다.

그렇게 해서 내 방 벽에 걸려지게 된 깃털가면만큼이나 베네치아의
기억에 먼지가 쌓이고 아득해져 가던 어느 날, 다시 베네치아로
떠났다. 4년만이었다.
이번에는 유명한 싼마르코 광장이나 리알토다리가 아닌, 주변의 작은
섬들을 천천히 돌아보고 싶었다. 수상버스 '바포레또(Vaporetto)'를

타고 무라노섬(Murano I.)으로 향했다. 유리 공예품 공방이 몰려있는 무라노섬. 들어서자마자 커다란 공장에서는 한 노인이 기다란 쇠파이프에 바람을 불어 유리를 부풀리더니 다시 불가마에 넣어 모양을 잡고 있었다. 활활 타오르는 가마 앞에서 땀을 뚝뚝 흘리며 밀고 누르고 돌리자 금세 예쁜 유리컵 하나가 완성됐다. 구경하던 사람들의 박수소리가 터져 나왔다. 장인의 손에서 만들어진 아름다운 유리를 통해 바라보는 세상은 왠지 더 맑고 빛날 것 같았다.

다시 배를 타고 옮긴 곳은 부라노섬(Burano I.). 부라노섬의 상점에는 테이블보, 장식용 벽걸이, 레이스 앞치마 등 수작업으로 만든 레이스 공예품들로 꽉 차있었다. 천천히 걸어도 두 시간이면 돌아볼 수 있는 부라노섬은 알록달록한 건물의 색이 인상적이었다. 빨주노초파남보 그리고 다시 나누어지는 연분홍과 연보라와 민트색. 건물이 담을 수 있는 모든 색이 이곳에 있는 것 같았다. '내 집을 갖게 되면 나도 이런 색을 칠해볼까?' 하는 욕심이 나기도 한다.

272

젤라또를 하나 입에 물고 작은 다리에 올라 긴 운하를 바라본다. 작은
배들이 촘촘히 떠있고 양 옆으로는 색색이 아름다운 집들 그리고
누가 보든 말든 상관없이 아무렇게나 널어놓은 마른 수건과 침대보가
바람에 이러 저리 펄럭이면 나는 부라노섬에 흠뻑 정이 들고 만다.

마지막으로 리도섬(Lido I.)에 들러 아드리아해를 배경으로 저녁
노을을 보고 있으니 주체할 수 없이 이곳이 좋아져 그만 슬퍼지기도
했다.
좁은 수로 사이사이를 곤돌라 뱃사공의 노래에 흥을 맞추며 지나고
있노라면, 수정처럼 맑은 유리구슬에 마음을 빼앗기고 신비로운 그
가면 너머의 사람에게 사랑에 빠질 것만 같은 곳 베네치아. 슬픈
운명을 타고나 곧 없어진다 하더라도, 꿈처럼 펼쳐지는 물의 도시의
아름다움을 향한 그리움은 사라지지 않을 것이다.

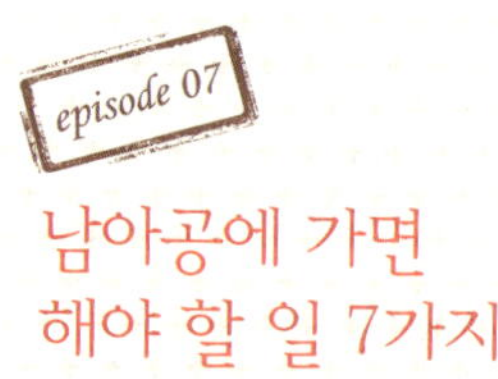

남아공에 가면
해야 할 일 7가지

🍁 넬슨만델라 아저씨 만나기

남아공(남아프리카 공화국) 요하네스버그에 가면 '넬슨만델라 스퀘어'가
있다. 커다란 쇼핑몰과 식당이 많아 한나절 시간을 보내기에는 딱 좋은
장소. 무엇보다 눈에 띄는 것은 광장 안에 떡 하니 서 있는 엄청난 크기의
넬슨만델라 동상이다. 동상이 비정상적으로 얼굴이 작고 다리가 길어서 처음
보면 좀 웃기지만, 지나는 사람마다 그 다리를 붙잡고 사진을 찍기에 여념이
없다. 옆에 서면 내 머리가 동상의 무릎쯤 닿고 손을 뻗어봐야 허벅지다.
그래서 다들 다리를 부여잡고 찍는가보다. 그 동상은 넬슨만델라라는
인물이 이 나라에서 얼마나 중요한 존재인지 상징적으로 보여준다. 그는
남아프리카공화국 최초의 흑인 대통령이었고 소수의 백인들이 지배하던
그곳에서 인종차별을 없애고 평화와 민주화를 위해 평생을 싸운 인물이었다.
여전히 국민들의 신임과 존경을 받고 있는 넬슨 아저씨의 다리를 부여잡고
요하네스버그 인증 샷을 찍어보자.

🍁 청정 초원에서 자란 무공해 소고기 맛보기

남아공 특히 요하네스버그 비행이 나오면 벌써부터 배가 고파진다. 그곳에
가면 열이 먹다가 열이 죽어도 모를 맛난 스테이크가 있기 때문에!

'The Butcher Shop & Grill', 한쪽에는 정육점처럼 고기 덩어리들이 주렁주렁 걸려있고, 한쪽에서는 갖은 종류의 스테이크들을 파는데 그 고기 맛은 단연 일품! 입에서 녹는다는 표현이 딱 맞다. 남아공산 와인도 맛이 좋으니 함께 곁들여도 좋다. 이곳과 쌍벽을 이루는 라이벌 집이 바로 맞은편에 있으니 이름하야 'TRUMPS'. 공짜로 나오는 샐러드가 특이하고 맛있다.

바이오 오일 사기

전 세계 여성들에게 사랑받고 있는 바이오 오일(Bio-oil). 건조한 피부나 흉터에 바르면 좋다고 소문난 기적의 오일(?). 한국에서는 비싸지만 남아공이 원산지이기 때문에 남아공에선 훨씬 싸게 구입할 수 있다.

마트에서 루이보스티 쓸어오기

남아공에서 유명한 차를 꼽으라면 바로 '루이보스(Rooibos)'. '픽앤페이(Pick & Pay)'같은 슈퍼마켓에서 손쉽고 저렴하게 살 수 있다. 그 중에서도 내가 가장 좋아하는 브랜드는 장미꽃이 다섯 개 그려진 'Five Roses'. 루이보스는 노화를 늦춰주는 항산화제 성분이 있고 불면증과 두통, 알레르기에 좋다고 한다. 세련된 차의 느낌은 아니지만 구수하고 그윽한 향이 나는 남아공의 천연 루이보스티를 맛보자.

아프리카 마을 체험 및 전통 공연 보기

호텔이나 민박집에서 다양한 투어상품들을 안내받을 수 있다. 아프리카 소수민족을 직접 만나 전통을 체험하거나 다양한 전통공연을 볼 수 있다. 지역 음식도 맛 볼 수 있는 좋은 기회.

🍁 아프리카 목각인형 사오기

동네 어귀마다 토산품을 파는 벼룩시장이 있다. 아프리카 초원이나,
동물들이 그려져 있는 생활용품, 전통악기 등 여러 종류가 있지만 내가
가장 좋아하는 것은 옛 부족들의 모습을 형상화한 목각인형이다. 거친 듯
부드럽게 깎인 나무의 느낌이 매력적이다. 집 안 인테리어를 아프리카
느낌이 물씬 나는 와일드한 분위기로 꾸미고 싶다면 이만한 아이템이 없다.

🍁 아기 사자 만나러 가기 & 조금 더 용기가 있다면 어른 사자 만나러 사파리로
     떠나기

아기 사자를 직접 보고 만져볼 수도 있는 라이온 파크는 언제나 인기 코스.
아기 사자라고 해서 작은 강아지 크기를 상상했지만 실제로 만난 그들은 큰
개만 했다. 발도 얼마나 큰지, 자고 있는 아기 사자 곁에서 얼굴을 들이밀고
사진을 찍다가 잠결에 휘두른 발에 냅다 따귀를 맞았는데 그 충격이 꽤
컸다. 예상치 못한 반격에 놀라서 멍하니 있는데 주위의 외국인들은 폭소를
터뜨리며 말했다. "사자한테 따귀 맞은 사람은 당신이 처음일겁니다"
이곳 외에도, 남아공에는 아프리카 최고의 동물보호구역인 '크루거 내셔널
파크(Kruger National Park)'나 요하네스버그에서 가까운 '필라네스버그
내셔널 파크(Pilanesberg National park)' 등 크고 작은 사파리가 많다.
거리와 시간을 따져서 한 곳을 골라 가보자. 아프리카의 빅 파이브(Big
Five:표범,사자,물소,코뿔소,코끼리)뿐만 아니라 수 천여 종의 동물들을 가까이에서
만날 수 있다. 동물의 왕국 속, 진짜 아프리카로 떠나는 거다.

@ Belgium. Brussels

@ South Africa

@ Thailand. Bangkok

@ Qatar. Doha

@ Seychelles

@ Tunisia

@ Qatar. Doha

@ USA. Seattle

@ USA. San Francisco

@ USA, New York

@ USA, New York

@ Italy, Venezia

@ USA, New York

@ USA, New York

@ Spain, Madrid

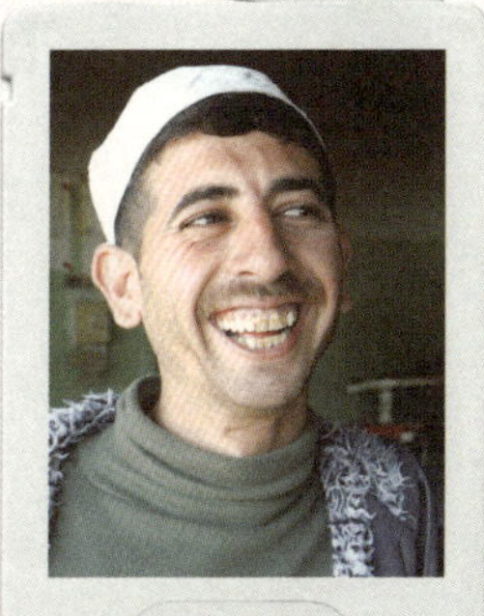

@ Jordan, Amman

@ Jordan, Amman

@ Sweden, Stockholm

혼자 떠나기

누군가 말한다. 어차피 인생은 혼자 왔다 혼자 가는 것이니 외로움에
익숙해져야 한다고. 또 누군가는 말한다. 인간은 혼자서는 절대 살 수
없는 동물이라고. 과연 어떤 말이 맞을까.
서로 사랑하며 더불어 사는 것이 인간이지만 때로는 그 속에서
느껴지는 짙은 외로움은, '혼자' 이겨내야 하는 것. 이것이 정답
아닐까.
누군가와 정을 나누며 함께 살아가는 법도 배워야하지만, 누군가의
도움 없이 혼자 일어서야 할 때 분명 자신과의 외로운 싸움에서
이겨야한다.
중요한 것은, 혼자 있어야 할 때와 함께 있어야 할 때를 아는 것.
누군가 영원히 나를 사랑해주고 돌봐줄 것이라는 생각은 하지
않는다. 그렇기에 난 가끔 혼자 있는 것에 익숙해지는 연습을 하기도
한다. 실제로 그런 시간이 닥쳤을 때 어찌해야 할 지 몰라 혼란에
빠지는 일이 없도록.

가끔은 혼자 길을 걷는다. 혼자 밥을 먹기도 하고, 혼자 음악을
들으며 공원에 앉아서 하루 종일 말도 없이 생각에 잠기기도 한다.

488 MI.
DRY TO
DRY TORTUGAS
MIAMI 70 MI.
HONOLULU
GUANTANNAMO 520 MI
NASSAU 281 MI
NEW ORLEANS 630 MI

궁상이라기보다 사색이라고 표현하고 싶다. 그냥 종일 그러고 싶은
날이 있다. 꼬리에 꼬리를 물고 생각들이 이어지다보면 과거를
주책없이 떠올리기도 하고, 현재의 내 모습을 떠올려보기도 하며,
'내 일(work)의 내일(tomorrow)'을 구상해보기도 한다. 분명 필요한
시간들이다.

지금껏 딱 세 번 혼자 여행을 해보았다.
'여자가 혼자 여행을 가도 될까?' 사실 겁도 많아서 막상 계획을
세우면서도 떠나기 직전까지 두려움에 떨기 일쑤지만 막상 다녀오면
'그래 하길 잘했어' 라는 생각이 든다. 사람들과 휩쓸려 다니며
정신없이 한 여행들보다 더 고요하고 숙연했다. 덕분에 사소한
순간까지도 사진처럼 또렷이 머릿속에 각인되어 남는다.

첫 여행은 제주도, 두 번째는 이탈리아의 시칠리아 섬, 세 번째는
체코의 프라하였다.
내가 첫 여행지인 제주도로 떠났을 때는 일과 사람에 지쳐
도피쯤(?)으로 바람을 쐬러 갔었다. 그런데 괜히 사람들이 나만
쳐다보는 것 같고 '저 여자는 친구도 없어 혼자 여행을 왔나' 라고
생각할까봐 창피하기도 했다. 그 여행을 마치고 한결 자신감을
얻었다.
시칠리아 섬에서는 길 위에서 많은 사람들을 만나 이야기를
나누었다. 생각지도 못한 낯선 이들이 들려주는 진솔한 삶의
이야기는 감동스럽기까지 했다.
한편, 프라하에서는 식당에서 "○○주세요" 라는 말 외에는 며칠 동안
입을 열 일이 거의 없었다. 내가 살면서 그 동안 이렇게 입을 다물고

며칠을 보낸 적이 있었던가. 불필요한 주제를 가지고 불필요하게
많이 떠들면서 살아온 것은 아닌가 생각해 보기도 했다. 프라하의
여행은 행복하고 아름다웠지만 한편으론 외로웠다. 괜히 핸드폰을
뒤적뒤적하며 친구들의 이름을 보기고 하고 그러다 엽서 몇 장을
사서는 그들에게 편지를 썼다. '보고 싶다'고.

사실 여자 혼자서 하는 여행은 말처럼 호락호락한 게 아니다. 여행의
계획과 준비를 처음부터 끝까지 모두 혼자 해야 하고 비행기에
오르는 길에도, 숙소를 찾아갈 때도, 식당에 들어가 밥을 먹을 때도,
옆에 아무도 없다. 사진 속에서만 보던 장관을 드디어 만나 '와!' 하며
감탄을 할 때도 누구 하나 그 감격스러운 마음을 함께 나눌 이가 없는
것이다. 밤길도 혼자 걸어야 하고, 길을 잃거나 물건을 잃어버려도
모두 혼자서 해결해야 한다. 숙소에 돌아와 지친 몸을 뉘어도
말동무가 되어줄 사람도 없고, 여행이 끝나 집에 돌아와 사진을
뒤적여 봐도 온통 나 혼자 찍은 사진들뿐이니, 사실 신나고 흥분되는
짜릿한 느낌의 여행은 아니다.

그럼에도 왜 사람들은 혼자서 여행을 떠날까.
완벽한 '혼자임' 때문이 아닐까. '철저히 혼자'라는 뜻은 '철저히
자유롭다'는 뜻도 되므로.

혼자만의 여행에는 두려움과 설렘이 공존한다.
조금의 두려움과 외로움은 나를 더 강하게 만들어주고, 더 없는
자유로움은 내가 살아있음을 느끼게 해 준다. 요동치는 나의 심장을
느낀다. 멈추고 싶을 때 멈추고 다시 발을 떼고 싶으면 떼면 된다.

힘들면 주저앉으면 되고 다시 힘을 얻으면 툭툭 털고 일어나면 그만.
'이런 것들을 내가 못 보고 죽을 뻔 했구나' 하는 자연의 위엄 앞에서
잠시 숙연해지기도 하다가, 얼굴을 스치는 바람 한 줄기에는 문득
고향에 계신 부모님의 얼굴이 떠올라 코 끝이 찡해지기도 한다.
까를교 밑 카페에서 맥주 한 잔을 놓고 해가 질 때까지 몇 시간을
기다리다 바라보았던 그 밤의 야경과 타오르미나에서 꺾어질 듯한
절벽 아래로 바라다 본 눈부시게 새파랗던 바다, 그 황홀함을 지금도
잊지 못한다. 두려움과 설렘이 만들어주는 묘한 감동을 잊지 못한다.

그 누구도 상상할 수 없을 것이다. 직접 혼자 떠나보기 전까지는.

라스베가스에서의 꿈

반짝거리는 수천 개의 불빛들이 눈을 자극하는 곳, 화려함과
즐거움의 극치를 경험할 수 있는 '라스베가스(Las Vegas)'에 갔다.
우리가 묵었던 호텔은 영화사 이름으로 유명한 MGM. 사자가
트레이드 마크여서 그런지 호텔 1층 로비 유리벽 안에는 사자 가족이
살고 있었다. 라스베가스에는 수없이 많은 호텔들이 있고 각 호텔
1층에는 대개 카지노가 마련돼 있다. 카지노 입장에는 제한이 없어
여러 호텔을 돌아다니며 카지노를 경험할 수 있다.
우린 베네치안 호텔 인공호수에서 곤돌라를 타고, 윈 호텔에서
뷔페로 저녁 식사를 하고, 벨라지오 호텔에서 저녁 분수쇼를 보고,
미라지 호텔에서 화산쇼를 보고 카지노를 한 다음, MGM으로 돌아와
잠을 잤다. 이렇게 호텔 투어만 해도 며칠이 걸리는 게 라스베가스다.
며칠간의 여정동안 매일 밤 카지노를 즐겼는데, 사실 그게 내
인생에서 처음 해본 카지노였다. 여기까지 왔으니 한번 해봐야지
하는 마음에 시작은 했지만, 통이 크지 못한 탓에 제일 적은 액수였던
0.25센트로만 베팅을 걸었다. 수많은 종류의 게임들이 있었지만
하는 법을 잘 몰랐던 나는 작은 화면 앞에서 그냥 버튼만 누르면
되는 간단한 게임을 선택했다. 큰돈을 따야지 하는 마음보다 가볍게

즐기는 마음으로 돈 천원 잃으면 서운해 하고 또 천원 따면 너무
행복해하기를 반복했다. 옆에서 777을 돌리던 쿨한(?) 내 친구가
나를 흘끗 보더니 한 마디 한다.
"만원 가지고 자알 논다~"

즐거운 라스베가스에서의 날들이 지나가고 마지막 날 밤, 아쉬운
마음에 좀처럼 잠이 오지 않아 수다를 떨다가 뒤늦게 잠이 들었다.
그런데 꿈에 우글거리는 아기 돼지들이 나온 게 아니겠는가!
토실하게 살이 오른 분홍색 돼지들이 저마다 꿀꿀대며 복작복작하게
모여 있었다. 그 짧은 꿈을 꾸다가 잠에서 깼다. 아직은 새벽.
화장실에 잠시 다녀오면서 생각했다. '돼지꿈은 좋은 꿈이라던데
카지노 한번 더 해야 하는 거 아닌가? 크게 터지는 거 아니야?' 라는
생각을 하다 다시 잠이 들었다. 그런데 꿈은 여기서 끝이 아니었다.

두 번째 꿈에서 나는 '변'을 보았다. 내 눈앞에 황금색 그것이 떡하니! '돼지꿈'은 복이 들어오는 거고, '변꿈'은 돈이 들어오는 거라던데, 오! 드디어 올 것이 왔구나. 평소에는 절대 꾸지 않던 이런 꿈을 그것도 라스베가스에서 두 번이나 꾸다니! 모 연예인처럼 해외 카지노에서 잭팟(jackpot)을 터뜨려 신문 1면에 나는 거야. 그리고는 집으로 돌아갈 때 전용기를 사서 그걸 타고 가는 거지. 후후훗.

다음날 아침, 집에 돌아가기 위해 열심히 짐을 싸는 친구들에게 이 꿈을 애기 할까 말까 망설이다가, 좋은 꿈은 애기 하는 게 아니라는 말을 어디선가 들은 것 같아 입이 근질거렸지만 꾹 참았다. 아침을 먹자마자 체크아웃을 해야 했기 때문에 모두 정신이 없었다.

친구들은 빠뜨린 것이 없는지 확인하며 짐을 꾸리느라 바쁜데, 나는 빨리 잭팟을 터뜨리고 싶은 마음에 먼저 잽싸게 내려가 게임을 시작했다. 크게 터지려면 거는 돈도 커야한다는 생각에 베팅도 어제

걸던 돈의 몇 배로 올리고 평소에 하지도 않던 777 슬롯머신을
시작했다. 돌리고 돌리고 또 돌리고…
777은 진정 돈을 빨아 먹는 기계였다. 그것도 쭉쭉. 터질 듯 터질 듯
안 터지는 답답한 슬롯머신 앞에서 나는 애간장이 타들어갔다.
'아닌데… 정말 좋은 꿈이었는데…'
어느새 짐을 다 싼 친구들이 곁에 내려와 빨리 가자며 재촉했다.
'한 번만 더 돌리면 터지는거 아냐?' 라는 생각에 쉽게 손을 놓지
못했고 결국은 친구들의 손에 이끌려 나오고 말았다.
'아쉽다. 정말로 될 것 같았는데…'
돌아오는 차 안에서 친구들에게 사실을 털어놓았다. 실은 이런 꿈을
꾸었는데 한 번만 더 하면 터질 잭팟을 너희들이 재촉해서 못 했다고.
친구들은 어이없다는 듯 말했다.
"네가 '돼지꿈' 꿔야지… '변꿈' 꿔야지… 하며 잠들어서 그런 꿈을 꾼
거야. 잭팟은 아무나 터트리는 줄 아니? 제발 '꿈' 깨라!"
하루쯤 지나 잭팟의 흥분이 가시자 정신이 들었다.
'어제의 내 모습이 바로 말로만 듣던 카지노 폐인이었구나. 꿈을 믿고
돈을 걸다니 정말 무모했어. 내가 다시는 카지노를 가나봐라!'

그 후, 도박으로 재산을 탕진한 사람들이 뉴스에 나오면 '저 사람도
혹시 전날 좋은 꿈을 꾼 게 아닐까, 그래서 무모하게 모든 걸 건 게
아닐까' 라는 생각이 들기도 한다. 어찌됐든 그 뒤로 나는 10원짜리
고스톱도 안 치는 사람으로 다시 돌아왔다.
대신, 다른 종류의 잭팟을 열심히 찾고 있는 중이다.
바로 나의 반쪽. 내 모든 걸 올인 할 수 있는 진짜 반쪽을 찾는다면
그것이야말로 내 인생 최고의 잭팟이 아닐까.

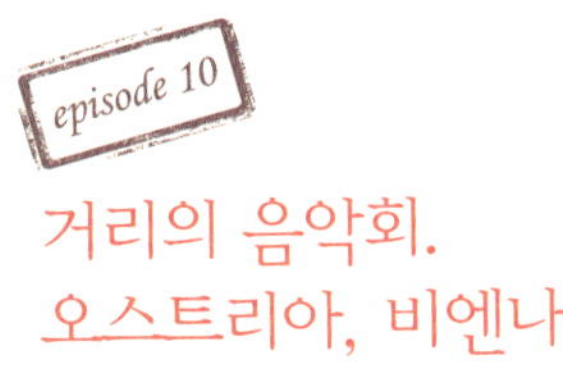

거리의 음악회,
오스트리아, 비엔나

거리마다 예술가의 흔적이, 길거리 악사들의 연주가 귀와 마음을
사로잡는 곳, 비엔나는 마치 도시 전체가 잘 꾸며진 거대한 공연장
같다.

이곳에 단 하루만 머물게 되더라도 '예술과 음악의 도시'라는
수식어가 전혀 과하지 않다는 걸 깨닫게 된다. 시립공원에서는
슈베르트의 동상을 만났고 왕궁정원에서는 모차르트를 만났다. 작은
모차르트 동상 앞에는 꽃으로 그려진 높은음자리표가 있었는데
사람들은 줄을 서서 사진 찍기에 바빴다. 위대한 음악가가 남긴
감동의 선율을 기억하기 때문이겠지. 광기어린 천재 음악가
모차르트를 생각하며 나도 그 '음표'를 마음에 담아본다.
빈 미술사 박물관(Wien·Museum of Art History)에서 미술책에서나
보았던 렘브란트와 라파엘로의 작품을 감상한 후, 벨레데르(Belvedere)
궁전으로 발길을 옮겼다. 나무와 꽃으로 가득한 아름다운 정원에서
햇살을 눈부시게 반사하는 분수 사이를 거닐다 클림트의 작품
'키스'를 보고 나오는 길에는 '나도 사랑에 빠지고 싶다'는 생각을
해보았다.

사랑과 낭만이 가득한 곳, 그래서인지 이 작은 도시는 미술과
음악으로 꽉 차있었다.

여름 내내, 밤이 찾아오면 시청 앞에는 필름페스티벌이 열린다.
사람들은 슈니첼(Schnitzel:돼지고기를 튀겨낸 요리, 돈가스)에 맥주를
곁들이며 친구와 시간을 보내거나 가족과 함께 스크린 앞에 앉아
오페라나 클래식 공연을 즐긴다.
부드럽게 흐르는 밤바람이 오선지라면 밤하늘의 별들은 꼬리를
반짝이는 음표. 깊어가는 밤과 함께 흐르는 음악의 선율은 클래식을
모르는 사람 누구라도 감흥에 젖게 한다.

세상이 알아챌 수도 없을 만큼 빨리 변하고 여러 번 사람의
마음으로부터 배신을 당하더라도 결국 우리에게 필요한 것은, '진심'
그리고 상처 난 가슴을 위로하는 '음악'이다. 서글픈 혹은 환희에 찬
표정으로 바삐 손가락을 움직이며 혼신을 다해 연주하는 연주자의
바이올린 소리는, 지나가는 누구라도 발길을 멈추게 하는 힘을 가진
'진실한 음악'이었다. 바이올린과 첼로, 피아노, 실로폰, 북… 다른
악기로, 다른 장르의 음악을 연주하고 있지만 결국은 같은 이야기를
하고 있는 거리의 악사들.
비엔나를 떠나기가 싫어진다면 당신도 그 선율에 이미 마음을 빼앗긴
것이다.

갈 때마다 공사 중이었지만 그래도 슈테판 성당의 위용은 사그라들지
않았고 활기를 띤 주변 거리도 여전했다. 슈테판 광장에 쏟아져
내리던 따사로운 오후의 볕 아래 사람들은 아무데나 주저앉아서

지친다리를 쉬게 하고, 하얗고 검은 말 두 마리가 사이좋게 터걱터걱
소리를 내며 그 곁을 지나가면, 언제나 그렇듯 비엔나의 음악가는
누군가의 마음을 향해 달래듯 현을 켠다. '이 도시는 아름답죠. 사랑을
만나세요' 라고 말하는 듯.

월등한 유전자의 땅,
스톡홀름

세 번째 가는 스웨덴, 스톡홀름 비행. 승무원 리스트를 보니 한국인은
나뿐이었다. 몇 번을 가도 마음에 꼭 드는 감라스탄(Gamla Stan)
지구에 또 가야겠다고 생각하고 있는데 브리핑 룸에 낯익은 여자 한
명이 들어왔다.

"앗! 언니!"

평소 친하게 지내던 소영 언니가 우리 브리핑 룸에 불쑥 들어오는
것이 아닌가! 놀라서 말을 잇지 못하고 있는데, 누군가 콜씩(Call
Sick:아파서 병가를 내는 것)을 내서 스탠바이 듀티 중에 있던 언니가
갑자기 불려왔다고 했다. 이게 웬 횡재인가. 언니랑 스톡홀름에서
함께 지낼 생각을 하니 벌써부터 기분이 좋아졌다.

우리가 제일 먼저 도착한 곳은 스톡홀름의 명물, 아이스 바(Ice Bar)
였다. 술과 사람만 빼고 모든 것이 얼음으로 만들어져 있는 독특한
곳. 입구에서는 남극탐험대가 입을법한 파란색 털 점퍼를 나눠주는데
머리부터 손, 다리까지 전부 덮이는 따뜻하고 실용적인 옷이었다.
하나같이 파란 점퍼를 입고 옹기종기 모여앉아 있는 모습을 보니
스머프 나라에 온 듯한 착각이 들었다. 얼음 의자, 얼음 테이블, 얼음

장식품이 녹지 않도록 냉동고 같은 온도를 유지하니 그 안이 얼마나
춥던지.
"언니, 이 옷 없으면 입 돌아갈지도 모르겠어"
얼음 기둥을 부여잡고 얼음 의자에 앉아 얼음잔에 든 술을 마셨다.
오들오들 떨면서도 즐거웠던 우리는 얼음잔을 부딪히며 건배를
외쳤다. 잔에 든 술을 다 마시고 왠지 아쉬운 마음이 들어 술잔을
녹여 먹어보기도 했는데 함부로 혀끝을 댔다가 혀가 얼음잔에
들러붙을 뻔 했다.

오드리 헵번(Audrey Kathleen Ruston)을 좋아하는 나는, 그녀가 배우가
되기 전 점원으로 일했다던 PUB 백화점에 잠시 들러보았다. 그녀는
배우가 되기 전에도 열심히 살았고, 유명해지고 난 후에도 최선을
다해 삶을 살며 남을 돕는 일 또한 멈추지 않았다. 아름다운 얼굴과
마음씨를 가진 최고 여배우의 흔적을 잠시나마 느낄 수 있었던
순간이었다.
그리고 다시 거리로 나와 방황하던 우리는 감라스탄(Gamla Stan)으로
향했다. 중세 시대의 흔적이 고스란히 남아있는 건물과 궁전, 넓은
정원이 있고, 골목마다 작은 기념품 가게들과 카페들이 줄지어 있다.

한 가지 우리를 놀라게 했던 것은 스웨덴 사람들의 미모.
어느 관광객이 입고 있던 티셔츠가 눈에 들어왔다. 대개 지역 이름을
따서 'I ♡ New York' 혹은 'I ♡ Paris' 이런 식으로 만드는데 그
아저씨의 티셔츠에는 이렇게 쓰여 있었다.
'I ♡ Swedish girls'
과연, 그들의 미모는 그럴만했다.

길에서 만난 스웨덴 여자들은 하나같이 인형처럼 예뻤다. 높다란
코에 주먹만 한 얼굴, 팔등신 키, 날씬한 몸매를 지닌 그녀들은 노란
웨이브 머리를 찰랑이며 우리 곁을 지나갔다. 그 옆에서 확실히 비교
되던 언니와 나는 동양인의 짧음을 무참히 드러내고 말았다.
'스웨덴에 흐르는 유전자는 왜 이리 월등한 거지?'
'그에 비해 우린 왜 이리 열등한 거지?'
그러나 잠시 우울해진 우리의 기분을 급상승시켜준 이들이 있었으니,
햄버거 가게의 종업원부터 우편물을 나르는 청년까지, 바라만 보아도
안구가 정화되는 훈남들. 마을을 구경하는 건지 사람들을 구경하는
건지, 어쨌든 우리의 눈은 바빴다.
멀리서 선남선녀 커플이 커다란 개 한 마디를 끌면서 우리쪽으로
다가왔다. 길고 흰 털을 나풀나풀 휘날리며 우아하고 도도한 자태로
걸어오던 그레이트 피레니즈.
이건 너무해. 심지어 개도 멋지다니!

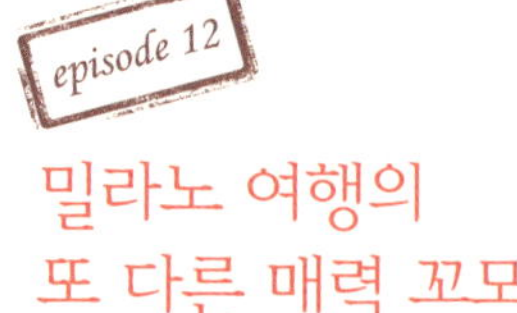

밀라노 여행의
또 다른 매력 꼬모

이탈리아, 밀라노(Milano)를 몇 차례 방문했지만 밀라노는 내게 큰
감흥으로 다가오지 않았다. 베네치아에 가기위해 들르는 도시 또는
패션과 쇼핑의 도시로만 여겨졌을 뿐이었다. '꼬모(Como)'를 만나기
전까지는.

이름도 귀여운 '꼬모'라는 마을은 엄밀히 말하면 밀라노와는 다른
도시이다. 다만, 밀라노에서 거리상 가깝기 때문에 승용차나 버스,
열차로 쉽게 오갈 수 있다. 패션산업을 주도하고 시즌마다 세계의
이목을 받는 패션위크가 열리는 화려한 밀라노와는 정반대인 시골
마을이다.
꼬모의 가장 큰 매력은 알프스의 빙하에서 흘러나온 거대한 호수다.
호수의 줄기를 둘러싸고 있는 산기슭에는 크고 작은 집들이 옹기종기
들어서있고 나무와 꽃이 지천인데, 뒤로는 산이요 앞으로는 호수라
'배산임수'가 틀림없다. 그래서인지 마돈나 조지 클루니 같은
유명한 배우들도 이곳에 별장을 하나씩 두고 배산임수의 환상적인
풍광을 즐기나보다.

다른 대도시보다 관광객이 적은 탓일까? 가는 곳마다 주민들은 "차오
벨라(Ciao Bella:안녕 예쁜이)"를 외치며 두 손을 뻗어 환영해준다. 이태리
사람들만큼 이방인을 환하게 맞는 이들이 또 있을까?
밀라노 공항에 도착하자마자 짐을 찾아 카트에 실어야 하는데 아직
환전을 하지 못한 나는 1유로 동전이 없어 카트를 사용하지 못하고
있었다. 큰 짐을 앞에 두고 난감해 하고 있는데 지나가던 아저씨가
1유로를 카트에 덥석 넣어주었다.
"아, 고맙습니다. 제가 밖에 나가서 환전한 다음에 1유로
돌려드릴게요" 라고 하자,
아저씨는 웃으면서 됐다고 했다. 대신 "웰컴 투 이태리! 인조이!" 라고
외쳤다.
이렇게 감사할 수가. 아저씨 덕분에 나의 여행은 이미 즐거워지고
있었다.

꼬모에서 만난 사람들도 한결같이 먼저 인사를 하고 손을 흔들어
주었다. 호수가 내려다보이는 야외 카페에서는 하루 종일 이태리어로
된 라디오가 흘러나왔다. 설탕이 진하게 녹은 작은 에스프레소를 두
번에 나누어 마시며 코를 통해 머릿속까지 퍼지는 향을 느껴본다.
향기가 코끝에 오래 남는다.
어쩐지 마을을 반사하는 호수의 수면이 너무 잔잔해서 시간이
멈췄거나 느리게 가는 것 같았다. 사람들의 걸음걸이, 커피를 내리는
손길, 새의 날개 짓이 모두 느릿느릿하다.
이 곳은 지형이 평평하지 않아 오르막길과 내리막길이 많은데,
그래서인지 여느 관광지에서처럼 빨리빨리 걸어 다니면 쉽게
지쳐버리고 만다. 천천히 걸어야 힘들지 않은 마을, 느리게 걸어야

보이는 마을이었다. 꼬모는.

산 중턱으로 높이 올라가보니, 마을의 전경과 호수의 크기가 벅차게 들어온다. 멋있다는 표현은 무언가 부족한 느낌, 멋있게 평온하다는 표현이 맞을 것 같다. 고풍스러운 서양 풍경화 한 점을 보고 있는 것 같다.

일부러 골목으로 발을 들여 한참을 걷다가 아무 젤라또 가게에 들어가 딸기맛과 쿠키맛 아이스크림을 골랐다. 두 가지 맛은 어울리지 않으니 차라리 쿠키맛과 커피맛을 먹으란다.

"씨씨씨(Si Si Si:네네네)"

이태리 사람들은 말을 반복하는 습관이 있는데 '네'라는 말인 '씨(si)'뿐만 아니라 '천만에요'라는 뜻인 '쁘레고(Prego)'도 여러 번 말한다. 주인 아저씨의 말대로 두 개의 아이스크림은 먹을수록 천천히 섞이며 잘 어우러졌다.

"아저씨의 추천 최고예요. 감사합니다" 라고 했더니, 역시,

"쁘레고 쁘레고(Prego Prego)"

가이드북이나 인터넷 어느 곳에도 꼬모의 정보는 거의 없었다. 그러니 어쩔 수 없이 저녁 식사를 위해 '아무 데'나 들어가는 모험을 해야한다. 이탈리안들은 저녁 식사 전, 식전주로 칵테일이나 와인을 마시는데 그 식당에서도 모두들 하나씩 잔을 들고 식전주를 즐기고 있었다. 왠지 나도 그래야할 것 같아 옆의 아가씨가 마시는 칵테일을 따라 시켰다. 부드러운 복숭아향이 달콤했던 '벨리니'였다. 은근히 독했던 건지 종일 걸어 피곤했던 건지 칵테일 한 잔에 목덜미부터 술기운이 올라왔다. 알딸딸한 기분으로 주위를 둘러보니 누구는 스테이크를 썰고 누구는 동그란 튀김을 먹고 있다. 뭐가 뭔지

Prego Prego

천천히 걸어야 힘들지 않은 마을,
느리게 걸어야 보이는 마을이었다.
꼬모는.

모르겠다.

촌스러운 나는 "그냥, 스파게티 주세요... 토마토 소스로..." 라고
주문했다. 스파게티가 김을 모락모락 내며 식탁에 올려졌다. 면이
생각보다 딱딱해서 덜 익혀졌나 싶었는데 원래 이태리 사람들은 살짝
덜 익혀서 쫄깃하게 먹는 걸 좋아한다고 했다. 난 라면도, 스파게티도
푹 익은 게 맛있던데. 역시 난 아직 촌스러운 입맛의 소유자.

나름 만족스러운 저녁을 마치고 꼬모 호수의 야경을 감상하러
밖으로 나갔다. 낮에는 없었던 부드러운 바람이 불고 있었다. 깔끔한
셔츠차림에 카디건을 어깨에 두른 전형적인 이태리 스타일의 대머리
아저씨가 강아지를 데리고 호숫가를 걷고 있었다.
인사를 받기만 했던 꼬모에서 이번에는 내가 먼저 손을 흔들며
"차오" 라고 인사했다.
그러자 "차오 벨라" 라는 대답이 돌아왔다.
고즈넉한 시골 마을의 속도에 맞춰 느리게 걷는 법을 배웠던 꼬모.
호수의 잔잔한 물결 위로 불빛이 아름답게 흩어지고 있었다.

죽기 전에 가봐야 할
지상낙원 세이셸(Seychelles)

죽기 전에 가봐야 할 곳이 세계 곳곳에 얼마나 많은지, 못 가 본 이들은 어디 억울해서 눈이나 감을 수 있을까. 세이셸에 다녀온 친구 녀석이 지금껏 가본 해변 중 가장 멋있었다고, 몰디브보다 덜 유명한데 더 아름답다고 입에 침이 마르게 칭찬을 한다. BBC 방송 선정에 의하면 죽기 전에 꼭 가봐야 할 곳 12번째가 바로 이곳이었다며, 마치 세이셸 홍보대사처럼 적극 추천을 하니, 나도 세이셸에 관심이 생기기 시작했다.

아프리카 탄자니아에서 동쪽으로 1,700km 떨어져 있는 작은 섬, 세이셸 공화국(Republic of Seychelles). 자잘한 115개의 섬 중에 가장 큰 '마헤섬(Mahe Island)'에 수도 '빅토리아(Victoria)'가 있다. 곳곳에 럭셔리한 리조트들이 있고 해변을 맘껏 즐길 수 있는 여러 시설이 있지만 물가가 아주 싼 편은 아니었다.
공항에서 호텔까지 버스로 이동하던 깜깜한 밤, 절벽 같은 곳을 구불구불 위태롭게 달렸다. 화강암으로 이루어진 섬이어서 그런지 일부 지역들은 산악 지대처럼 높고 울퉁불퉁했다.

이른 아침, 눈을 뜨자마자 무언가에 이끌리듯 파도소리를 따라
바닷가로 향했다. 관광객으로 꽉 차 누울 곳도 없는 여느 바닷가와는
달리 한적하고 여유로운 모습이었다. 자리를 잡기 전 섬과 해변을
한 바퀴 돌 마음에 발만 물에 담근 채 걷기 시작했다. 물놀이를
하느라 정신이 없는 꼬맹이들이 튀어내는 물세례에 정신이 번쩍
든다. 모래사장에 덩그러니 놓여있는 돛단배에 올라가보기도 하고,
그 곳에 사는 피부가 검은 아이들에게 괜히 말을 걸어보기도 했다.
묻는 말에 대답도 안 하고 수줍은 듯 뒷걸음질 치더니 내가 돌아서서
가려고 하자 내게 달려온다. 들고 있는 카메라를 가리키면서 웃기만
하는 것이 사진을 찍어달라는 것 같았다. 한쪽 팔을 쭉 뻗어 아이들과
함께 셀프카메라를 찍었다. 카메라 모니터로 제 얼굴을 확인하더니
뭐가 그리 좋은지 깔깔댄다. 할 수만 있다면 사진을 아이들에게
선물해주고 싶었다.

바로 옆 커다란 나무 그늘에는 자리를 펴놓고 두 여인이 소라

껍데기를 팔고 있었다. 한 여인은 아이를 낡은 포대기에 업고 있었고, 다른 여인은 자는 아이의 얼굴에 부채질을 해주고 있었다. 거대한 조개 껍데기, 뾰족뾰족하게 뿔이 난 기이한 형태의 소라 그리고 희귀한 모양의 산호들은 박물관에나 있을 법한 어떤 작품 같기도 했다. 소라를 가만히 귀에 대자 어쩐지 진짜보다 더 큰 파도 소리가 들려오는 것 같았다.

긴 해변을 끝까지 걷고 있으니 30도 태양 아래 번질번질 땀이 흘렀다. 짙고 푸른 야자수 나무 아래에 코코넛 열매 몇 개를 세워놓고 꽃으로 데코레이션을 해놓은 가게랄 것도 없는 곳에서 코코넛 주스 하나를 샀다. 장사가 처음인지 열매를 한 번에 까지 못하고 수십 차례 바닥에 매치기만 했다. 주스 한번 먹기 힘들다 하며 앞에 서서 한참을 기다리니, 겨우 구멍이 만들어져 주스를 마실 수 있었다. 꼴깍꼴깍. 미지근해도 달달한 맛이 좋았다.
조금 더 걷자 코코넛을 파는 또 다른 사람이 보였다. 그런데 이

303

주인은 칼로 아주 손쉽게 열매를 깎고 있었다. 어, 아까 그 아저씨는
뭐지?

해변에는 의외로 볼 게 많았다. 곳곳에 장사하는 사람들이 꽤
있었는데 그들의 공통점은 좌판도, 의자도, 간판도 없다는 것. 그냥
모래 위에 무엇이든 죽 늘어놓으면 그들에게는 번듯한 가게가 되는
것이었다. 직접 뜬 것 같은 알록달록한 모자를 팔고 있는 아주머니를
만났다. 빨강과 초록, 노랑이 들어간 니트 모자였는데 내 눈에는 왠지
자메이카풍으로 보였다. 그러고 보니 드문드문 동네 아저씨들이 그
모자를 쓰고 지나는 것을 볼 수 있었다. 아주머니는 모자가 나와 잘
어울릴 것 같다며 하나 사라고 권한다. 그런데 어쩌지, 쓰고 있는 걸
보기만 해도 너무 더운데.

해변은 생각보다 길었다. 그늘도 없이 한참을 걸었더니 따가운
햇살에 피부가 이글이글 타는 느낌이었다.
해변의 끄트머리에 다가갈수록 입이 떡 벌어질만한 광경이 보이기
시작했다. 멀리서 보았을 땐 그냥 돌섬처럼 바위가 몇 개 있겠거니
했는데 가까이 보니 화강암 덩어리들이었다. 거대한 화강암들과
야자수 그리고 파란 바다의 조합이 기묘했다.
과연 세이셸에서만 볼 수 있는 진귀한 풍광이구나 싶었다.

다시 리조트 앞 해변으로 돌아와 벤치에 자리를 잡았다. 바닷가에
텀벙 빠져 파도에 몸을 싣기도 하고, 목만 내놓고 팔다리를 저어
개헤엄을 치기도 했다. 사람들과 한 사람을 골라 번쩍 들어 바다 속에
빠뜨리기도 하고, 서로 잡고 잡히는 유치한 게임을 하기도 했다. 역시

사람들은 물놀이를 하면 동심으로 돌아간 듯 천진해진다.

신나게 한판 놀고 벤치로 돌아와 누웠다.
손끝에 걸릴 듯한 구름과 아찔하도록 파란 하늘, 모래의 보드라운
감촉을 발 아래 두고 누워 바람을 맞고 있으니 솔솔 잠이 오면서
이것이 꿈인가 싶기도 하다.
오늘 밤, 만석인 비행기 안에서 일을 하며 도하에 돌아갈 생각을
하면 '현실'이지만, 지금 이 순간만큼은 '꿈'을 꾸어도 좋을 것 같다는
생각을 하며 잠이 들었다.
달콤한 꿈. 지상낙원에서의 낮잠보다 달콤한 것이 어디 있을까.

지구의 한 점에 서서.
그랜드 캐니언(Grand Canyon)

샌디에이고(San Diego)를 출발해 LA를 거쳐 네바다 사막 위
고속도로를 끝도 없이 달려 다섯 시간 만에 도착한 곳은 그랜드
캐니언.

기대가 컸던지 한시라도 빨리 그랜드 캐니언에 도착하고 싶었고
달리는 다섯 시간을 지루해서 어떻게 견디나 걱정했었다. 그러나
한참을 달리다 보니 내 우려와 달리 그 길이 그리 재미없기만 한 것은
아니었다.

양 옆으로는 흙색 모래 위로 간간이 마른 나무가 비뚤게 자라고
있었고 딱히 멋지게 바라볼 것은 없었지만 왠지 모르게 그 풍경이
좋았다. 쭉 뻗은 고속도로 위로 청명한 겨울 하늘과 햇살이 너무
근사해 잠시 차를 세웠다. 1월의 찬바람이 불던 샌디에이고와
달리 사막의 도로 위는 꽤 따뜻했다. 우리를 제외하고는 도로
위에 오고가는 차가 없었다. 우리는 텅 빈 도로를 뛰어다니는
고라니들처럼 신이 나 길을 이리저리 건너기도 하고 손으로 사막의
흙을 만져보았다. 중동 사막과는 또 다른 느낌이었다. 카우보이가
권총을 돌리며 나타날 것 같은 텍사스의 사막 같기도 했다.

그 길이 좋았던 또 다른 이유를 찾게 된 것은 며칠 후였다. 근처의
슈퍼마켓에서 달달한 벨린저 진판델 로제 와인을 한 병 사서 숙소로
돌아가던 깜깜한 밤이었다. 가로등 하나 없는 깜깜한 길을 달리다가
누군가 말했다. "가만 있어보자, 하늘에 보이는 저 먼지 같은 게
혹시.. 별이야?" 차에서 내려 올려다 본 밤하늘에는 얼굴 위로
금방이라도 쏟아질 것 같은 수 천 개의 별들이 빛나고 있었다. 말을
잇지 못하고 한참을 바라보다가 그 순간을 남기고 싶어 사진기를
꺼내 몇 장 찍어보았다. 하지만 오로지 별빛만 존재했던 그 어두운
밤, 사진으로는 도저히 그 경이로움을 담아낼 수 없었다. 너무
소중하고 아름다운 장면이어서 차마 사진으로는 남길 수 없는 마법은
아닐까, 이토록 황홀한 장면은 직접 오지 않으면 보여줄 수 없다는.

가는 길마저 아름다웠던 그랜드 캐니언. 여행의 마지막 날 우리는 눈
쌓인 꼭대기에 올라갔다. 정상에 선 순간, "와아!" 광활한 대자연 앞에
나도 모르게 탄성을 지르고 말았다. 나와 일행은 이렇게 잠시 구경만
하고 내려가는 게 못내 아쉬워, 비록 추운 날씨였지만 해가 질 때까지
기다리기로 했다. 드디어 해가 기울기 시작하고, 석양이 드넓은
협곡을 감싸며 온 세상을 온통 주홍빛으로 물들이자 이런 생각이
들었다. 나는 지금 커다란 지구의 한 점에 서있을 뿐인데, 나머지
내가 보지 못한 세상은 또 얼마나 크고 넓을지.
과학자 칼 세이건은 이런 말을 했다. '광활하고 유구한 우주 속에서
인간은 작디작은 시공간을 점유하고 있는 작은 별 먼지에 불과하다'
그래서인지 나의 좁은 시야로는 그랜드 캐니언 조차 한눈에 담을
수가 없었다.
웅장한 자연을 마주하고 오롯이 서있으려니 내가 얼마나 작고 초라한

존재인지, 부질없는 욕심을 부리고, 사소한 것에 화를 참지 못하고,
나만을 위해서 얼마나 이기적으로 살아왔는지, 부끄러운 생각이
들었다. 나의 사소한 몸짓 하나 따위 이 거대한 자연은 기척도 느끼지
못할 테지, 그렇다면 바둥바둥 몸부림치며 살 필요가 없지 않을까.
아침부터 밤까지, 봄부터 겨울까지 조건 없이 모든 걸 내보이는 자연
앞에서 문득 숙연해지는 기분이었다.
숨 막히는 그랜드 캐니언의 석양은 내게 또 하나의 가르침을 주고
따뜻한 빛으로 내 심장을 어루만지며 협곡 너머 지평선 어딘가로
그렇게 사라지고 있었다.

Miami

3월 마이애미 비치의
햇살은
어느 도시의
여름처럼
따사로웠다.

달콤한 바람,
마이애미

몇 해 전 뉴욕에서 만난 친구들과 플로리다 여행을 떠났었다.
목적지는 마이애미(Miami).
3월 마이애미 비치(Miami Beach)의 햇살은 여느 도시의 여름처럼
따사로웠다. 도착하기 전 날 온 태풍의 기운이 아직 남아있었던지
바람은 여전히 거칠어 커다란 파도가 넘실거렸다. 파도 타기는
파도가 셀수록 재미있다며 친구들이 바닷가로 나를 끌었다. 내 키만
한 파도가 멀리서 다가오면 온몸으로 파도를 맞았다. 동심으로
돌아간 듯 넘어지기도 하고 구르기도 하면서 신나게 놀고 있는데,
옆에서 윈드서핑을 하던 한 남자가 우리에게로 다가왔다. "어디서
왔니?", "마이애미는 마음에 드니?" 등의 형식적인 인사를 나누고
있던 그때, 내 키보다 더 큰 파도가 뒤에서 나를 덮쳤다. 몸의 중심을
잃고 허우적대다가 가까스로 다시 일어났는데 앞에 서있던 청년의
눈이 휘둥그레졌다.
아뿔싸, 파도를 맞으면서 목 뒤의 비키니 끈이 풀려버린 것이다. 옆에
있던 동생이 얼른 매듭을 고쳐주었지만 서로가 민망해 어쩔 줄 몰라
하고 있었다.
그때, 그가 말했다.

"저… 파티에 초대하고 싶은데, 시간되면 올래?"

나와 친구들은 서로 쳐다보기만 하고 선뜻 대답을 하지 않았다.

"오늘밤 마이애미 최고의 파티가 열릴 거야. 생각해보고 이따 오렴. 장소는 ○○거리에 있는 ○○클럽이고, 내 이름은 ○○야" 그리고 청년은 사라졌다.

아무 말도 없더니 왜 하필 비키니 끈이 풀린 후에 파티에 초대하는 것이냐며 친구들은 나를 놀려댔다.

혹시 모르니 기억해두자 싶어 거리 이름과 클럽 이름을 외워두었다. 지겹도록 파도 타기 놀이를 하고 해가 어슴푸레 질 무렵, 친구들과 오늘 저녁에 뭘 할지 고민하던 중, 마이애미는 클럽이 유명하다던데 아까 그 클럽에 가보자는 의견이 나왔다. 다들 동의를 하고 나름의 파티의상을 챙겨 입은 후 택시를 탔다. ○○거리의 ○○클럽이라고 말하니 유명한 곳이었던지 기사는 단번에 알아듣고 우리를 데려다 줬다. 택시에서 내리자 놀라운 광경이 우릴 기다리고 있었다. 끝도 없는 줄이 클럽 문을 향해 늘어서 있었고, 막무가내로 들어가려는 사람들은 문 앞의 경호원들과 실랑이를 벌이고 있었다. 이것이 최고의 파티에서나 벌어지는 진풍경인가?

우리도 경호원들에게 달라붙어 초대를 받았으니 들여보내 달라고 했지만 초대한 사람의 이름을 말해야 한다고 했다. 그런데 당최 아까 낮에 만났던 청년의 이름이 생각나지 않는 것이었다. 쌤? 브라이언? 탐? 데이빗? 거리와 클럽 이름을 외우는데 집중한 나머지 청년의 이름은 까맣게 잊어버린 것. 이름을 모른다고 하자 그러면 들어갈 수 없다고 했다. '아, 잘 외워둘걸!' 곱게 차려입은 드레스와 화장이 아까울 지경이었다.

결국 우리는 다른 클럽으로 갔는데 그곳은 남자들이 많았는지 여자 넷이 온 것을 보자 줄 설 필요도 없이 바로 들여보내주었다.
최고의 파티를 놓친 것은 아쉬웠지만, 흥겨운 음악과 함께 한낮의
태양만큼이나 뜨거운 열기를 지닌 마이애미의 밤을 경험할 수
있었다.

다음날, 하늘은 더 파래졌고 부쩍 더워진 공기가 어제와는 다른
느낌을 주었다. 바람을 손으로 만질 수 있다면 이렇게 표현할 수
있지 않을까. 샌디에이고 항구에 불던 바람은 습기가 느껴지는 굵은
바람, 뉴욕에 불던 바람은 시리도록 청량한 바람, 그리고 마이애미의
바람은 한없이 부드럽고 달콤한 바람. 이곳의 바람이 마음에 꼭
들었다.
우리는 마이애미 비치의 남쪽에 위치한 사우스비치(South Beach)에
갔다. 개인적으로 사우스비치가 더 아름답게 느껴졌다. 긴 해안가를
따라 넓은 백사장이 늘어서있고 사람도 그리 북적이지 않았다.
저마다 조용히 책을 읽거나 이리 저리 몸을 돌려가며 볕에 몸을 굽고
있었다. 과장된 자유의 몸짓은 없었다. 모두들 바다와 태양에 몸을
맡기고 있을 뿐. 어찌나 고요하던지 바람의 소리만 들리던 그 한적한
해변에서 나는 진정 자유롭다고 생각했다.

시간 가는 줄 모르고 태양 아래서 유유자적 바다를 즐기고 나니
이마와 광대가 뻘겋다 못해 검어진 못난 모습이 되어있었다.
마이애미에서의 마지막 밤은 최고로 맛있는 음식을 먹어야 한다는
생각에 그곳 주민이 추천해준 식당으로 갔다.
사우스비치에서 가까웠던 'Joe's Stone Crab Restaurant'.
100년의 역사를 지닌 마이애미의 유명한 식당이었다. 1시간을 넘게

기다려도 우리 차례는 오지 않았고 끝도 없는 기다림에 지친 우리는
'맛만 없어봐라' 하는 오기까지 생겼다. 그러나 막상 우리 앞에 펼쳐진
싱싱한 게들을 한 입 맛보는 순간 '오 마이 갓!' 감탄을 하며 게 눈
감추듯 먹어치웠다. 마이애미 바다에서 건져 올린 최고의 맛이었다.

식사를 마치고 이미 어둑해진 바닷가를 다시 찾았다. 쭉 뻗은
야자수와 깊은 바다의 실루엣만이 아른거렸다. 밤이 깊었지만 여전히
더운 공기가 몸을 감쌌고, 어디선가 파티가 무르익어 가는지 웃음
소리와 음악 소리가 아득하게 들려왔다.
또 다시 따스하고 달콤한 바람이 불어왔다. 다음날의 여정을 위해
숙소로 돌아와 스르르 잠이 들 때까지도 그 달콤함은 사라지지
않았다.

칠성급 도시,
두바이

두바이는 내가 사는 도하에서 비행기를 타면 50분이면 도착하는 가까운 나라다. 그곳에도 항공사가 있고 많은 한국인들이 땀 흘려 일하고 있다. 내 지인 몇몇도 그곳에서 승무원으로 일을 하고 있어 이런저런 정보를 귀에 익게 들어서인지 왠지 친숙한 느낌이 드는 곳이다.

두바이는 오래전 어업을 하며 살았던 작은 마을이었지만, 석유를 발견한 후 급속도로 발전해 지금은 그 어느 나라의 도시보다 화려한 곳이 되었다.

그 옛날 사막 위에 아른거리던 신기루가 있었다면 바로 이런 게 아니었을까. 두바이는 모래 위에 기적을 만들어낸 도시다. 시원한 고속도로와 깨끗한 지하철, 에어컨이 빵빵하게 나오는 버스 정류장, 하늘까지 뻗은 초록 야자수, 쇼핑몰 안의 스키장, 세계에서 가장 높은 빌딩, 돛단배와 같은 형상을 한 바닷가의 칠성급 호텔까지, 두바이에서는 불가능이란 없어보였다. 인간이 과연 못 하는 것은 무엇인가? 바다를 막아 새로운 땅을 만들고 멋진 모양의 인공 섬을 만들어 세계지도를 바꾸어 놓았다.

어느 가을날, 어머니와 두바이 여행을 하게 되었다. 나름 중동에서
사는 나인데, 두바이의 모습에 놀라지 않을 수 없었다. 첫 발을 디딘
순간, 와— 하는 탄성이 절로 나왔다. 이곳이 진정 중동 땅인지,
미래의 도시인지 가늠할 수 없었다. 모든 것이 크고, 높고, 금으로
번쩍 번쩍 빛났다.

세계에서 가장 높다는 버즈 칼리파(Burj Khalifa) 옆에는 세계 최대(대체
세계 최고이지 않은 게 무엇인지)의 쇼핑몰인 두바이 몰(Dubai Mall)이
있다. 두바이 몰 안의 거대한 수족관에는 사람보다 더 큰 가오리가
있다. 왠지 가오리의 얼굴은 웃고 있는 것 같았다. '너도 세계 최고로
큰 놈이니?' 코를 유리창에 바싹대고 그 녀석을 구경하고 있는데,
인공호수에서 분수쇼가 시작되었다는 소리가 들렸다. 밖으로
나가보니 어느새 어둠이 깔려 있었고, 키가 큰 버즈칼리파 건물은
웬만큼 고개를 젖혀서는 꼭대기가 보이지 않았다. 카메라 앵글에도
다 들어가지 않는지 사람들은 의자에 올라서거나 땅바닥에 붙어서
사진을 찍고 있었다. 어둠이 더욱 짙어지자 건물의 표면에는 보석
같은 불빛들이 반짝이기 시작했다. 라스베가스의 분수쇼 만큼이나
장엄하고 멋진 물줄기들이 음악에 맞춰 좌우로 하늘거리다가 하늘로
펑펑 솟구쳤다.

물줄기와 함께 장단을 맞추던 어머니가 물었다.
"두바이와 도하는 똑같은 중동인데 느낌이 많이 다르네. 여긴 볼 것도
많고, 갈 데도 많고, 쇼핑몰도 많은데"
"엄마, 이렇게 멋진 곳은 여행으로 족해요. 대신, 도하에서는…… 돈
모으기가 좋아요"
참으로 긍정적인 사고를 지닌 딸 아닌가.

다음날, 시장구경을 하고 싶다고 했더니 호텔에서 마디낫 쥬메이라
쑥(Madinat Jumeirah Souk)을 추천해주었다. 한적한 건물 안에 깔끔하게
정리된 기념품들과 값비싼 알라딘 램프, 그림과 카펫. 그런데 왠지
손이 가지 않았다. 이런 거라면 도하에서도 늘 보아왔던 것인데, 좀
더 두바이스럽고 오래 묵은 느낌이 나는 시장엘 가고 싶었다. 택시
기사에게 물어보니 데이라 올드쑥(Deira Old Souk)을 소개해주었다.
아브라(Abra:아랍식 전통 목선)를 타고 데이라를 향해 크릭(Creek:바닷물이
들어와 생긴 강)을 건넜다. 11월 두바이의 바람이 도하보다 조금 차갑게
얼굴에 감겨 온다. 시장 입구에 들어서자 이름 모를 말린 과일과
갖가지 향신료가 코를 자극했다. 여성들이 머리에 쓰는 스카프와
전통 옷, 앞코가 뾰족하게 하늘을 향해있는 아라비안 신발,
벨리 댄서들의 짤랑이는 힙 스카프, 짐을 실은 낙타의 모형과
압둘라와 압둘라 아내쯤으로 보이는 소금통 인형들이 있었다. 사실
좀 전의 시장과 물건들은 비슷했지만 흥정도 쉬웠고 볼거리도
더 많았다. 그곳에서 보석이 박힌 예쁜 낙타 장식품을 구입했다.
금방이라도 램프의 요정 지니가 나타나 소원을 들어줄 것 같은
알라딘 램프도.

오후에는 황량한 사막을 떠돌던 유목민 베두인의 캠프로 가기 위해
도시를 벗어나 한참을 달렸다. 붉은색과 검은색 줄무늬 천막이
쳐있는 작은 캠프가 나왔다. 허무스(Hummus)와 아라빅 빵, 양고기,
치킨 등 그들의 전통음식을 양껏 맛볼 수 있고 물담배와 헤나를
체험하고 전통옷을 직접 입어볼 수도 있었다. 무대 위 공연이
시작되면 몇 겹의 치마를 입은 남정네가 20분 넘게 돌고 돌고 또
돈다. 보는 사람이 어지러울 지경.

'저 사람은 분명 달팽이관이 고장 났을 거야'
공연의 백미. 가슴과 허리, 배가 따로 노는 진귀한 광경을 보여줄
벨리 댄서가 등장했다. 포동포동한 뱃살과 풍만한 엉덩이, 역시
아랍여인의 미(美) 기준에 딱 맞는다. 아라빅 음악에 맞춰 골반을
튕기고 흔들고 돌리다보면 너도나도 일어나서 흥겹게 춤을 추기도
한다. 나도 한국에서 배웠던 벨리 댄스 실력을 좀 뽐내볼까도 했지만
영 수줍어 자리에서 일어서지 못했다.
'흠, 댄스 실력은 모르겠고 풍만한 뱃살은 못지않은데 말이야'

도시의 불빛에 오염되지 않은, 그래서 더 까맣고 짙었던 사막의 어둠
속에서 하늘을 바라보았다. "오늘은 달이 밝지 않아 별이 더 잘 보일
거예요" 라고 누군가 말해준다. 바람은 스산하게 모래 위에 물결을
만들고, 별들은 제 모습을 드러내며 사막을 비추고 있었다.
세상 사람들이 두바이의 호텔에 칠성급이란 등급을 매겨주었다면,
난 그 밤하늘에 칠성급을 주고 싶었다. 사막과 오아시스가 공존하고,
과거와 현재가 공존하는 곳, 황량함과 화려함이 공존하는 곳.
아름다운 두바이의 밤이 그렇게 저물고 있었다.

꽃보다
마카오

묵고 있던 호텔의 1층에는 몇 백 개도 족히 넘어 보이는 카지노
기계들이 요란한 소리를 내며 사람들을 유혹하고 있었다. 하지만
화려한 분수쇼와 쇼핑몰, 카지노를 뒤로 하고 제일 먼저 달려간 곳은
마카오 여행의 중심 '세나도 광장(Largo do Senado)'이었다.
눈도장만 찍으며 둘러보면 30분만에 구경이 끝나는 곳이지만,
골목을 따라 천천히 놀다보면 세 시간도 훌쩍 지나버리는 곳이다.
호객 아주머니들이 권하는 육포를 맛보기도 하고 아몬드쿠키를 한
봉지 사서 몇 개 먹다보면 틀림없이 목이 막혀온다. 그러면 버블티로
목을 축이면서 천천히 골목을 걸어본다. 길을 잃어도 걱정이 없다.
어디서든 눈에 띄는 언덕 위의 멋진 건물만 바라보고 다시 찾아오면
되니까. 사실 건물이라기보다 뒷부분이 다 날아가 버려 한쪽 벽만
남은 '성 바울로 성당 유적지'다. 멀리서보면 위엄이 있어 보이지만
가까이 다가가보면 쓸쓸하기 그지없는 벽만 덩그러니 남아있다.
그래도 마음에 드는 점은 계단의 높은 곳에 앉아 마을을 내려다보면
마카오 시내가 한눈에 보인다는 것. 낡은 거리와 새로 지어진 건물들
그리고 저 멀리 키 높은 카지노 호텔들이 한눈에 들어온다.
포르투갈의 식민지배 영향으로 지어진 유럽식 건물과 성당들, 거기에

뿌리 깊이 박혀있는 중화권의 문화까지 고루 섞여 마카오는 색다른
매력을 만들어 내고 있었다.

점심으로는 포르투갈의 음식에 도전해보고자 유명한 식당이라는
Platao Restaurant에 들러 '대구 혀' 요리를 시켰다. 아, 정녕 나의
입맛은 싸구려이던가. 좀 전에 길에서 맛보았던 육포와 아몬드쿠키가
훨씬 맛있는 것은 왜일까.
밖으로 나와 다시 걸었다. 시내를 벗어나서 마을 외곽까지 걷다보면
진시왕 무덤에서 갓 발굴한 것 같은 무서운 얼굴의 중국 병정
토기들을 파는 가게와 오래된 골동품과 청자를 파는 가게가 나온다.
샛노란색과 연한 파란색 벽의 예쁜 건물들은 허물어져가는 세월의
흔적을 짊어진 낡은 건물들과 묘하게 조화를 이루고 있었다.

마카오 시내에서 가장 멀리 떨어진 시골마을을 구경하기 위해 버스를
탔다. 꼴로안 마을. 두 팔로 감싸 안아도 모자를 만큼 큰 고목나무가
버티고 있는 마을 어귀에는 늘어진 러닝셔츠 바람으로 오토바이 혹은
자전거를 타고 지나는 주민들이 보였다. 마카오 시내와 비교하니
한결 조용하고 녹음이 짙은 풍경이었다.
노란색 벽의 예쁜 성당이 있고 망고 아이스크림을 파는 구멍가게,
나지막한 산과 바다가 있는 지극히 평화로운 해안마을이었다. 골목의
모퉁이마다 향내가 채 가시지 않은 작은 제단이 눈에 띄었다. 어떤
의미가 담겨져 있는 것일까, 제단은 하나같이 붉은색이었다.
거뭇하게 이끼가 낀 집에는 빨래가 모가지를 내밀고 향긋한 냄새를
퍼뜨리고 있었다. 어디나 그렇듯, 골목마다 개구쟁이 아이들 한
무리가 뛰어다니고, 우리 같은 이방인이 골목에 들어서면 잠시 낯선

눈빛을 보냈다가 다시 후다닥 뛰어 어디론가 사라졌다. 슈퍼마켓이랄 것도 없는 작은 가게가 전부이고 식당도 모두 골목마다 숨어 있어 찾아들어가기가 쉽지 않았다. 그 중에 마을과는 어울리지 않게 사람들로 문전성시를 이루던 가게가 있었는데, 'Lord Stow's Cafe'라는 곳이다. 종일 걷느라 배가 고팠던 나는 에그타르트를 사서 한입에 왕창 물었다. 달콤하고 촉촉한 감촉이 입안에 닿자마자 부드럽게 녹아들었다. 한입에 다 넣어버린 게 후회될 만큼 맛이 좋았다. 한 입, 한 입 그리고 커피 한 모금. 아까운 느낌마저 드는, 마카오의 달콤한 에그타르트는 그렇게 천천히 즐겨야 제 맛이다.

오후 한나절을 보낸 마을을 떠나던 길에 Ponte Cais de Coloane에 들렀다. 배가 드나들었던 흔적이 보이는 부둣가에는 관광객도,

배도 없이 고요한 적막이 흐르고 있었다. 손님도 없는 곳에서 말린 해산물을 팔고 있던 아주머니와 개 한 마리 그리고 그 개의 주인만이 유일하게 부둣가에서 작은 소음을 만들고 있을 뿐이었다.

제 주인도 몰라보는 것인지 아저씨가 아무리 불러도 나에게만 달려오는 개 때문에 한참을 웃고 있는데 알고 보니 이 녀석은 내가 아니라 내가 들고 있던 에그타르트에 관심이 있었던 모양이다.

아까운 에그타르트를 줄까 말까 고민하다가 하도 꼬랑지를 살랑이며 애교를 떨기에 하나 툭 던져주었다. '흠, 너도 이 맛을 아는구나' 멀리서 아저씨가 고맙다며 눈인사를 했다.

다시 버스를 타고 마을을 나오는 길. 조용하고 소박한 항구 도시를 마음껏 가슴에 안고 돌아가는 기분이 들었다. 시끄러운 오락 소리가 귓가에 끊이지 않았던 카지노와 달리, 누구 하나 말 붙여주는 이 없는 조용한 동네였지만 여기가 진짜 마카오의 모습이 아닐까 생각해본다.
아무것도 없었지만, 아무거나 있는 그 어떤 곳보다 더 정이 가는
곳이었다.
꽃보다 남자, F4 훈남 오빠들이 마카오를 방문했을 때에도 이런
기분을 안고 돌아갔을까?

아침은 온다

비발디의 사계 중 여름악장을 제일 좋아한다. 눈을 감고 들으면
고요하게 바람이 부는 적막한 여름밤이 떠오른다. 축축한 기운이
감돌다가 한두 방울씩 비가 떨어지고 어둠이 세상을 덮치면 소낙비가
쏟아진다. 바람은 이내 거세져 나무의 뿌리를 뽑을 듯 온 세상을
흔들고 나뭇가지의 무성한 잎은 창가를 무섭게 두드린다. 세상이
끝날 것처럼 여름비가 쏟아지고 그 어둠은 영원히 계속될 것만 같다.
조용히 다가온 새벽, 눈을 떠보니 어느샌가 비가 그치고 새벽이슬이
창가에 맺혀 투명하게 빛나고 있다. 지난밤의 혹독했던 비바람을
견딘 나뭇잎은 그새 한 뼘 자라있었다.

아버지가 사업에 실패하고 집안이 기울자 마음보다 먼저 무거워진
것은 내 어깨였다. 이유는 설명할 수 없지만 왠지 이 모든 걸 내가
책임져야한다는 생각을 했다. 평생을 살았던 집도, 정 들었던
번듯한 자동차도 다 팔아야 했다. 5년간 번 돈을 미국에서 학비와
여행 경비로 다 써버리고 온 나는 견딜 수 없는 죄책감이 들었다.
이어지는 면접에 연달아 낙방을 하고 자신감마저 바닥으로 떨어졌다.
방송일 다시 안 하니, 요즘엔 뭐하니, 승무원은 아무나 하니, 넌

나이가 많아서 안 돼, 시집은 언제갈래, 남자는 있니,
지긋지긋한 질문과 사람들로부터 도망가고 싶었다.
세상으로부터 숨고 싶었다. 제발 날 좀 내버려두라고
소리치고 싶었다. 암흑 같은 밤은 그렇게 끝없이
이어질 것 같았다. 내 나이 서른, 모든 것이 두렵기만
한 서러운 서른을 맞이하며, 그래도 내가 포기할 수
없었던 이유는 이대로 맥없이 무너질 수 없다는 내
삶의 '자존심' 때문이었다.

카타르 도하로 가는 비행기 안에서 다짐했다. 이것은
새로운 시작일 뿐이라고. 더 힘들고 고통스러운 순간이
언젠가 또 오겠지. 그러나 믿는다. 영원히 지속되는
밤은 없다는 것을. 누구에게나 아침은 찾아오고 찬란한
태양도 비친다는 것을.
아직도 마음속에 많은 숙제들을 남겨두고 있지만 더
이상 지난날처럼 웅크리고 있진 않을 것이다.

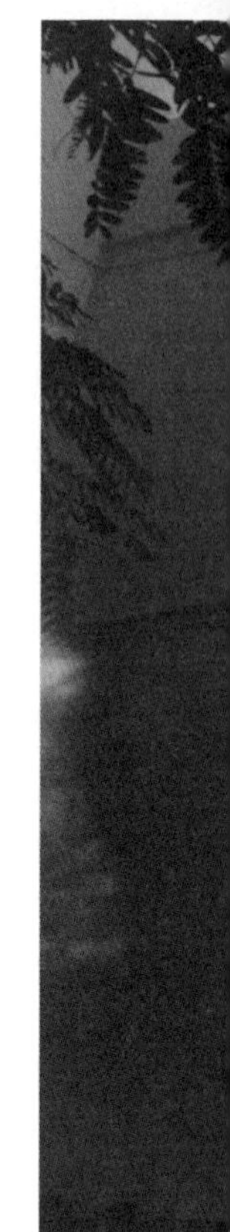

어두웠던 지난 밤, 창을 두드리는 빗소리에 두려워
몸을 떨었지만, 밤이 지나고 갠 하늘은 어느 때보다
투명하고 청아하다. 비바람을 견딘 그 나뭇잎처럼 내
마음도 한 뼘 자라 있으려나.
창문을 활짝 연다. 계절이 바뀌려는 듯 어느새 바람의
냄새가 달라져 있다.

Tip
비행소녀의
지극히 사소한 팁

저렴하게 유럽 여행을,
저가 항공 이용하기

유럽 여행을 하는 사람들을 보면, 대개 한 나라만 여행하는 게 아니라
유럽의 여러 나라를 묶어서 함께 여행하는 경우가 많다. 나라에서
나라로 이동하는 방법은 버스나 기차 등 여러 가지가 있지만,
저렴하고 다양한 노선을 갖고 있는 저가 항공을 이용해보면 어떨까.
나 역시 유럽 여행을 할 때 직원할인 티켓보다는 저가 항공 티켓을
끊어 여행한다. 물론 직원할인 티켓을 끊을 수도 있지만 만석일 경우
좌석을 못 받는 처참한 상황(손님을 먼저 태우고 남는 자리가 있을
경우에만 직원을 태우기 때문에 100% 탈 수 있다고 장담할 수 없다)이
싫기도 하고, 저가 항공 티켓을 끊는다고 해도 가격이 그리 비싸지
않기 때문에 부담이 덜 하다.

저가 항공사라 왠지 불안하고 안전할까 염려하는 사람들이 있을지도
모르겠다. 저가 항공사의 기장을 비롯한 모든 승무원들은 일반
항공사와 똑같은 교육을 받은 사람들이다. 비행기가 작아 기류에
민감하고 더 많이 흔들린다고 하는데, 그건 큰 항공사에서 작은
비행기를 띄울 때도 마찬가지고 그날의 날씨에 따라 달라지는
사안이므로 굳이 저가 항공사여서 그렇다고 말할 수는 없다.

유럽 저가 항공은 갑자기 비행이 취소되거나 딜레이되는 경우가 잦아
문제가 되긴 하지만, 대체적으로 안전하고 여행하기에 쾌적한 환경을
가지고 있어 나는 애용하는 편이다.
저가 항공이 한 가지 아쉬운 점이 있다면, 가격이 저렴한 만큼 기내
식사 서비스가 없다는 것이다. 커피 한 잔부터 빵 한 조각까지
모두 돈을 내고 사먹어야 한다. 공짜로 받는 것에 익숙해 이것저것
주문했다가는 긴 계산서가 눈 앞에 날아올지도 모른다.

유럽 여행을 계획하고 있다면 표를 미리 예약하는 게 좋다. 저가
항공은 일반 항공사에 비해 절반정도 저렴하지만 일찍 표를 사놓으면
그보다 훨씬 더 저렴하게 구입할 수 있다.
유럽 내의 저가 항공사는 수도 없이 많다. 인터넷 사이트를 통해서
원하는 날짜와 시간을 검색한 후 가장 저렴하고 마음에 드는 곳으로
예약하면 된다. 예를 들어 'Easy-jet'이라는 영국의 저가 항공사는
100개가 넘는 취항지를 갖고 있어 유럽 내 도시에서 도시로 넘어갈

때 유용하게 이용할 수 있다.

지난 여름, 유럽 여행을 할 때 'Easy-jet'을 이용했다. 화물로 부쳐야
할 짐이 있다면 미리 인터넷으로 신청하고 요금을 지불하면 되고,
화물로 부칠 짐이 없고 기내용 가방만 있다면 추가비용은 없다.
'Easy-jet'을 비롯한 대부분의 저가 항공은 가방 개수에 제한을
두는데, 딱 한 개만 기내에 갖고 들어갈 수 있다. 기내용 가방 외에
어깨에 메는 가방이나 핸드백 등을 들고 있는 경우, 기내용 가방과
핸드백까지 합쳐 가방이 두 개가 되는 셈이므로 50유로의 추가
요금이 붙는다. 그렇다면 여기서 필요한 것은 뭐? '힘'
메고 있던 가방을 기내용 가방에 일단 구겨 넣는다. 가방이
뚱뚱해지든 터지기 직전이든 상관없다. 비행기 타기 직전 탑승
수속까지만 버티면 된다. 비행기 탑승 후 가방을 꺼내도 상관없다.
때문에 게이트 앞에는 진풍경이 벌어진다. 다들 얼굴이 벌개져서

가방을 꾹꾹 눌러 담느라 정신이 없다.
또 재밌는 것은 대부분 항공사는 기내용 가방의 무게 제한이 있는데
'Easy-jet'은 무게 제한이 없었다. 안내판을 보니 이렇게 씌어있다.

> "무게 제한이 없습니다. 도움 없이 혼자 힘으로 들어 올릴 수 있을
> 만큼만 들고 타세요"

정말 쿨하지 아니한가!
매일 같이 손님들의 짐을 들어 올리느라 어깨가 아픈 나로서는
이 항공사, 너무 사랑스럽다.

365일 가방 싸는 여자,
해외여행 가방 꾸리는 노하우

여행을 할 때 '필요할 것 같지만 필요 없는 물건'과 '필요 없을 것 같지만 절대적으로 필요한 물건'들이 있다. 365일 여행짐을 꾸리는 여자로서 야무지게 짐 싸는 방법을 소개한다.

챙기면 좋은 아이템들

✂ 여권 사본

혹시 여권을 잃어버릴 때를 대비해 여권 사본을 준비해 가지고 다니는 게 좋다.

✂ 휴대용 슬리퍼

구비되어 있는 호텔도 있지만 그렇지 않을 경우 요긴하게 쓰인다. 비행기 안에서 답답한 신발을 벗고 슬리퍼를 신고 있어도 편하다.

✂ 한국의 기념품

여행을 한다는 것은 새로운 풍경을 만나는 일이기도 하지만 새로운 사람을 만나는 일이기도 하다. 기차 옆자리에서 만난 푸근한 할아버지, 나를 끔찍이

챙겨주었던 민박집 아주머니, 말이 잘 통했던 외국인 친구들… 이들과
헤어질 때 왠지 마음에 진한 아쉬움이 남기도 한다. 한국의 전통 문양이 담긴
작은 열쇠고리와 함께 연락처 혹은 고맙다는 메시지를 남겨보면 어떨까?

✿ 자물쇠

기내에서 가방을 통째로 잃어버리는 사람이 있는가하면 지갑이나
값비싼 핸드폰만 사라지는 경우도 보았다. 여행 중에도 가방은 언제나
사수해야한다. 작고 튼튼한 자물쇠는 필수.

✿ 핫 팩

고무로 만들어진 팩에 뜨거운 물을 부어 안고 있으면 그렇게 따뜻할 수가
없다. 특히 겨울철 난방 시설이 잘 안 되어있는 유럽의 호텔에 머무른다면
수면 양말과 이 핫 팩은 필수 중에 필수다. 허리에 얹어도, 배 위에 놓아도
따스한 느낌 덕에 잠이 솔솔 온다.

✿ 화장품 샘플

화장품 가게에서 받은 샘플들은 차곡차곡 모아서 여행할 때 쓰면 좋다. 3박
4일이면 일회용 샴푸와 린스를 4개씩 챙기면 무겁게 샴푸 통을 들고 가지
않아도 된다. 쓰고 버리면 그만.

✿ 펜과 종이

어디에 갔는지 누구를 만났는지 무얼 먹었는지, 귀찮게 뭐 하러 적냐고 하는
사람도 있지만 사람은 망각의 동물이 아니던가. 1년이 지나고 2년이 지나면
새까맣게 잊어버린다. 오랜 준비 끝에 다녀온 소중한 여행인데 어디를
갔었는지 기억이 가물가물해 머리만 벅벅 긁는다면 추억이 얼마나 아까운가.

들렀던 곳을 적어두고 그날의 느낌을 간단하게 적어놓으면 나중에 다시
보았을 때 그때의 기억이 새록새록 떠오르며 다시 한 번 감동에 젖기도 한다.
사진과는 또 다른 매력을 가진 여행 기록.

귀마개와 목베개

기내에서 주위가 산만하고 시끄러울 때, 숙소가 시끄러워 잠들기 힘들 때
귀마개나 눈가리개는 많은 도움이 된다. 목베개가 있으면 오래 앉아 있어도
어깨와 목이 덜 피곤하다. 하지만 부피가 크므로 바람을 넣다 뺄 수 있는
에어 목베개를 사용하는 게 좋다.

꼭! 필요한 아이템들

여행가방에 넣어놓고 절대 꺼내지 않는 아이템들이 몇 개 있다. 이 얘기는
즉 365일 비행 & 여행을 갈 때 마다 꼭 챙겨가는 것. 없으면 불안한 것. 일곱
가지를 소개한다.

비상약

여행을 하다가 손을 데이거나 다칠 수도 있으니 연고와 밴드는 필수.
감기약과 소화제, 진통제도 필수다. 자신의 건강 상태에 따라 멀미약이나
빈혈약, 비타민 등을 더 추가하면 좋다.

물티슈(항균티슈)

생각보다 쓸 일이 많다. 나는 장거리 여행을 할 때 비행기를 타면 반드시
클렌징 티슈로 화장을 지우고 민낯으로 잠을 잔다. 호텔방에 들어와서도
항균티슈를 꺼내 주변을 닦는데, '웬 깔끔한 척이야?' 라고 하는 사람도

있겠지만 호텔의 전화기나 책상을 쓱 닦아만 봐도 알게 될 것이다. 닦길
잘했다는 것을.

✄ 투명 지퍼 백

공항 보안검색대를 통과할 때 액체가 든 물건은 비닐봉지 안에 넣어
꺼내놓아야 한다. 뿐만 아니라 작은 봉투에는 액세서리나 동전 등을, 큰
봉투에는 옷이나 양말 스카프 등을 담아 가면 안에 든 물건을 확인하기도
편하고 옷들이 서로 섞이지 않아 좋다.

✄ 손톱깎이와 파일

비행이나 무리한 여행을 하다보면 손톱이 깨지거나 부러지는 경우가 있다.
까칠한 그 느낌이 계속 신경 쓰이고 미칠 것 같을 때 시원하게 손톱을 잘라
내거나 파일로 갈아주면 된다. 한 달 이상 장기 여행을 하는 사람에게도
손톱깎이는 필수.

✄ 반짇고리

있을 때는 모르지만 막상 없으면 어쩜 그렇게도 쓸 일이 많은지. 미니 가위도
그렇고, 실과 바늘이 필요한 순간이 의외로 많다. 유니폼의 단추가 떨어지거나
여행배낭이 뜯어졌을 때, 하나밖에 없는 양말에 구멍이 났을 때, 심지어 치실이
필요할 때까지. 또 체했을 때는 바늘로 손을 따주면 시원하게 내려간다.

✄ 멀티 어댑터

나라마다 콘센트의 모양이 다른데 그때마다 어댑터를 바꿔 낄 수는 없는 일.
요즘 시중에 나와 있는 만국 공통 어댑터를 이용하면 정말 편리하다. 혹시라도
깜빡하고 가져가지 않았을 때는 호텔에 문의하면 빌려주기도 한다.

✖ 한국음식 (컵라면+고추장 튜브)

여행을 가면 대부분 그 나라의 음식을 즐기지만 가끔씩 매콤한 한국음식이
간절할 때가 있다. 그때의 컵라면 맛은 눈물 나도록 최고. 컵라면의 부피가
커서 걱정이라면 봉지라면을 준비한다. 일명 '뽀글이'. 봉지라면에 뜨거운
물을 넣고 입구를 오므린 후 몇 분이 지나면 컵라면 부럽지 않은 맛있는
뽀글이 라면이 탄생한다.

필요 없는 것들

✖ 담요

간혹 여행 다닐 때 쓴다고 비행기 담요를 훔쳐가는 사람들이 있는데
여행을 할 때 담요는 무거운 짐일 뿐이다. 추우면 챙겨온 겉옷을 입고, 혹시
민박집이나 호텔에서 추우면 이불을 더 달라고 하면 된다.

✖ 전자사전

예전에는 해외여행(일본, 중국, 스페인 등 영어가 잘 통하지 않는 곳)을 할 때
무조건 전자사전을 들고 다녔었다. 물론 도움이 될 때도 있지만 충전기까지
챙겨야 하니 무게가 만만치 않다. 차라리 정말 필요한 간단한 단어나
문장들을 찾아보고 작은 수첩에 적어가는 게 훨씬 도움이 된다.

✖ 노트북

여행할 때 노트북을 몇 번 가지고 다녀봤지만 '일' 때문에 하는 여행이
아니라면 무겁기만 하고 별로 필요가 없다. 드라마나 영화를 감상한다고?
왜 여행까지 가서 드라마를 보려고 하는지 모르겠다. 기내에서 심심하다면
다양한 영화와 음악이 있는 기내 엔터테인먼트 시스템을 이용하면 된다.

카메라에 저장된 사진을 외장하드에 옮기고 싶을 때는 민박집이나 호텔의
비즈니스 센터를 이용하면 된다.

짐을 가볍게 꾸리는 요령

✿ 요즘은 뭐든지 '미니 사이즈'만 보면 '어? 비행기에 갖고 타야 겠다',
'여행갈 때 가져가야 겠다' 라는 생각부터 든다. 작은 사이즈의 화장품,
빗, 드라이기, 휴대용 선풍기 등 미니 사이즈에 대한 한없는 사랑은
가벼운 짐을 꾸리고픈 힘없는 여행자의 마음으로부터 시작되었다.

✿ 운동화나 신발은 무겁지 않은 것이 좋고, 옷은 빨아도 잘 마르는 소재가
좋다.

✿ 수건 여러 개보다 잘 닦이고 잘 마르는 스포츠 타월 한 개가 낫다.

✿ 여행가방 품목 리스트를 작성한 후 필요 없는 것들과 내 욕심인
것들(머리를 예쁘게 말 고데기나 메이크업 풀세트 등), 가서도 살 수 있는
것들은 과감히 삭제해 나간다.

✿ 무겁고 부피가 큰 옷보다 가볍고 보온성이 뛰어난 옷이, 다른 옷들과
쉽게 매치해 입을 수 있는 색상의 옷이 좋다. 최소한의 옷가지로
최대한의 믹스매치를 해 다양한 패션을 만드는 게 관건이다. 모자나
선글라스, 스카프 등을 활용하면 같은 옷으로도 다른 분위기를 연출할 수
있다.

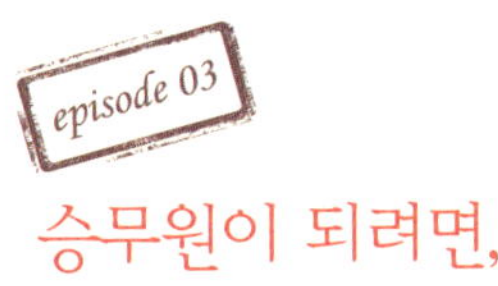

승무원이 되려면,

지구촌이 좁아지고 세계를 여행하는 사람들이 많아지면서 항공사의
수(數)도, 비행기의 수(數)도, 도시와 도시를 연결하는 노선도 하루가
다르게 늘고 있다. 그러면 필요한 것은 누구? 기내를 아름답게
활보할 '승무원'. 그러다보니 국내, 국외 할 것 없이 승무원 채용이
끊이질 않고 있다. 취업의 문이 넓어진 것 같지만 여전히 경쟁률은
만만치 않다. 그만큼 승무원이 되고 싶어 하는 사람의 수도 늘어나고
있다는 것이겠지.

"승무원이 되려면 어떤 조건이 필요한가요?" 라는 질문을 많이
받는다.

예쁜 얼굴과 상냥한 말투, 고운 목소리, 날씬한 몸매, 훤칠한 키…
이런 것들이 필요하냐고 묻는 사람들이 많은데, 일단 나의 대답은
'아니오'.
예쁜 얼굴은 미인 선발대회에서, 키 큰 사람은 모델대회에서 찾아야
하지 않을까? 때때로 눈부시도록 예쁜 승무원을 만나는 경우가 있긴
하지만, 대체적으로 예쁘기보다 단정하고 부드러운 이미지를 가진

친구들이 더 많다. 키, 몸매, 얼굴은 제각각이지만 공통점이 있다면
성격이 활발하고 사교성이 뛰어나며 언제나 잘 웃는다. 그러니
'외모'보다는 '자질'의 문제가 아닐까 싶다. 성격이 둥글고 친절한
친구들은 동료들과도 잘 지낼 뿐만 아니라 손님과의 유대 관계도
좋다. 여행은 어땠는지, 오늘 기분은 어떤지, 먼저 다가가 말을 걸고
자연스럽게 대화를 나누면 손님도 편안하게 생각한다. 또 '행복한
사람이 행복한 서비스를 한다'는 말처럼 동료나 선후배와 관계가
좋은 사람은 더 밝은 모습으로 기분 좋은 서비스를 할 수 있다.

국내 항공사와 외국 항공사의 면접 기준과 방식은 조금 다르다.
국내 항공사는 여러 명이 한꺼번에 면접장에 들어가서 일률적인
질문을 받는 방식이라면, 외국 항공사는 1:1 심층 면접 방식이다.
학창시절에는 어땠는지, 어떤 아르바이트를 했는지, 살면서 어떤
일이 있었는지, 그로인해 무엇을 배웠는지, 개인의 이야기에 초점을
맞춰 그 사람의 생각이나 자질, 성격 등을 파악하기 때문에 좀 더
구체적이고 객관적일 수 있다고 생각한다.

단정한 외모나 친절한 성격 등의 자질이 갖춰졌다면 이제 남은 것은
나이, 학력, 영어실력이다. 외국 항공사는 나이와 학력을 크게 문제
삼지 않는다. 서른 살에 승무원 준비를 시작한 나로서는 나이를 보지
않는다는 말이 어찌나 감사하던지!
또 한 가지 가장 걱정했던 부분은 영어였다. '원어민처럼 영어를
못 하는데 외국인들과 함께 영어로 말하며 일 할 수 있을까?
의사소통에 조금이라도 오해가 생기면 일에 큰 지장을 주지
않을까?' 라는 생각 때문이었다. 외항사에 들어와 직접 일 해보니,

승무원들의 영어실력은 천차만별이었다. 영어를 유창하게 할 줄
알아야 한다기보다 자연스럽고 막힘없이 영어로 의사소통을 할 수
있으면 된다. 내가 승무원이 되고 보니 토익 점수는 정말 무의미했다.
빈칸을 채우거나 지문 독해를 하는 것보다 듣고 말하는 생활 영어의
중요성을 절실히 느꼈으니까.

정리하자면, 승무원 되는 길은 어렵지 않다. 간단하다.
잘사는 나라, 못사는 나라 어딜 가도 즐길 줄 알고,
의자든 벙크든 어디서든 머리만 대면 잘 자고,
신기한 음식, 처음 보는 음식 가리지 않고 잘 먹고,
이 나라 사람, 저 나라 사람 두루 이해하는 넓은 마음을 가지면 된다.

키는 머리 위 선반을 여닫을 수 있게 암리치(arm reach:손을 뻗어서 닿는
높이. 키가 작아도 팔이 길거나 스트레칭이 잘 되면 무사통과)만 닿으면 되고,
눈부시게 예쁜 미소보다는 환하게 따뜻한 웃음을 지을 줄 알면 되고,
갑작스러운 상황을 현명하게 대처할 수 있는 '순발력'이 있으면 되고,
주어진 상황에 감사하며 일할 수 있는 낙천적인 성격만 있으면 된다.

선배의 기분을 파악하거나 손님의 마음을 헤아리는 '눈치'와
벽돌 열 개쯤 들어있는 것 같은 가방을 선반에 올려라 내려라, 다시
올려라 내려라, 시켜도 이 악물고 웃을 수 있는 '인내'와
미지의 세계에 대한 끝없는 '탐구력'과
혼자 자고 혼자 밥 먹어도 아무렇지 않을 수 있는 '독립심'이 있으면
된다.

호텔에서 짐을 들어주시는 아저씨에게 1달러 팁을 아깝지 않게
드리는 '인정'과
어딜 가도 한국 사람으로서, 승무원으로서 부끄럽지 않게 행동하는
'매너'와
비행 후 머리카락이 수북하게 빠져도 훗, 이쯤이야 하는 '쿨함'과
승객에게 말도 안 되는 이유로 컴플레인을 받아도 금방 잊어버릴 수
있는 '건망증'이 있으면 된다.

내 부모님이 비행기에 타셨다는 마음으로 정성을 다하는 '서비스
정신'과
내 목이 말라도 상대방에게 물 한 잔을 먼저 건네는 '양보'와
문에서 누군가와 마주치면 문을 잡고 있어주는 '배려'와
20kg 물통을 양손으로 번쩍 드는 '팔뚝의 근육'과
장거리 비행에 턴을 미친 듯이 뛸 때를 대비해 지구력을 자랑하는
튼튼한 '두 다리'만 있으면 된다.

마지막으로, 파란 하늘과 비행기 날개만 봐도 설레는 '두근거림'과
여행과 비행을 진심으로 사랑하는 '무한 애정'이 있으면 된다.

정말이지, 간단하지 않은가?

서른 살에 '날개 달기'

승무원이 되고 싶은 이들, 승무원으로 일하고 있는 이들,
승무원이었던 이들이 모여 활발하게 정보를 공유하는 인터넷 카페가
있다. 승무원이란 직업에 관심이 있는 사람이라면 대부분 알만한
유명한 사이트다. 일명 '전현차(전직, 현직, 차기 승무원 다 모이세요)'
승무원에 대한 꿈을 키우면서 이곳을 하루에도 수없이 들락거리며
언제쯤 공채가 날까, 이번에는 몇 명이나 뽑을까, 어떤 복장으로
가야할까, 면접 기출문제는 무엇이 있나 등 많은 정보를 얻었던
소중한 곳이다.

50:1에서 최대 200:1의 경쟁률을 뚫고 '합격'이라는 두 글자를
얻기까지 진정 길고도 험난한 과정을 거쳐야만 한다. 승무원 고시를
몸소 겪어보니 면접은 생각보다 너무 힘들었다. 공부할 것도, 외울
것도, 알아야할 것도 많은데다가 외모와 말투, 걸음걸이, 표정까지
신경쓰고 있다보면 머릿속에 잘 정리돼있던 생각도 순식간에 백지가
되곤 했었다.

몇 번의 낙방을 겪고도 포기하지 않고 다시 힘을 낼 수 있었던 것은
인터넷 카페의 합격 후기들 덕분이었다. '나는 이렇게 노력해서
이렇게 합격을 했답니다. 여러분도 힘을 내세요!' 라고 하면, 나도

조금 더 노력하면 합격할 수 있을 것 같은 용기가 불끈 생겼다.
내가 직접 '합격' 타이틀을 달고 나니 벅찬 마음도 있었지만 같은 길을
꿈꾸고 있는 누군가에게 나의 이야기를 들려주면 좋겠다는 생각을
했다. 내 작은 이야기에 누군가도 용기를 얻지 않을까, 힘을 내지
않을까. 그래서 나도 남들 다 한다는 합격 후기를 남기게 되었다. 몇
해가 흘렀지만 지금도 가끔 그 글을 다시 읽으며 '그래 맞아, 내가 이
일을 이토록 원했었지' 라고 하며 풀어진 마음의 끈을 다시 고쳐 매곤
한다.
준비 과정과 면접 내용이 자세히 서술되어 있고 합격 당시의
설렘마저 고스란히 느껴지는 나의 합격 후기. 약간의 각색을 거쳐
지면으로 옮겨왔다.

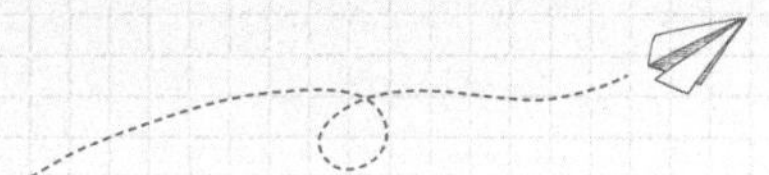

쑥스럽지만, 그동안 많은 도움 주셨던 '전현차' 식구들께 감사한 마음으로
후기를 올립니다.

아, 막상 후기를 쓰려고 자판 앞에 앉으니 지난날들이 아련히 생각나며
가슴이 뜨거워지네요. 저보다 두 배, 세 배, 더 힘든 시간을 보낸 분들도
계시겠지만 저 역시 나름대로 하루하루 지치고 힘든 날들을 보냈습니다.
5년 동안 하던 일을 그만 두고, 다시 새로운 것을 시작해야지, 마음먹었을
때는 정말이지 금방이라도 무언가 해낼 것 같았어요. 하지만 돈도 자연스레
바닥나고 친구들과도 점점 멀어지게 되더라고요. 어느 날은 할 수 있다는
자신감이 넘치다가도, 어느 날은 여러 가지 쓸데없는 생각들이 자신감을
바닥까지 끌어내리곤 했었죠.

승무원 학원을 다녀보기도 했고 여러 개의 스터디를 만들어 매일 아침
친구들과 영어공부를 하고 에세이를 쓰고 모의면접을 했습니다. 실제처럼
면접을 하면서 동영상으로 찍어 얼굴 표정과 미소 그리고 행동 하나하나를
체크해보고 좀 더 명확하고 센스있게 대답하는 연습을 많이 했습니다.

검정 정장에 주황색 티셔츠를 안에 입었어요. 머리와 화장 모두 제가
했는데, 조금 서툴러서인지 머리 뒤쪽으로 수많은 실핀들이 꽂혀있었죠.
진주 귀걸이에 검정색 시계 그리고 살구빛 아이새도와 핑크베이지색
립스틱을 발랐습니다.
대기실에 앉아 있다가 그룹이 정해지면 복도에서 대기하고 있다가,
순서대로 면접실로 들어갑니다. 면접실로 들어가니 말로만 듣던
면접관들이 앉아있었어요. 오, 듣던 대로 당당한 자태와 마치 날 꿰뚫고
있는 것 같은 날카로운 눈빛, 포스가 제대로 느껴졌어요.
자세 유지하랴, 웃으랴, 영어로 대답하랴, 발음에 신경쓰랴… 머릿속이
복잡했습니다.

"왜 내가 널 뽑아야 하지?" 라는 질문을 받았습니다.
기본적인 질문이었기 때문에 준비한 답변을 다시 한 번 되뇌고 있는데, 제
앞쪽에 있는 어떤 분이 제가 준비한 답변과 너무 비슷하게 말하더군요.
그래서 다시 머릿속으로 준비한 다른 답변들을 싹둑싹둑 편집하면서
대답을 재구성했습니다. 여기서 깨달은 점은 너무 뻔하고 진부한 대답은
이러한 결과를 낳는다는 겁니다. 누군가 먼저 대답할 수도 있고, 또 판에
박힌 듯한 내용의 답변을 면접관님들이 하루 종일 수없이 반복해 듣는다는
걸 생각해본다면, 보다 신선한 내 자신만의 답변, 진짜 내 이야기, 솔직함이
묻어나는 답변을 준비하는 게 좋을 것 같습니다.

이 날은 왠지 모르게 기분이 좋고 머리와 화장이 잘 되더라고요. 핑크색
재킷에 적갈색 치마를 입었습니다. 저와 비슷한 치마를 입고 오신 분들이
종종 보였어요. 대기실에서 만난 친구들과 이야기를 나누고 있을 때
카타르에서 온 현지 면접관들이 학원으로 들어오는 게 보이더라고요.
앗, 그때부터 가슴이 쿵쾅쿵쾅! 그리고 다들 모인 자리에서 간단하게
카타르 항공에 대한 이야기를 듣고 질문하는 시간을 가졌어요. 분위기는
편안하고 화기애애했습니다.

드디어 시험이 시작되었습니다. 서바이벌 형식으로 각 관문을 통과할
때마다 합격자와 불합격자를 호명해줍니다.

★ 스몰톡(Small Talk)

필기시험과 스몰톡은 동시에 이루어집니다. 필기시험을 보고 있으면 한
명씩 이름을 부르고 앞으로 나가면 면접관과 1:1로 간단한 대화를 합니다.
별명이나 키, 취미, 날씨, 오늘 입은 옷에 대한 칭찬 등 가벼운 주제로 짧게
진행됩니다.

★ 필기시험

필기시험은 본문을 읽고 답하는 문제, 단어 문제가 나와요. 그리고 맨
뒤에는 에세이가 있습니다. 에세이 주제는 지금까지 살면서 가장 도전적인
일을 했던 순간과 그것을 어떻게 해냈는지 그리고 그것으로부터 무엇을

배웠는지 였습니다.

어려운 문제는 아니었습니다만 저는 순간 당황했어요. 승무원 시험을
준비한 1년 6개월의 이야기를 쓰고 싶었지만 별로 맞지 않는 것 같았고,
조금 생각 하다가 제가 오랫동안 다닌 회사를 그만두게 된 이야기를
써내려갔습니다. 부모님, 친구들과의 의견 차이 그리고 제 꿈에 대한 욕심
그러나 쉽게 포기 할 수 없었던 예전 직장 등 주절주절 에세이를 써내려간
후 시계를 보니 어쩜 딱 맞춰서 시간이 끝났습니다. 조금만 지체했더라도
시간이 부족했겠죠. 틈틈이 시간을 재면서 에세이 연습을 하는 게 아주
중요합니다. 그리고 살면서 언제 힘들었는지, 언제 괴로웠는지, 언제
기뻤는지 인생을 되짚어보는 것도 중요할 것 같아요. 또한 그 과정을
통해서 무엇을 배우고 느꼈는지 한번쯤 생각해보는 시간을 가져보세요.

잠깐의 쉬는 시간을 갖고 바로 디스커션 단계로 넘어갑니다.
저 같은 경우는 디스커션 전 기다리는 시간에 모두들 긴장한 듯 보여
조원들에게 "안녕하세요. 우리 오늘 잘 해보아요" 라고 먼저 말을 꺼냈는데,
그때부터 조금씩 이야기가 오고 갔고 덕분에 분위기가 한결 좋아졌어요.
조 분위기가 좋아야 토론도 좋아진답니다.

★ 디스커션 1

- 함께 살고 싶은 룸메이트의 국적 셋과 함께 살고 싶지 않은 룸메이트 국적
  셋은?
- 최근 우리 주변에서 일어난 월드토픽이나 뉴스 (한 가지쯤은 한국 토픽)

도입 부분에 식상한 말투로 인사하지 말 것, 무조건 고개를 끄덕이면서
동의만 하지 말 것, 진짜 토론다운 토론을 할 것 등을 말해주었습니다. 저희
조원들은 서로 도와가며 분위기 좋게 잘한 편이었어요. 어떤 분이 비슷한
문화를 가진 일본인과 룸메이트를 하고 싶다고 말하자, "나는 오히려
비슷한 문화라서 같이 살기 싫은걸?" 라는 식으로 반대 의견을 제시하면서
의견을 좁혀갔습니다.

잠시 심사의 시간이 있습니다. 가장 피가 마르는 시간이죠.
두 명의 면접관들이 합격자들의 번호와 이름을 불러줍니다. 불합격자들은
집으로, 합격자들은 다시 한 방에 모여 치열한 마지막 디스커션에
들어갑니다.

★ 디스커션 2

- 방콕에서 도하로 가는 비행기 안에서 승객 두 명이 싸우고 있습니다. 당신은
  어떻게 하시겠습니까?
- 또 그 옆에는 아이들이 이리저리 뛰어다니고 시끄럽게 떠들고 있습니다.
  당신은 어떻게 하시겠습니까?

승객 두 분의 기분을 풀어드리기 위해 Extra Service를 한다, 따로 앉게
한다, 아이들에게는 장난감과 간식을 준다 등과 같은 간단한 답변들, 물론
저도 생각하고 있었답니다. 근데 벌써 앞에서 다 말하더라고요. 당황!
그래서 머릿속으로 급히 다른 아이디어를 생각했어요.
"베개나 담요, 팔걸이 때문에 싸우는 걸 수도 있잖아요. 그러면 다시
가져다드리거나 해결방법을 찾아드려야죠. 무엇이 문제인지 가서 정확히

파악하는 게 중요하다고 생각합니다"
롤 플레이를 하듯 연기도 곁들였습니다. 국내 면접과는 다르게 손을
자유롭게 쓰고 원하는 표현을 다양하게 할 수 있어 편했습니다.

디스커션에 대해 어떤 분들은 조용히 묻어가는 게 좋다, 또 어떤 분들은
말을 많이 하는 게 좋다, 또 뭐 항공사 마다 다르다, 이렇게 말씀 하시는데,
제 생각엔 어떤 항공사든 디스커션을 하는 이유는 단 하나라고 생각합니다.
의견을 주고받는 방식, 문제를 해결하는 능력을 보는 거죠. 즉 듣는 것도,
말하는 것도 중요하다고 봅니다. 분위기를 보면서 적정한 선을 지켜야
한다고 생각합니다.
모르면서 무조건 말을 많이 하는 것도, 좋은 아이디어가 있음에도 조용히
묻어가려고 눈치만 보고 있는 것도 좋은 생각은 아니라고 생각합니다. 일단
서로 믿고 도와주면서 고개 끄덕이고 눈 맞추며 진심으로 들어주고, 또
적절한 타이밍에 자신의 생각을 분명하게 그리고 짧고 명료하게 전달하는
것, 그게 관건인 것 같아요.

다시 심사의 시간과 합격자 호명.
감사하게도 마지막까지 살아남아 기쁜 맘으로 돌아갔습니다. 정말
행복했어요.

왠지 스스로 정성을 다하고 싶어서 면접 전날 혼자 마사지도 하고, 손톱 매니큐어도 직접 발랐답니다. 흰색 기본 반팔 블라우스를 안에 입고 검정색 정장을 입었어요. 이번에도 머리와 화장은 제가 했습니다. 머리가 동그랗게 잘 안돼서 이날 머리만 한 시간 넘게 한 것 같아요. 복도에 앉아 순서를 기다리는데 심장이 터질 것 같았습니다.

면접관 두 분이 우선 제 서류를 꼼꼼히 살펴보았습니다. 한 분이 거의 모든 질문을 했고 다른 한 분은 저를 뚫어져라 보면서 무언가를 계속 적었습니다.

면접관　방송국에서 작가와 리포터를 했었네요. 사람들 앞에서 말하는 게 쉽지 않은 일인데 어떻게 극복했습니까?

나　네, 저는 어려서부터 남들 앞에서 무언가 하는 걸 좋아했습니다. 남들 앞에서도 자신감이 있었고, 그 자신감 덕분에 잘 한 것 같습니다.

면접관　자신감 말고 뭔가 다른 게 또 있지 않았을까요? 남들 앞에서 말 하는 게 어려운 거잖아요.

나　맞습니다. 처음 방송할 때는 많이 떨리고 어려웠는데요, 좋아하는 DJ가 하는 라디오 방송을 반복해서 듣고, 또 그걸 따라하면서 연습했습니다.

면접관   꾸준한 '연습'은 참 좋은 트레이닝 중 하나죠.

(긴장한 탓에 말이 술술 나오지는 않았지만, 그래도 끝까지 노력한 것은
'스마일'이었습니다)

면접관   다른 걸 물어볼게요. 김현경 씨는 팔로우어(Follower)에요?
          리더(Leader)에요?

나   전 리더가 좋습니다. 대학생 때 학교 방송국 국장을 맡은 적이 있었는데요,
          사람들을 이끌고 다루는 일이 좀 힘들더라고요. 근데 그만큼 보람 있고
          재밌는 경험이었습니다. 제가 이끄는 단체가 여러 성과를 내면 정말
          뿌듯하더라고요!

면접관   단체를 이끌면서 만약 어떤 사람이 현경 씨 의견을 따르지 않으면 어떻게
          하시겠어요?

나   저는 뭐든지 대화로 풀어가는 걸 좋아합니다. 만약 제가 리더이고 어떤 한
          사람만이 제 의견을 따라 주지 않는다면, 그 사람을 따로 만나서 조용히
          얘기해보겠습니다. 'Face to Face Conversation'은 보다 진솔하고 진심
          어린 얘기를 할 수 있어 좋습니다. 일단 제 솔직한 마음을 먼저 털어놓고,
          그 사람의 진짜 속마음을 물어보면서 해결책을 찾겠습니다.

이런 식의 대화가 이어지고 약 20~30분간의 1:2 (지원자 한 명, 면접관 두 명)
심층 면접이 끝나고 밖으로 나옵니다. 등 뒤로 문이 닫히고 나서야 다리에
힘이 주르륵 풀리고 '왜 대답을 그렇게밖에 못 했을까?', '왜 동문서답을

했을까?'와 같은 후회들이 쓰나미같이 밀려오더라고요. 결과를 기다리는
3주 동안 이상한 꿈도 꾸고, 하루에 열두 번도 더 자신감이 생겼다
사라졌다가를 반복합니다. 피 말리는 3주가 꼬박 지나고 문자가 띠링,
도착합니다.
'축하합니다! 합격하셨습니다'
그때의 희열과 짜릿함이란!

여러분도 반드시 이 느낌을 경험할 날이 올 겁니다. 포기하지 마시길
바랄게요. 이 일은 포기만 하지 않으면 누구든 할 수 있어요. 문제는 중간에
포기해 버리는 것입니다.
알죠, 끝이 보이지 않는 싸움이기에 더욱 힘들다는 걸요. 하지만 자신감을
가지세요. 내가 내 자신을 사랑하지 않으면 누가 나를 예쁘게 봐주겠습니까.
제일 먼저 자기 자신을 믿으시고, 할 수 있다는 것 또한 믿으세요!!

제가 좋아하는 책의 한 구절입니다.

> 여전히 부족하지만
> 나는 나의 열정을
> 쓰다듬어 준다.
>   – 작가 노희경 –

저는 어제도, 오늘도, 내일도, 여전히 부족한 저를 쓰다듬어줍니다. 나의
열정에, 노력에 그리고 흘린 땀에 대하여. 그리고 저는 매일매일 성장할
것입니다. 아득히 멀지만 더 찬란히 빛날 미래를 위해.
함께 뜁시다. 여러분!

꿈을
그리다

'꿈을 이뤄서 좋겠어요' 라는 말을 가끔 듣는다. 너무도 원했던 일을
하고 그 삶을 누리며 살고 있다는 건 분명 감사하고 행복한 일이다.
하지만 내 꿈은 여기서 끝이 아니다. 인생의 절반도 살지 않았는데
어찌 꿈을 다 이뤘다고 말할 수 있을까.
나에게는 또 다른 꿈이 있다. 그것도 아주 많이.
남이 듣는다면 사소하거나 거창하거나 부질없거나 황당하거나…
이 몇 중 하나겠지만, 이 중에 반의 반만이라도 이룬다면 정말
행복하겠다.

천자문 마스터하기, 이태리 요리 배우기, 온 가족과 세계여행하기,
엘살바도르에 가서 '조하네스' 만나기, 뚜껑이 없는 지프차 사기,
태국에서 마사지와 타이 음식 배우기, 금빛 리트리버 한 마리
키우기, 일본의 작은 카페에서 커피 배우기, 정식으로 사진을 배워
언젠가 전시회 열기, 죽기 전에 내가 작곡한 노래 한 곡 남기기, 온
식구가 함께 살 수 있는 통나무집(반드시 텃밭이 있는) 짓기, 소믈리에
공부하기, 독립영화 만들기, 40대쯤에 트로트 앨범 내기, 작은 한옥
집에서 한국을 방문한 외국인들에게 숙식 제공과 더불어 문화 홍보에

힘쓰기…

허황된 꿈이라도 비웃는 자가 있어도, 말도 안 된다고 못 박는 자가
있어도 나는 개의치 않는다. 어차피 이 모든 것은 모두 '꿈'이니까.
무모한 시도여서 보기 좋게 나가떨어질 수도 있고, 생각지도 못하게
나의 새로운 재능을 발견할 수도 있다. 실패쯤 한다고 해서 누가
나에게 손가락질을 할 텐가. 그저 내 인생을 좀 더 즐겁고 빛나게
만들고 싶은 작은 몸짓 일뿐.

꿈에 대해 생각하다가 문득 주변 친구들에게도 꿈이 무엇이냐는
질문을 던졌다. 이런 질문은 까마득한 어린 시절에나 받아보았는지
다들 선뜻 대답을 하지 못했다.
머뭇대다가 "꿈? 없어. 그냥 좋은 남자 만나 결혼하는 거야" 라고
대답한 친구도 있었고, "이 회사에서 안 잘리는 거" 라고 한 친구도
있었다. 메신저에 등록된 대부분의 친구들은 의외의 질문에 잠시
침묵했다.
"그냥 아무거나, 평소 막연하게라도 생각해왔던 거 없어?"
재차 묻자, 하나둘씩 답을 하기 시작했다.

"배낭 하나만 메고 세계 일주를 하고 싶어"
"내년 여름까지 초콜릿 복근을 만들 거야"
"늦었지만 지금이라도 영어 공부를 시작해서 너처럼 승무원이 되고
싶어"
"베이스 기타를 배워서 밴드를 결성하고 싶어"
"안달루시아에서 집시처럼 살고 싶어"

"일본 배우에게 홀딱 빠졌는데 일본어를 마스터하고 말겠어"
"더 늙기 전에 멋진 누드 사진을 남기고 싶어"
"뮤지컬 배우 오디션을 보고 싶어"
"여름엔 빙수장사, 겨울엔 붕어빵 장사를 하고 싶어. 나만의 브랜드를
만들어서"

아하핫. 누드 사진에, 붕어빵까지. 친구들이 쏟아내기 시작한 기발한
꿈에 나는 웃지 않을 수 없었다. 그리고 고개를 끄덕이지 않을 수
없었다. 그렇다. 누구나 꿈은 있다.
가정을 꾸리고 아이를 키우며, 직장에 몸이 매여 매일 똑같은
업무를 처리하며 바쁘게 사는 내 삼십대 친구들은, 일상 저편으로
밀어두었던 꿈들을 끄집어내며 즐거워했다.

그래, '꿈'은 꾸는 것만으로도 행복한 것이지.

같은 자리에서 변함없이 하루하루를 살아간다 하더라도, 모든 것을
뒤로하고 꿈을 향해 첫발을 디딘다 하더라도 나는 그들에게 아낌없는
박수를 보내줄 것이다.

누구나 떠나고 싶어하지만 막상 떠나기란 쉽지 않다. 누구나 이루고
싶은 꿈이 있지만 그 시작은 생각보다 어렵다. 미칠 듯이 요동치는
심장은 어쩌면 '두려움'이 아니라 '설렘'일지도 모른다.

소심하게 굴기엔 인생은 너무 짧다.

– 카네기 –

그대, 꿈꾸는 미래가 있는가?
더 큰 세상으로 나가고 싶은가?
미련 없이 떠나라!
두려움과 불안감 따위는 던져버리길. 저 멀리 안드로메다로.